Bettina Brömme
Todesflirt

Bettina Brömme

Todesflirt

Arena

Für Amélie, die Starke,
und Ingrid, die Tapfere

FSC
www.fsc.org
MIX
Papier aus verantwortungsvollen Quellen
FSC® C110508

1. Auflage 2012

Einbandgestaltung: Frauke Schneider
Gesamtherstellung: Westermann Druck Zwickau GmbH
ISBN 9-783-401-06809-1

www.arena-verlag.de
www.arena-thriller.de
Mitreden unter forum.arena-verlag.de

Prolog

Fassungslos starre ich auf seinen zerschlagenen Körper. Das grelle Weiß des Raums lässt ihn grauenhaft blass aussehen – totenblass. Seine Nase ist stark angeschwollen, eine Blutkruste zieht sich bis zum Mundwinkel hinunter. Der Kopf ist bandagiert, das rechte Auge kann er höchstens einen Spaltbreit öffnen, es ist braun-grün marmoriert. Er atmet flach, vermutlich wegen der Rippenbrüche. Ein Wunder, dass er noch lebt. Ob er sich erinnert, was geschehen ist? Die Szenen des Abends haben sich in mein Gehirn gebrannt, und wenn ich die Augen schließe, bin ich wieder mittendrin. Ich beiße auf meine Unterlippe, bis ich Blut schmecke. Juli ist noch immer ganz still, aber sie streichelt ohne Unterlass seine lange, schmale Hand, die unter der Bettdecke hervorschaut. Mit ihren mandelförmigen braunen Augen sucht sie meinen Blick. Als wolle sie sagen, alles wird gut. Juli, meine Lebensretterin.

Da gibt er ein kleines Seufzen von sich. Das linke Auge öffnet sich einen Spalt. Man erkennt Rot im Weiß. Die Pupille wandert ziellos umher. Bis er mich entdeckt, erkennt. Seine Mundwinkel bringen unter gehörigem Zittern so etwas wie ein Lächeln zustande. Aber ich kann nicht zurücklächeln. Der Ring aus Eis um mein Herz will nicht tauen.

Alles begann mit dem Gewitter, wird mir klar. Warum erkannte ich die dunklen Wolken, die sich über uns zusammenbrauten, nicht gleich als böses Omen?

1. Kapitel

Die kleine Berivan hatte er sich auf die Schultern gesetzt, Teiki um den Bauch herum gefasst und unter seinen rechten Arm geklemmt. An der linken Hand zog er Hannah, die schon Vorschulkind war, hinter sich her. Ich trug Moritz auf dem Rücken, den Rucksack vor dem Bauch, und versuchte, so gut wie möglich mit David Schritt zu halten.

Die Kräuter, Gräser und Blumen um uns herum wogten, dicke Tropfen fielen auf uns herab und die Kinder jauchzten – nach der schwülen Hitze war diese Erfrischung mehr als willkommen. Hannah streckte die Zunge heraus und wollte die Tropfen auffangen, aber David zog unbarmherzig an ihrem Arm. Mit dem Kinn wies er zu den anthrazitfarbenen Wolken hin, die sich zu Gebirgen auftürmten.

»Lauf, lauf, lauf«, feuerte er sie an und ich fürchtete schon, sie würde – wie es ihre Art war – trotzig mit verschränkten Armen stehen bleiben und ausrufen: »Ich geh gar nicht mehr. Keinen einzigen Schritt!« Aber da gab es einen solchen Donnerschlag, dass Moritz auf meinem Rücken laut aufschrie und Hannah froh war, weiterlaufen zu dürfen. Jetzt weinte auch Berivan und kuschelte sich an Davids blonde lockige Haare. Eng fasste sie ihn um den Hals. Sie würde es als Erste erwischen, würde uns der Blitz treffen. Und er wäre der Zweite. Mit einem Mal war mir eiskalt. David lief, so gebückt es ging.

Bis zum Waldrand waren es vielleicht noch hundert Meter, die Hütte bereits zu erkennen. Die gelben und roten Westen der anderen Kinder leuchteten uns entgegen. David warf mir einen zuversichtlichen Blick zu. Gleich hätten wir es geschafft. Der Regen rann durch mein dünnes Top bis in die Hose hinein – gut, dass sie so kurz war, da kam unten gleich alles wieder heraus.

Es war das erste Mal, dass ich sah, wie der Blitz einschlug. Ich verstand mit einem Mal die Bedeutung des Wortes »blitzschnell«. Ein unvorstellbares Krachen, ein Aufleuchten und eine heftige Erschütterung – dann stand der mannshohe Busch keine 30 Meter von uns entfernt in Flammen. Die Kinder weinten jetzt alle. Ich keuchte und dachte, ich würde gleich umfallen. Die Turnschuhe quietschten bei jedem Schritt und scheuerten am großen Zeh. Ich war wirklich sportlich – in der Schule war ich immer die Schnellste meines Jahrgangs gewesen, aber das hier…

Endlich kam uns wenigstens die Schneider entgegen, nahm David Teiki ab und Hannah. Jessica folgte und nahm mir Moritz vom Rücken. David hob Berivan von seinen Schultern, gab ihr einen kleinen Klaps und sagte: »Komm, kleine Kröte, hüpf ganz flink!« Und das tat sie, bis sie die Hütte erreicht hatte. David streckte seinen Rücken durch und versuchte, die Schultern zu lockern. Kurze Kringelsträhnen hingen beinahe bis in seine türkisblauen Augen. Wasser lief über seine kantigen Wangenknochen und er kniff den ohnehin schmalen Mund vor Anstrengung zusammen. Ohne zu überlegen, griff ich nach Davids Hand und zog ihn hinter mir her. Ich hörte sein Keuchen in meinem Ohr. Ich war froh, als wir endlich die Bäume erreicht hatten, obwohl ich wusste, dass der Aufenthalt hier auch nicht gerade ungefährlich war. Irgendwie fühlte ich mich trotzdem beschützt.

Die Hütte war ein alter Heuschober, dessen Tor auf der Seite zum Feld hin halb offen stand. Sein verwittertes Holz wirkte vor dem schwarzen Himmel noch düsterer. Innen war es ziemlich finster. Es lag eine ganze Menge Heu herum, richtige Berge, und die Kinder hatten angefangen, sich damit zu bewerfen. Sie quietschten schon wieder vor Vergnügen und der Gewitter-Schreck war verflogen. Der Abstand zwischen Blitz und Donner wurde langsam wieder größer.

»Wir warten hier, bis der Regen aufhört«, verkündete die Schneider, sah verärgert auf die Uhr und versuchte – wie immer erfolglos –, Ordnung in ihre aufgesteckten straßenköterblonden Haare zu bringen. Wir waren sowieso zu spät dran. Der Marsch über die riesige Wiese hatte viel zu lang gedauert. Die Eltern würden beklommen vor dem Kindergarten stehen und warten, dass wir ihre Kleinen gesund zurückbrachten. Aber das war typisch für die Schneider: Hauptsache, es sah nach etwas Großem aus. Ein kleiner Ausflug in den nächstgelegenen Wald machte ja nichts her. Nein, über die Panzerwiese zur Flugwerft Schleißheim musste es gehen! Dass die Kinder wie aufgeschreckte Ameisen kreuz und quer über die riesige Wiese stolpern würden – bei schwülen 32 Grad und zu wenig Wasserflaschen dabei –, hätte man vorher ja auch nicht ahnen können. Jessica und Regine tuschelten wie immer. Ihre fast identischen Bobfrisuren in Kupferrot und Hellbraun berührten sich an den Spitzen. Die Schneider versuchte zu zählen, ob alle ihre 25 Schäfchen auch hier waren, während David und ich allen Kindern, die nass geworden waren, halfen, ihre Klamotten aus- und die Wechselwäsche anzuziehen, die in meinem großen Rucksack steckte. Mein Magen knurrte, ich war nass und die Kinder hatten nur Unfug im Kopf. Sie bewarfen sich mit nassen Hosen und T-Shirts, versuchten, sich Heu in die Krägen zu stopfen, und kletterten auf uns herum, als seien wir Spielgeräte. David warf mir gelegentlich ein Grinsen zu und ich bewunderte wieder einmal seine Geduld. Er war noch nicht allzu lange als »Bufdi« in unserer Einrichtung dabei, aber dass er ein Händchen im Umgang mit den Kindern hatte, war schnell klar geworden. Dabei machte er gar nichts Besonderes. Er saß einfach da, hörte ihnen zu, gab Tipps, wenn er gefragt wurde, und manchmal kitzelte er sie durch. Die Kinder liebten ihn – die Jungs wollten mit ihm Fußball spielen, die Mädchen ihn in der Puppenküche bekochen. David machte alles mit. Vielleicht war er auch so begehrt, weil er erstens das einzige männliche Wesen innerhalb der Kindergartenmauern und zweitens nicht ständig da war. Der Verein, der mehrere Kindergärten betrieb, hatte ihn über den »Bundesfreiwilligendienst« für leichtere Hausmeisterjobs und als Springer eingestellt, weil ständig irgendeine Erzieherin krank, schwanger, auf einem Seminar oder im Urlaub war.

Nachdem sich Annegret, eine beliebte und erfahrene Erzieherin in unserem Kindergarten, das Sprunggelenk gebrochen hatte und mehrere Wochen ausfiel, war David nun regelmäßig bei uns. Ich selbst machte seit neun Monaten im »Springseil e. V.« mein freiwilliges soziales Jahr.

Nach dem Abitur hatte ich nicht so genau gewusst, was ich machen sollte, und so kam ich auf die Idee, ein FSJ zu machen. Vielleicht würde mir danach klar sein, ob ich Jura studieren sollte oder doch lieber Psychologie (wofür ich dann immerhin schon zwei Wartesemester vorzuweisen hätte) oder vielleicht Journalismus. Gut, dass ich noch ein Vierteljahr Zeit zum Überlegen hatte...

Meine Eltern, meine Schwester, Max, mein Liebster, und meine Freunde nahmen meine Entscheidung für das FSJ so auf, als stünde sie schon seit spätestens dem Ende des vierten Schuljahres fest. Hätte ich gesagt, ich studiere BWL, wäre für sie alle eine Welt zusammengebrochen. Nein – Tabea wird etwas Soziales machen, das war allen klar. Okay, mir eigentlich auch. Schließlich ist die Welt, in der wir leben, nicht die allerbeste, die man sich vorstellen kann. Aber wenn jeder von uns ein klein wenig dazu beiträgt, sie besser zu machen, dann wird sie auch besser – meine Meinung!

Max hielt mich für eine Sozialromantikerin, unverbesserlich, aber auch unwiderstehlich, wie er, zumindest am Anfang unserer Beziehung vor gut eineinhalb Jahren, immer gerne in mein Ohr säuselte.

Jetzt allerdings flüsterte David: »Schau mal, wie raffiniert Hannah ist.« Er kicherte. »Erst steckt sie Berivan Heu ins T-Shirt, und während die das Zeug wieder rausholt, bedient sich Hannah aus Berivans Brotzeitdose.«

»Hey«, lachte ich zurück. »Du hast das Wort ›Brotzeit‹ schon gelernt – super!« Er knuffte mich in die Seite. Wir saßen an die Wand des Schobers gelehnt, hörten den Wind durch die Ritzen sausen, die Tropfen anklopfen und beobachteten, wie weltvergessen die Kinder durchs Heu tobten. David stammte aus Norddeutschland, woher genau, wusste ich nicht, und war mit der bayerischen Sprache alles andere als vertraut. Obwohl München ja die Welthauptstadt der »Zuagroasten« ist, rieben wir ihm alle seine Sprachunkenntnis ziemlich häufig unter die Nase und ließen ihn gerne an Wörtern wie »Oachkatzlschwoaf« verzweifeln. Er hatte zwei Tage gebraucht, um herauszufinden, dass das »Eichhörnchenschwanz« bedeutete, und jetzt trainierte er emsig und ziemlich vergebens eine korrekte Aussprache.

»Ochkootzlschwoof«, versuchte er es gerade mal wieder und ich lachte laut heraus. David griff nach einer Handvoll Heu und bewarf mich damit.

»Ha'k 'n Hark hatt, ha'k harken künnt«, rief er dabei aus und ich begann noch mehr zu kichern. Was sollte das denn für ein Kauderwelsch sein?

Während er mir diverse Strohhalme aus dem Haar zupfte, verriet er es: »Wenn ich eine Harke hätte, hätte ich harken können. So redet man bei uns.« Ah so.

»Heimweh nach zu Hause?«, fragte ich und mir wurde klar, dass wir uns bisher noch nie über persönliche Dinge unterhalten hatten. Sein immer leicht melancholischer Blick aus den großen Augen wurde wieder ernst. Dann schüttelte er energisch den Kopf, als müsse er eine lästige Fliege verscheuchen.

»Nee«, sagte er knapp. »Überhaupt nicht.«

»War's nicht schön, da wo du herkommst?«

»Bayern gefällt mir jedenfalls besser«, sagte er. Dann pflückte er einen weiteren Halm von meinem Haar und kitzelte mich damit an der Nase. Ich musste tatsächlich niesen und er lachte. Da klaubte ich Heu auf und bewarf nun ihn damit.

Wir vergaßen, dass wir nicht zu den Kindergartenkindern gehörten. Ich fühlte mich leicht und unbeschwert auf dem Gipfel des Heuberges. Wir stolperten und torkelten, schubsten und bewarfen uns. Ich bekam fast keine Luft mehr, so sehr musste ich lachen.

»Spielstopp«, rief ich, aber er zog mir ein Bein weg. Ich plumpste ins Heu, kullerte seitwärts und donnerte gegen die Bretterwand. Autsch, das war mein Kopf gewesen! David war sofort neben mir. Als sei ich einer unserer Schützlinge, streichelte er mir übers Haar und pustete sogar.

»Entschuldigung, das wollte ich wirklich nicht«, sagte er bestürzt und sah richtig besorgt aus. »Ich wollte ...«

»... du wolltest nur spielen«, presste ich hervor und konnte schon wieder grinsen. Er lachte nicht zurück. Sein Blick ließ meinen nicht los. Seine Finger strichen noch immer durch mein kurzes, kräftiges dunkles Haar. Das Schreien der Kinder um uns herum wurde immer leiser, die Hütte immer dunkler. Das einzige Licht strahlte aus seinen Augen direkt in meine. Seine Nase war schmal und lang, die Linien seiner Lippen sehr fein. Er hatte glatte Haut, von Bartwuchs war kaum etwas zu sehen. Ohne zu überlegen, strich ich mit dem Zeigefinger über seine Wange. Fühlte sie sich so glatt an, wie sie aussah? Ich fuhr die Konturen seines Gesichtes ab und er schloss die Augen. Frisch fühlte er sich an und er roch wie vom Wind gelüftete Wäsche. Trotz unseres Laufs vorhin. Meine Finger konnten die Wanderung nicht unterbrechen. Sie strichen über seine zarten, zitternden Augenlider. Sie zogen ein wenig an den störrischen Locken, dann schlossen sie sich, bildeten eine Kuhle und legten sich um sein Kinn. Im Gleichklang näherten sich Hand und Kinn meinem Gesicht. Seine geschlossenen Augen kamen immer näher, ich schloss meine und nun fühlte ich seine Fingerkuppen mein Gesicht berühren. Behutsam, langsam, sanft. Eine Gänsehaut überlief mich. Dann waren die Finger weg. Und seine Lippen da. Auf meinen. Mein Gott, war das schön. Diesmal fuhr der

Blitz direkt in mich. Er tastete mit seinem Mund meinen ab. Stückchen für Stückchen. Bitte, hör nie wieder damit auf, flehte ich innerlich. Dann kitzelte mich seine Zunge an den Mundwinkeln.

Komm, dachte ich, komm nur... Sterne explodierten, Welten verglühten, die Zeit kollabierte. Mir war es egal. So hatte mich noch nie jemand geküsst. Dieser Kuss war wie ein Geschenk, das man ein Leben lang nicht vergisst.

Draußen schrie die Schneider mit ihrer spitzen, dünnen Stimme und drängte die Kinder zum Aufstellen in Zweierreihen. David schob mich langsam von sich, ich öffnete die Augen und schloss sie gleich wieder.

»Noch mal«, flehte ich, aber David richtete sich schon auf und zog mich am Arm mit nach oben.

»Ach, da seid ihr«, brüllte Jessica herüber, sodass sich alle Köpfe zu uns drehten. »Hast du 'ne Heuallergie, Tabea? Du bist so rot im Gesicht!«

Ich schüttelte wortlos den Kopf. Ich wollte, dass alle jetzt sofort weggingen und nur wir zwei hierblieben, um durch den Heuschober zu tanzen. Doch leider mussten wir mit.

»Ich sag dem Max nichts«, zischte mir Regine im Vorbeigehen zu und stieß mit ihrer ausladenden Hüfte gegen meine. Es klang wie eine Drohung. Ich zuckte die Schultern.

»Was willst du ihm nicht sagen?«, tat ich leichthin, aber sie zog nur verschwörerisch die Augenbrauen hoch.

Das Gemecker einiger besorgter Eltern war an mir abgeprallt wie ein Flummi an der Zimmerdecke. Die Kinder kicherten und plapperten durcheinander und versuchten, Mama und Papa das Abenteuer »Gewitter« genauestens zu erklären. Und auch ich stand da und suchte nach einer Erklärung. Wieso hatten wir uns geküsst? Während der Fahrt mit der S-Bahn beobachtete ich ihn. Er saß zwischen den Kindern, sie turnten auf den Sitzen und auf ihm herum, er ermahnte sie sanft, machte sie auf seine Beobachtungen aufmerksam – der drollige Hund einer Rentnerin, das schlafende Baby in einem Kinderwagen – und sie folgten ihm wie dressierte Zicklein im Zirkus. Er war einfach wunderbar. Und so ganz anders als Max. Ich versuchte, den Namen zu verdrängen, wegzukauen, runterzuschlucken. Der Gedanke an Max stammte aus einer Parallelwelt, in die ich nicht zurückfinden wollte. Dabei wusste ich genau, dass ich, wenn der Kindergarten schloss, genau dorthin zurückkehren würde. Vielleicht stünde Max sogar hinterm Tor und wartete auf mich. Das tat er selten – aber es würde mich nicht wundern, wenn er es ausgerechnet heute täte. Oh Gott, genau! Heute Abend war ja das Geburtstagsfest seines besten Kumpels Schmolzi. Schrecklich! Bier trinken, Tischfussball spielen und eine Wurst nach der andern vom Grill futtern. Außerdem würden sie sich wieder über die Tofuwürste lustig machen, die mir irgendjemand gutmeinend besorgt haben würde. Ich hasse Tofu – und nur, weil ich Vegetarierin bin, muss ich keinen Tofu essen.

David hörte sich völlig gelassen das Schimpfen von Cuchelos Mutter an, die immer Angst hatte, ihre kleine Prinzessin würde sich im Regen wie Puderzucker auflösen. Ihr ziemlich schlechtes Deutsch war kaum zu verstehen, aber die Tonmelodie sagte alles. David nickte, dann fiel sein Blick auf mich und bekam etwas Schelmisches. Etwas so Vertrautes. Etwas so unglaublich Anziehendes. Okay, ich gebe zu, ich hatte ihn vom ersten Tag an süß gefunden – rein optisch. Aber er war so verschlossen gewesen, freundlich, aber sehr zurückhaltend, dass ich bisher kaum über ihn nachgedacht hatte. Beziehungsweise darüber, was ich für ihn empfand. Jetzt aber – mein Magen zog sich zusammen, als ich seinen Blick auf mir spürte, meine Knie wurden butterweich. Ich wollte die Eltern und Kinder beiseiteschieben, zu ihm eilen, meine Finger in seinen Locken vergraben und ihn küssen, küssen, küssen.

Max' Kopf schob sich in mein Blickfeld. Mit seinen 1,92 überragte er David bei Weitem. Ich sackte ein wenig zusammen, räusperte mich und winkte aufgesetzt fröhlich zu meinem Freund hinüber. Ich hob meinen Arm, deutete auf die Uhr am Handgelenk und zeigte ihm fünf Finger. Fünf Minuten musste er sich noch gedulden.

David und ich stießen in der Tür des Personalraums zusammen, wo wir unsere Taschen aufbewahrten. Ich wollte eilig raus – er rein. Er sah mich fragend an, aber bevor er etwas sagen konnte, reckte ich mich zu ihm hoch und küsste ihn auf den Mund. Ganz kurz. Es ging so schnell, dass ich gar nicht die Zeit hatte, meine Gedanken zu ordnen: A) Soll ich ihn küssen? B) Sieht uns auch niemand? und C) Bin ich eigentlich völlig bescheuert? Ehe A auch nur angedacht war, war schon alles geschehen. Und wieder war ich verzaubert – kombiniert mit einem drohenden Lachanfall, weil ich die Situation so absurd fand, und einem völlig schlechten Gewissen – hey, da draußen stand mein Freund! David griff nach meiner Hand, aber da lief ich schon fort. Wie konnte ich jetzt den obligatorischen Begrüßungskuss vermeiden? Ich war immer noch nicht wieder Herrin über meine Gedanken, geschweige denn über meine Gefühle.

Zum Glück telefonierte Max und winkte mich zu seinem

Wagen, einem alten, silberfarbenen Jeep Cherokee, den er von seinem im letzten Jahr verstorbenen Großonkel hatte übernehmen dürfen. In dem großräumigen Kofferraum lag bereits mein Fahrrad. Ich lästerte natürlich immer über den Benzinverbrauch des Autos, der bei gut zehn Litern lag, aber wie so oft stellte Max dann auf Durchzug.

Ich gebe zu, Max und mich würde man nicht sofort als Traumpaar einstufen. Dazu waren wir zu gegensätzlich. Vielleicht stimmte bei uns das Sprichwort von den Gegensätzen, die sich anziehen. Immerhin waren wir nun schon seit gut eineinhalb Jahren zusammen – ein Rekord sowohl für ihn als auch für mich. Und wenn man sich nicht auf die Unterschiede konzentrierte, dann konnte man auch sagen, wir ergänzten uns ziemlich gut. Ich war spontan und unternehmungslustig, er sorgte für die nötige Ruhe in meinem Leben. Er machte Witze, ich war fürs Diskutieren zuständig. Ich nahm vieles ernst, er das meiste auf die leichte Schulter. Er erdete mich, ich zog ihn hoch. Ich regte ihn auf, er mich ab. Außerdem war er in mancher Hinsicht empfänglich für meine Versuche, einen besseren Menschen aus ihm zu machen, und ich war darüber glücklich. Meinetwegen hatte er mit dem Rauchen aufgehört (na gut, sagen wir mal: in meiner Gegenwart!), er war deutlich pünktlicher geworden (okay, er ruft an, wenn er sich mehr als eine halbe Stunde verspätet) und – und da bin ich wirklich stolz drauf – er zog seine Lehre zum Assistenten für Geovisualisierung ziemlich ehrgeizig durch. Der Umgang mit Geodaten machte ihm großen Spaß. Außerdem hatte er nach den drei Jahren Ausbildung, wenn er gut war, die Möglichkeit, seine Fachhochschulreife zu machen und dann zu studieren. Allerdings würde er sicher nie von

München weggehen wollen, während ich schon mal von einem Studienplatz in Berlin, Hamburg oder gar London träumte.

Jetzt aber saßen wir in seinem Wagen, er redete immer noch ins Handy, das er zwischen Hals und Schulter eingeklemmt hatte, seine rechte Hand lag auf meinem Knie. Ich stierte zum Fenster hinaus und nahm nicht wahr, was hinter der Scheibe zu sehen war. David. Türkisblaue Augen. Wundervolle Locken. Durchtrainiert. Schmale Nase. Sanfte Lippen. Lässig unauffällige Klamotten. Ach, diese sanften Lippen...

»... auf dem Ausflug?«, fragte Max und schüttelte mein Knie hin und her. »Hallo? Jemand zu Hause?«

Ich legte meine Hand auf seine, versuchte, zu lächeln und ohne ein Räuspern zu antworten. »Das Gewitter hat uns ziemlich überrascht. Fast wären wir vom Blitz erschlagen worden.«

»Echt? Wow! Gut, dass nichts passiert ist.«

»Allerdings.«

»Sollen wir vielleicht lieber zu Hause bleiben heute Abend? Wir können doch auch das Bundesligaspiel gucken, wenn du Lust hast?«

Ich schüttelte den Kopf. Daheim hätte ich nur gegrübelt. Außerdem wäre Max irgendwann vielleicht zärtlich geworden und hätte... Nein, das ginge heute gar nicht.

An der nächsten roten Ampel zog Max meinen Kopf zu sich hinüber und küsste mich. Sehr bewusst küsste ich ihn zurück.

»Gut, dass du nicht flambiert worden bist«, sagte er und kraulte mich am Ohr, als sei ich sein Hund. »Ich hätte dich doch vermisst...!«

»Echt?«, entfuhr es mir. Gestern noch hatten wir uns gestritten. Ich wollte morgen, am Samstag, zu einer Occupy-Demo gehen, er in die Riem-Arkaden zum Shoppen. Wieso wurde mir mit einem Mal so überlebensgroß deutlich, wie wenig wir zusammenpassten? Annika, meine nächstjüngere Schwester, hatte sich schon das erste Mal halb totgelacht, als sie uns zusammen sah.

»Der sieht aus wie ein Shiba«, hatte sie gesagt. »Du weißt schon, diese japanischen Hunde mit den breiten Köpfen, schräg stehenden, schmalen Augen, den kurzen Haaren, so ganz hellbraune. Ähnlich wie Chow-Chows, nur kurzhaarig und sportlicher.« Ganz unrecht hatte sie nicht: Max hatte einen ziemlichen Quadratschädel, raspelkurze blonde Haare, hellblaue, lebendige Augen, allzeit rote Wangen und eine ziemlich breite Stupsnase. Es war nicht sein Aussehen, in das ich mich verliebt hatte. Er hatte so eine Beständigkeit ausgestrahlt. Er war mein Fels in der Brandung. Der Garant dafür, in dieser Welt nicht den Boden unter den Füßen zu verlieren.

Aber jetzt, das merkte ich gerade genau, wollte ich nichts lieber als das: den Boden unter den Füßen verlieren und fliegen. Mit David in den Himmel fliegen. Scheiße, ich war echt dabei, mich zu verlieben.

Er wird Repressalien walten lassen. Das Ungeziefer muss vom Antlitz der Erde verschwinden, es muss beseitigt und ausgelöscht werden. Die Aufgabe liegt klar und deutlich vor ihm. Er muss sie nur umsetzen. Bemühe deine Intelligenz, denkt er und betrachtet sich im Spiegel. Alles in Ordnung. Die Augen blitzen blau. Das Haar nicht zu kurz, nicht zu lang. Der Schnurrbart passend getrimmt. Endlich verschwindet das Jungenhafte aus seinen Zügen, das er immer so gehasst hat. Er ist hart – gegen die andern, aber auch gegen sich. Und endlich fängt man an, ihm dies anzusehen. Die weichlichen, weibischen Züge verschwinden. Sein wahres Ich kommt zum Vorschein. Jeder soll sehen, dass mit ihm nicht zu spaßen ist. Dass man mit ihm rechnen muss. Dass die Rechnung nicht ohne ihn gemacht werden kann. Er ist der Herr über Leben und Tod. Da hilft es auch nichts, wenn man sich versteckt. Ich werde ihn finden und ihn ausmerzen wie eine räudige Ratte. Winselnd wird er vor mir im Staub liegen und um Gnade betteln. Aber er hat seine Chance verspielt – seit Langem schon, denkt er.

Er zieht die Krawatte gerade. Ein ordentliches Äußeres ist ihm wichtig. Sonst wird man so schnell in Schubladen gesteckt und da würde er sich unwohl fühlen. Er ist Individualist, auch wenn er die Gruppe braucht. Aber die Gruppe braucht ihn noch viel mehr. Er wird sich den Herausforderungen stellen und sie führen bis zum Sieg. Das Wort »Niederlage« kommt in seinem Wortschatz nicht vor. Vorher wird er aufräumen mit diesen Schmeißfliegen, die meinen, sie können ihn vernichten. Gnade mit denen, die meinen, sie können diese Tatsache hinter sich lassen und vergessen. Es geht um eine große Sache, eine ganz große Sache, bei der der Einzelne völlig unwichtig ist. Außer er versucht, die große Sache zu untergraben. Aber das wird ihm nicht gelingen. Und er weiß auch schon, wie er ihn kriegt. Er kennt seinen Schwachpunkt. Er muss nur geduldig sein und abwarten. Weiter Angst machen. Die Angst steigern. Von Monat zu Monat. Von Woche zu Woche. Von Tag zu Tag. Seine Stunde wird kommen. Schon bald. Er weiß es, denn er ist der Herr über Leben und Tod.

2. Kapitel

Ich kann mich nicht erinnern, wie ich das Wochenende überstanden habe. Wie ferngesteuert lief ich im Modus »Max' Freundin« herum. Ich saß beim Geburtstagsfest von Schmolzi dabei und ertrug es nur, weil ich viel Caipirinha trank und an den Kuss dachte. Die Küsse. Ich hatte ihn schon zwei Mal geküsst!

Na und?, dachte ich dann. Max hatte mir doch neulich selbst gestanden, dass er auf einer Fete bei Roland mit Alex rumgeknutscht hat. Ausgerechnet mit Alex – dieser großen, langbeinigen Möchtegern-Heidi-Klum. Deren Hobby es ist, die Kollektion von H&M auswendig zu lernen. »Ich war angesäuselt, hatte Sehnsucht nach dir und dann kam die Alex und hat mich blöd angebaggert«, hatte Max zur Verteidigung angebracht. Und ich hatte ihm großmütig verziehen. Warum war ich auch nicht mitgegangen auf die Party? Warum hatte ich ins Kino gehen müssen, um mir einen Dokumentarfilm über die Ausbeutung der peruanischen Landbevölkerung anzusehen mit anschließender Diskussion? Selbst schuld!

Irgendwie spürte ich, dass es mit David anders war. Das war kein Ausrutscher gewesen. Das war pure Anziehungskraft! Ich wollte mich nicht einfach mal so mit ihm amüsieren. Ich wollte wissen, wer er war, wer sich hinter dieser zurückhaltenden Fassade verbarg. Seine Melancholie zog mich an. Ich wollte bestätigt sehen, dass er der sensible, anteilnehmende, gute Junge war, für den ich ihn hielt. Dem *ich* ein Lächeln entlocken konnte. Und mit dem ich gemeinsam die Welt würde retten können. Max war plötzlich nur noch ein Handwerker, während David mein Künstler war. Sein Kuss hatte mich beseelt.

Am Montagmorgen, als ich den Kindergarten betrat, pochte mein Herz bis zum Hals. Ich wusste nicht einmal genau, ob er diese Woche bei uns wäre. Vielleicht war Annegret ja wieder da?

Aber er saß tatsächlich in der Lego-Gruppe, die als einzige so früh geöffnet hatte, und fütterte Berivan mit Apfelstückchen. Sie saß auf seinem Schoß und schnappte wie ein Seehund nach den Schnitzen, die er knapp über ihren Mund hielt. Ich war so versunken in den Anblick, dass ich erschrocken zusammenfuhr, als mich Regine mit ihrem üblichen lauten »Guten Morgen« begrüßte.

»Schon wach?«, setzte sie nach. »Hallo, das Wochenende ist rum!« Angesichts ihres groß gemusterten grellbunten T-Shirts musste ich mir die Augen reiben. Ich gähnte demonstrativ und verschwand in Richtung Personalraum. Mit dem Finger strich ich über den Türrahmen. Hier hatten wir uns am Freitag geküsst.

»Alles klar?«, hörte ich plötzlich seine Stimme hinter mir. Bis ich mich umdrehte, war ich schon hochrot im Gesicht. Ich nickte ihm lächelnd zu. Er lächelte zurück, holte ein Päckchen Taschentücher aus einem der Regale und mit einem »Die sind schon fast wieder aus!« verschwand er.

Ich war enttäuscht. Kein verschwörerischer Blick. Kein kurzes Berühren, wenigstens an der Schulter. Keine... Verbindlichkeit. Nur ein kleines Lächeln unter Kollegen. War er doch von der Sorte, die mit Mädchen spielte? Kurz entflammen, schnell verglühen?

»Tabea, kommst du? Morgenkreis!«, rief Jessica.

David und ich saßen uns gegenüber. Ich glaube nicht, dass einer von uns hinterher hätte sagen können, welches Lied wir gesungen hatten. David starrte ausdruckslos auf den Boden, er überließ Cuchelo, die nun auf seinem Schoß saß, seine Hände zum Mitklatschen und bewegte den Mund, ohne dass ein Laut herauskam. Hoffentlich ging das nicht den ganzen Tag so weiter! Oder die ganze Woche! Das würde ich nicht ertragen, ich musste mit ihm reden, unbedingt!

Doch der Montag schien nicht der richtige Tag dafür zu sein. Es war so viel zu tun, ständig lagen sich irgendwelche Kinder in den Haaren und wir mussten Streitereien schlichten, trösten und ablenken, sodass wir kaum eine Minute zum Durchatmen kamen. Nicht einmal die Mittagspause konnten wir gemeinsam verbringen. Während David in der Küche half, ging ich in die Pause, er erholte sich, während ich Schlafwache bei den Kleinen hielt. Und als ich um fünf Uhr ging, stand schon wieder Max draußen. Er hatte gerade Berufsschule und daher früher frei als üblich. Fast war ich froh, denn ich spürte auch, dass ich Angst hatte, David anzusprechen – und inständig hoffte, er würde den ersten Schritt tun.

Am Ende des Tages saß ich unbeweglich auf Max' Bett und versuchte, die Tränen herunterzuschlucken. Er betrachtete mich irritiert.

Ich spürte, dass unsere Zeit zu Ende ging. Und ich glaube, das wäre auch ohne David so gewesen. Nur hatte mir David geholfen, dieses Ende wahrzunehmen.

»Max, ich weiß nicht«, stotterte ich leise. »Irgendwie, im Moment, also ...«

»Klare Ansage«, sagte Max schmunzelnd. »Schatzi, du bist überarbeitet.« Er legte den Arm um mich. »Morgen sieht alles gleich wieder viel besser aus. Und jetzt lass uns schlafen gehen.«

Ich weiß nicht, wie lange ich überlegte, aber irgendwann nachdem er eingeschlafen war, entwand ich mich ihm, zog mich an und lief leise durch das nachtstille Haus seiner Eltern. Mein Fahrrad stand noch in der Garage und ich brauchte keine zehn Minuten, um nach Hause zu radeln.

Wie ein geborgenes Nest erschien mir das weiße, zweistöckige Haus mit dem ausgebauten roten Satteldach. Manchmal fand ich es spießig mit seinen braunen Fensterläden, dem braunen Zaun mit dem Tor darin und der Haustür aus Holz. Die Unordnung, die sich durchs ganze Haus zog, machte mich manchmal fuchsig, auch wenn ich wusste, dass uns allen zu wenig Zeit blieb, um den vielen Plunder auszusortieren oder wegzuräumen. Und so stolperte man eben immer wieder über Gartengerätschaften, Pflanzen, die dringend eingetopft werden mussten, leere Wasser- und Bierkästen, Hundefutter, alte Kartons, Zeitungen, Plastikflaschen und so weiter. Trotzdem war es gemütlich bei uns. Viele honigfarbene Holzmöbel waren mit Erinnerungsstücken vollgestellt, die Zeugen eines bunten, intensiven Familienlebens waren. Seien es Fotos und Kinderzeichnungen von uns oder gar noch die ersten Basteleien aus dem Kindergarten – jedes Stück hatte seinen Platz.

Als ich die Haustür aufsperrte, scheuchte ich Socke aus ihrem Korb auf, aber immerhin winselte die portugiesische Kuhhündin so leise, dass niemand geweckt wurde. Ich klopfte ihr das kurzhaarige braune Fell und sie drückte ihren Kopf erfreut an meine Oberschenkel.

»Hallo, Tabi«, sagte da eine vertraute Stimme und ich sah erstaunt zu Juli, meiner 14-jährigen, jüngsten Schwester auf.

»Du bist ja noch wach!«

»Konnte nicht schlafen. Hatte Durst. Wo warst du? Bist du traurig?« Wie so oft wischte sie sich Haarsträhnen aus dem Gesicht, die sofort wieder zurückfielen.

Ich zog sie mit mir in die Küche, wo noch die offene Orangensaftflasche neben der Spüle stand. Ich drehte sie zu und stellte sie zurück in den Kühlschrank.

»Ups, vergessen«, lachte Juli und warf mir ihr unglaubliches, herzwärmendes Lächeln zu. Dann kam sie zu mir und legte ihre weichen Arme um mich.

»Schön, dass du da bist.« Ich streichelte über ihre langen blonden Haare, ganz schlafzerzaust waren sie.

»Jetzt müssen wir aber wieder ins Bett gehen, Juli«, sagte ich sanft. »Bald klingelt der Wecker.«

»Okay.« Sie fasste mich eng um die Taille, wir stiegen die Treppe ins obere Stockwerk hinauf und ich brachte Juli zurück in ihr Bett. Unter ihren Pferde- und Hundepostern schlief sie schnell wieder ein. Ich betrachtete noch eine Weile ihr entspanntes rosiges Gesicht und wunderte mich wieder einmal. Wieso hatte sie sofort gespürt, dass ich traurig war? Annika würde nicht mal was merken, wenn ich mir das Wort »traurig« auf die Stirn tätowieren würde. Annika war 16 und alle drei Tage in einen andern verliebt. Da blieb nicht viel Zeit, sich um die große Schwester Sorgen zu machen. Was sie ja auch gar nicht sollte. Aber Juli? Unsere Juli, der Liebling der Familie.

Als die Ärzte ziemlich schnell nach ihrer Geburt mit der Diagonse »Downsyndrom« kamen, waren meine Eltern völlig geschockt. Meine Mutter Monika war gerade mal Anfang 30 und hätte nie gedacht, dass sie ein behindertes Kind bekommen könnte. Ich war damals etwas über vier, Annika gerade zwei. Wir freuten uns einfach über diese kleine, runde Schwester, die wir bemuttern konnten. Uns wäre niemals aufgefallen, dass sie anders war als wir. Uns war es egal, dass sie erst mit gut drei Jahren einigermaßen laufen konnte und zu diesem Zeitpunkt nur wenige Worte sprach – während sie heutzutage die größte Plapperliese von uns dreien ist. Sie spricht in kurzen, knappen Sätzen – gerne viele und oft mit wiederkehrendem Inhalt. Mit ihrem wunderschönen Lächeln hatte sie die ganze Familie sofort verzaubert. Meine Eltern taten alles, damit Juli ein so normales Leben wie möglich führen konnte. Na ja, was hieß in einer Familie mit drei Mädels schon normal? Immer war irgendwer beleidigt, laut, albern, zickig, verträumt, krank, zu spät dran oder hungrig. Und da meine Mutter die Gärtnerei ihrer inzwischen verstorbenen Eltern übernommen hatte, war sie viel beschäftigt. Der einzige Vorteil war, dass unser Haus gleich hinter der Gärtnerei lag und sie keine großen Wege zurückzulegen hatte. Außerdem waren wir Mädchen, solange wir noch nicht zur Schule gingen, einfach immer dabei. Im Sommer wühlten wir in der Erde und pflückten Blumen, Obst und Gemüse. Schnell hatte meine Mutter uns beigebracht, beim Säen, dem Ziehen und Pikieren von Setzlingen, Ernten und allen möglichen anderen Dingen, die in der Gärtnerei anfielen, mitzuhelfen. In der kühleren Jahreszeit hielten wir uns viel im Gewächshaus auf, bastelten für die Weihnachtszeit oder für Ostern und waren meist sehr zufrieden damit. Mein Vater Harald war Lehrer an der städtischen Berufsschule für Gartenbau und hatte daher glücklicherweise relativ viel Zeit, sich um uns zu kümmern und meine Mutter zu unterstützen.

Als Baby und Kleinkind hatte Juli mehrere Herzoperationen zu überstehen und benötigte natürlich sehr viel Aufmerksamkeit meiner Eltern. Später kam Förderung durch Physiotherapeuten und Logopäden hinzu. Aber wenn es eng war, beschäftigten meine Eltern immer wieder Gerda, die als Haushaltshilfe bald unersetzlich wurde. Inzwischen war sie über 70 und kam nur noch zu Besuch zu uns. Ich hatte nie das Gefühl, dass ich durch Juli bei irgendetwas zu kurz gekommen wäre oder auf etwas hätte verzichten müssen – im Gegenteil, diese Schwester war das größte Geschenk, das man uns hatte machen können. Wir lernten alle schnell, uns auf die wesentlichen Dinge im Leben zu konzentrieren und nicht immer rumzujammern, nur weil mal etwas nicht funktionierte oder ein Wunsch nicht erfüllt wurde. Juli war einfach ein Sonnenschein, die uns alle von dem Moment an, in dem sie morgens die Augen aufschlug, zum Lachen brachte. Außerdem war sie es, die einen am besten trösten konnte – einfach weil sie sofort spürte, wenn was nicht stimmte. Ohne groß zu fragen, nahm sie einen in den Arm, streichelte einem die Hand und summte manchmal eine einfache Melodie dazu. Da fühlte man sich gleich so geborgen und geliebt, dass man jeden Kummer schnell vergaß. Ich jedenfalls war sehr empfänglich für Julis Trostspenden. Annika entzog sich da eher mal. Sie hatte früh versucht, möglichst unabhängig von unserer Familie zu sein, ihren Kopf durchzusetzen und ihre eigene Sache zu machen – je mehr es gegen unsere Familienkonventionen verstieß, umso besser. Im Gegensatz zum Rest der Familie war Annika sehr ordentlich. Sie sah immer wie aus dem Ei gepellt aus und ihr Zimmer war jederzeit aufgeräumt. Auch sonst war sie sehr klar und rational – außer wenn sie für Jungs schwärmte. Da konnte sich schon mal ein Klassenstreber oder ein Muttersöhnchen unter die Objekte ihrer Begierde verirren. Wie erstaunt war ich gewesen, als sie nach dem Realschulabschluss tatsächlich mit einer Gärtnerei-Ausbildung bei meiner Mutter begonnen hatte. Aber sie hatte eben auch den grünen Daumen unserer Ma geerbt. Alles in allem hingen wir fünf sehr aneinander – und natürlich auch an Socke, der Hündin, die eigentlich Cassandra hieß. Aber weil sie sich als Welpe immer auf alle Socken gestürzt hatte, um sie mit ihren kleinen, spitzen Zähnen zu zernagen, hatte sich irgendwann der Name Socke für sie durchgesetzt. Ich glaube, Juli war darauf gekommen.

Am Mittwoch wurden David und ich losgeschickt, um das wöchentliche Frischobst und -gemüse abzuholen, das es zwischendurch für die Kinder gab. Es war nicht weit zu dem Biobauern, aber weil wir viel zu tragen hatten, nahmen wir den kleinen Transporter, der dem Verein gehörte. Ich befürchtete, die Beifahrertür nicht zuzukriegen, so sehr zitterten meine Hände. War ich dabei, verrückt zu werden? Okay, ich war in Max am Anfang auch ziemlich verknallt gewesen – aber so was? Noch dazu, wo ich es doch gar nicht wollte.

Schweigend saß ich im Bus. Sollte ich von unserem Kuss reden? Ihn fragen, ob er etwas für mich empfand? *Oh my god!* Ich brachte es einfach nicht übers Herz. Mehrmals öffnete ich den Mund. Und schloss ihn sofort wieder. Auch David schwieg eisern. Er musste sich wohl sehr auf das Fahren konzentrieren.

Recht wortkarg nahmen wir das Obst und Gemüse entgegen und packten es in den Laderaum des Transporters. David schloss schwungvoll die Hecktür. Da ich links von ihm stand, musste ich an ihm vorbei, um zur Beifahrertür zu gelangen. Im selben Moment gingen wir los, tänzelten umeinander herum, weil jeder den anderen vorbeilassen wollte, und endlich lächelte er. Da nahm ich seine Hand. Seine große, etwas rissige Hand. Und hielt sie einfach fest. Er erwiderte den Druck und ich sah, dass er schluckte.

»Ist die Tür richtig zu?«, fragte er plötzlich, lehnte sich mit dem Rücken dagegen und drückte noch mal. Alles okay.

»Äh, ich... du...«, stammelte ich los, ohne auch nur die leiseste Idee davon zu haben, welche Buchstaben meine Zunge als Nächstes formen würde.

»Ja, du... ich... auch«, stotterte er genauso und wurde tatsächlich rot. Plötzlich musste ich lachen.

»Was – du auch?«, fragte ich nach.

»Ich träume jede Nacht, dass wir uns küssen. So einen schönen Traum hatte ich seit Jahren nicht mehr.« Schnell sagte er das, als hätte er Angst, die Worte zu verschlucken, wenn er sie nicht gleich aussprach. Ich konnte ihm endlich in die Augen sehen.

»Ich träume jede Nacht *und* jeden Tag davon«, sagte ich. Und da beugte er den Kopf zu mir herunter und endlich, endlich spürte ich seine Lippen auf meinen. Wie zwei Puzzleteile, die perfekt zueinanderpassten.

»Könnt's ihr ned mal den Wagen da wegfahren«, holte

uns jemand zurück auf die Erde. »Der steht total im Weg, da kommt der Traktor ned durch!«

Auf der Rückfahrt ließen wir unsere Hände nicht los. Wir umfassten sogar gemeinsam den Gangschaltungsknüppel. Erst als wir ausstiegen und die Gemüse- und Obstkisten in den Kindergarten brachten, lösten wir uns voneinander.

Die Realität hatte uns grausam schnell wieder. Aber irgendwie hörten sich die Kinderschreie leiser an als sonst, die Kleinen waren leicht wie Federn, wenn man sie herumtrug, und mir schien, sie beschäftigten sich länger als sonst mit einer Sache – und ließen uns in Ruhe. Vielleicht schwebte mein Kopf, mein Herz, mein ganzer Körper so weit oben in Wolke sieben, dass ich nicht mal mitbekommen hätte, wenn der Kindergarten von einem riesigen grünen Drachen verschluckt worden wäre.

Glücklicherweise war das Wetter herrlich und die Kinder konnten durch den Garten toben. Wir saßen still auf einer Bank und beobachteten sie. Unsere Fingerspitzen berührten sich. Keiner würde es bemerken. Wir glühten innerlich, alle beide. Nur die Zeiger der Uhr hatten sich gegen uns verschworen – sie krochen so langsam wie noch nie.

Aber irgendwann hatte auch dieser Arbeitstag ein Ende. Wie immer kam Moritz' Mutter um fünf Minuten nach fünf, entschuldigte sich wortreich für ihre Verspätung und um viertel nach fünf konnten wir den Kindergarten endlich absperren.

Langsam ging ich zu meinem Fahrrad. Von Trudering, wo meine Eltern wohnten, bis hierher zum Kindergarten in der Messestadt brauchte ich durch den Park gerade mal eine Viertelstunde. Wo David wohnte, darüber hatte ich mir nie Gedanken gemacht. Ich wusste nur, dass er mit dem Bus kam.

Unschlüssig sperrte ich mein Rad auf. David stand vor mir, die Hände tief in den Hosentaschen vergraben. Wir konnten ja nicht bis morgen früh hier stehen bleiben. Also sagte ich: »Ist richtiges Biergartenwetter heute. Warst du schon mal in einem?« Er schüttelte den Kopf.

»Dann komm.«

Bis zum Park gingen wir schweigend nebeneinanderher, mein Fahrrad schob ich. Nach wenigen Schritten hatten sich unsere Hände gefunden. Ich genoss es, nichts sagen zu müssen. Es war ein heiliger Moment. Die Wiesen dufteten und waren von blauen, pinkfarbenen, roten, orangen und weißen Blumen übersät. Die kleinen Nadelwäldchen dazwischen verströmten ein wenig Kühle in den heißen Tag. Vom See wehten die Stimmen der Badenden zu uns hinüber. Ich lief wie auf Wolken.

Wir blieben im gleichen Moment stehen. Rasch stellte ich mein Fahrrad ab, zog ihn in den Schatten eines Baumes und dann legte ich meine Hände um seinen Hals. Endlich wieder diese Lippen spüren, diese Zunge, die mich liebkoste und verwöhnte. Es war wie ein allererster Kuss. Er war süß und nass und wunderschön. Das ganz schwache bittere Aroma ignorierte ich. Ich wollte die Stimme in meinem Kopf nicht hören, die unablässig eine einzige Silbe ausspuckte: Max, Max, Max, Max...

Es kam mir wie eine Ewigkeit vor, bis wir uns voneinander trennten. Dann sahen wir uns in die Augen. Eine weitere Ewigkeit. Von diesem Moment an wusste ich, dass nichts mehr aufzuhalten war. Ich wollte diesen Jungen hier vor mir, mit Haut und Haaren, Seele und allem. Wer war Max?

Als wir etwa eine Stunde später im Biergarten ankamen, spürte ich den Hunger. Ich holte »Obazdn« für uns, Radi, Salat, Brezen, ein halbes Hendl für ihn, wir teilten uns ein Radler. Doch trotz des Hungers wurde das Essen schnell zur Nebensache. Denn endlich schafften wir es, uns zu unterhalten. Uns übereinander zu informieren. Ich erzählte ihm von meiner Familie, der Gärtnerei, meinen Plänen und Träumen. Er hörte aufmerksam zu, fragte viel nach. Wollte wissen, welche Bücher ich las, welche Musik ich hörte. Ihn interessierte meine politische Einstellung genauso wie meine Lieblingsfarbe. Er war so süß!

Mir war es fast peinlich, dass ich so viel über mich redete – nachher hielt er mich noch für egozentrisch.

»Jetzt erzähl doch mal von dir«, sagte ich schließlich.

»Zu Befehl«, grinste er und ratterte los: »David Liebig, 21 Jahre alt, wohnhaft seit vier Monaten in München-Daglfing, geboren und aufgewachsen in Hamburg, Eltern haben einen Gas-Wasser-Installationsbetrieb, schlechter Schüler, abgebrochene Schreinerlehre – auf der Suche nach etwas Neuem.« Er fuhr sich über sein glattes Kinn. »Reicht das?«

»Nein«, sagte ich gedehnt. »Nicht mal fürs Erste. Aber wir haben ja noch viel Zeit. Hoffe ich.« Sein Blick verdüsterte sich ein wenig.

»Was ist mit deinem Freund?«, fragte er dann geradeheraus. »Der wird das alles nicht gutheißen, oder?!«

»Nicht gutheißen?«, wiederholte ich. Komischer Ausdruck. »Ich weiß ehrlich gesagt nicht, was er sagen wird. Bisher habe ich ihm noch nie Anlass zur Eifersucht gegeben. Hey, ich mach nicht mit anderen Typen rum, einfach so.«

»Das heißt?«

Ich umklammerte seine Hand und zog seinen Kopf zu mir hinüber. Ich versuchte, durch die orangenen Sprenkel seiner Iris direkt in ihn hineinzuschauen.

»Das heißt – ich hatte nicht vor, dich zu küssen. Aber jetzt kann ich nie wieder damit aufhören.« Wir streckten uns noch weiter vor und unsere Lippen berührten sich aufs Neue. Ich schmeckte die Schärfe des Radieschens, das er gerade gegessen hatte. Aber selbst die schmeckte süß.

»Ich werde mit ihm Schluss machen«, verkündete ich feierlich.

»Meinetwegen?«, fragte David ungläubig. Ich sah ihn verdutzt an.

»Na ja, weswegen sonst?«

Er blickte auf die abblätternde Lackierung des Biertisches und grinste verlegen.

»Meinetwegen hat noch nie eine Frau mit ihrem Kerl Schluss gemacht«, sagte er leise.

»Dann wird's Zeit«, sagte ich beinahe unbekümmert.

Als die Dämmerung einsetzte, brachen wir auf. Wir schlenderten in Richtung meines Fahrrades, als ich plötzlich eine sehr bekannte Stimme meinen Namen rufen hörte. Die Stimme klang aufgebracht. Ich drehte mich langsam um.

»Hey, Max«, sagte ich so unbefangen wie möglich. »Ist dein Fußballtraining schon rum?« Max hielt sich nicht mit der Beantwortung meiner Frage auf. Am liebsten wäre ich davongelaufen. Ich war alles andere als cool. Max hasste diesen Biergarten, er kam nie hierher.

»Wer ist der da?«, fragte mein Freund und wies mit dem Daumen auf David.

»Ein Kollege. Er ist neu in München. Ich wollte ihm die

Biergartenkultur zeigen.« Max stemmte die Hände in die Hüften.

»Aha.« Dann zog er mich an sich und küsste mich hart auf den Mund. »Dass du Bescheid weißt«, sagte er zu David. »Das ist meine Freundin. Die ist im Kennenlernangebot nicht enthalten.«

David hob abwehrend die Hände. Seine Augen zogen sich leicht zusammen, er ging ein paar Schritte rückwärts.

Auf welcher Seite stand ich? Gerade hatte ich noch gesäuselt, dass ich problemlos Schluss machen würde. Wenn ich jetzt nichts sagte, wäre das mein erster Verrat an David. Aber Max' Gesicht ließ mich zurückschrecken. Er sah so wütend aus, wie ich ihn noch nie gesehen hatte. Die steile Falte zwischen Nase und Stirn vertiefte sich. Er lief rot an. Er fixierte David. Er hatte längst durchschaut, was hier lief.

»Schmolzi hat mich angerufen. Er hat dich mit dem kommen sehen«, sagte Max. »Hand in Hand.«

Scheiße. Nein – eigentlich nicht! Warum nicht jetzt?

David sah nervös zwischen Max und mir hin und her. Er wirkte wie ein verängstigtes Tier mit ausgeprägtem Fluchtinstinkt.

»Okay«, sagte ich zu Max. »Dann sage ich es dir eben: Ich mache Schluss mit dir. Es ist aus.« Wie lächerlich das klang. Es ist aus. Was war aus? Meine Gefühle zu ihm – ja, die waren tatsächlich ausgegangen. Die waren aufgebraucht, verloschen.

Die Luft zwischen uns war aufgeladener als bei dem Gewitter vor ein paar Tagen. David kaute auf seiner Unterlippe. Max wurde noch röter.

Seine Hand schoss auf mich zu, und ehe ich auch nur

einen Zentimeter ausweichen konnte, traf sie mich mitten im Gesicht. Ich taumelte gegen mein Fahrrad und hielt mir die Wange.

David schnellte vor und schubste Max von mir fort.

»Fass sie nicht an«, zischte er. Scheiße, das würde doch hier nicht in eine Schlägerei ausarten? Ich vergaß meine Wange und griff David von hinten um die Taille, zog ihn fort von Max.

»Hör auf«, schrie ich.

Max ballte die Fäuste.

»Komm nur«, blaffte er David an. »Vor dir Würstchen hab ich keine Angst!«

Davids Körper wurde plötzlich ganz steif. Er hatte das Kinn vorgereckt, die Zähne gefletscht, seine Augen weit aufgerissen und die Hände zu Fäusten geballt. Er stierte Max an, bewegte sich aber keinen Millimeter. Max tänzelte nervös vor ihm auf und ab. David quetschte jedes Wort einzeln zwischen seinen Lippen hervor. Er sprach leise, aber so deutlich, dass man es bis in die hinterste Biergartenecke verstand – so schien es mir.

»Fass sie nie wieder an«, sagte David.

Max ließ die Hände sinken. Er spürte es genau. Und ich auch. Mit David war nicht zu scherzen. Er mochte einen Kopf kleiner sein als Max – aber es gab keinen Zweifel daran, dass David ihn plattgemacht hätte.

»Komm, bitte!« Ich zog David fort – von meinem Exfreund. Ich zitterte am ganzen Körper. Nur mühsam schaffte ich es, mein Fahrrad aufzuschließen. David sah mir zu, ohne etwas wahrzunehmen. Auch er zitterte nun und hatte sichtlich Mühe, sich wieder unter Kontrolle zu bringen. Noch wirkten seine Gesichtszüge angespannt.

Wir waren schon ein paar Schritte gegangen, als Max uns hinterhergrölte: »Das werdet ihr mir büßen!«

David blieb abrupt stehen und ich sah, wie es in ihm arbeitete. Der Sturm war noch nicht ganz vorübergezogen.

»Komm«, sagte ich nochmals, leise, bebend. David folgte mir.

Aber die Magie des Abends war zerbrochen. Düster spiegelten sich die letzten Sonnenstrahlen in ihren Scherben.

Er hasst sie beide. Sie und ihn. Er wird sie beide jagen, bis sie ausgeschaltet sind. Und ihm nicht mehr schaden können. Er malt sich aus, wie er zuerst sie quält. Ihr ein Messer an die Gurgel drückt. Sie wird wimmern und jammern. Am schönsten wäre, wenn er ihn dabei zusehen lassen könnte. Gefesselt, geknebelt, nur die blauen Augen könnten um Gnade flehen. Aber es gibt keine Gnade. Schließlich war es Verrat und auf Verrat steht die höchste Strafe. Die allerhöchste.

Zuerst braucht er noch den Beweis. Er wird ihn sich holen. Wenn nicht heute, dann morgen. Er hat Zeit. Niemand ahnt etwas. Die Polizei? Wie gut, dass sie in solchen Fällen geradezu desinteressiert ist. Kein Hauch eines Verdachts ist auf ihn gefallen. Eine Krähe hackt der anderen kein Auge aus, das weiß doch jeder. Dass die andere Krähe ein dummes Schaf im Wolfspelz war – keiner hat es geahnt. Außer ihm, dem Verräter. Und deshalb muss er ausgeschaltet werden. Damit das auch so bleibt. Es kann nicht sein, dass ihn irgendjemand mit seinem Wissen in der Hand hat. Es war unverzeihlich, ihn fortlaufen zu lassen, das muss er zugeben. Aber in diesem Tohuwabohu… Woran er sich erinnert, ist, dass sich der Verräter über das

Schaf gebeugt hat, dass er an ihm rumgezerrt hat. Er hat etwas mitgenommen. Nur was? Keine Sorge, immer mit der Ruhe. Er wird es herausfinden. Er wird es an sich nehmen. Und den Verräter ausschalten. Er muss es geschickt machen, das ist klar, damit keiner von beiden etwas ahnt. Damit er mit einem Schlag ausholen kann, mit einem Mal dasteht, auferstanden aus dem Gestern, befreit aus dem Netz des Vergessens, in dem nichts verloren geht.

Er wird sie umkreisen und beobachten. Er ist sich sicher, dass der Verräter zurückkehren wird. Er kann nicht ohne sie. Sie war immer sein Schwachpunkt. Und den weiß er jetzt zu nutzen.

Kurz überlegt er, ob er ein paar Gleichgesinnte hinzuziehen soll. Und verwirft den Gedanken. Letztlich kann er doch nur sich selbst vertrauen. Er weiß, wo der Weg langführt, ihn kann keine Abzweigung auf krumme Pfade locken. Er geht geradeaus, unaufhaltsam. Manche werfen ihm seine Sturheit vor. Er nennt das Geradlinigkeit und nur mit dieser wird das Ziel erreicht werden. Er ist der Herr über Leben und Tod.

3. Kapitel

Auf dem ziemlich schweigsamen Heimweg waren wir übereingekommen, dass wir niemandem im Kindergarten etwas sagen würden. Ich wusste zwar nicht genau, wie ich es den ganzen Tag neben ihm aushalten sollte, ohne ihn berühren zu dürfen, aber es musste einfach gehen. Außerdem bekam unser Geheimnis eine leicht bittere, aber dafür umso süßere Note. Ich liebte Zartbitter.

Wir trennten uns nach einem langen Abschiedskuss und ich versuchte, die fiese Begegnung mit Max zu verdrängen.

Es gelang mir nicht. Ewig lag ich wach – hin- und hergerissen zwischen den wunderbar warmen Gedanken an David und dem Erschrecken darüber, wie heftig Max reagiert hatte. Das hatte ich nicht erwartet. Fast wäre ich beleidigt gewesen, wenn er mich einfach so aufgegeben hätte – aber dass er handgreiflich würde, hätte ich ihm nicht zugetraut.

Irgendwann kam Juli zu mir ins Bett gekrochen, was sie gerne tat, wenn sie einen Albtraum gehabt hatte. Ihr warmer Körper entspannte mich und schließlich schlief ich ein.

Der Kindergartentag gelang uns besser, als ich gedacht hatte – es war sogar richtig witzig. Unsere Verliebtheit beseelte uns und färbte auf die Kinder ab. Ich war noch lustiger als sonst, David noch geduldiger und zwischendurch richteten wir es so ein, dass wir beide kurz etwas im Personalraum zu tun hatten, wo wir schnelle, gierige Küsse austauschten. Über Max sprachen wir nicht mehr. Ich hatte David nicht erzählt, dass Max versuchte, mich anzurufen. Ich drückte ihn jedes Mal weg. Er schickte mir SMS. Die ersten, in denen er sich für die Ohrfeige entschuldigte und mich zurückgewinnen wollte, las ich noch, die späteren löschte ich sofort. Ich weiß nicht, wieso, aber nach dem ersten Schreck über Max' Aggressivität versank das Wissen um seine Existenz immer schneller. Plötzlich war es, als hätte es ihn nie geben. Unsere Beziehung – eine Fata Morgana.

Am Ende der Woche, Freitagabend, als Krönung der ersten gemeinsamen Woche, schliefen David und ich das erste Mal miteinander – und es war wundervoll. David war behutsam und zärtlich und ich konnte mich ihm ganz hingeben.

Ich hatte es nicht so geplant, es hatte sich einfach ergeben, dass David bei mir übernachtete, bevor ich ihn meiner Familie vorstellen konnte. Wir waren Freitagabend in die Stadt gefahren. Es gab so unglaublich viele Dinge in München, die David noch nicht kannte, obwohl er nun schon seit beinahe einem halben Jahr in der Stadt wohnte. Ob er so ein Stubenhocker war? Oder ob er nur niemanden gehabt hatte, der ihm seine neue Umgebung zeigte?

Wir bummelten durch den Englischen Garten, schlenderten die Leopoldstraße hinauf, fuhren dann von der Münchener Freiheit an die Isar, wo wir lange am Fluss saßen, eingehüllt in den Rauch Dutzender Grillfeuerchen.

»Eine schöne Stadt«, fasste David schlicht zusammen.

»Aber Hamburg muss doch auch schön sein«, antwortete ich und warf ein paar Steinchen ins vorbeirauschende Wasser.

»Ja, aber das Wetter ist fast immer schlecht.«

Ich lachte.

»Deine Eltern sollten dich mal besuchen kommen, damit du ihnen die Stadt zeigen kannst.«

David versuchte, einen flachen Stein über das Wasser springen zu lassen. Aber dafür floss die Isar zu schnell.

»Ach, die interessieren sich nicht für mich.«

»Wie – die interessieren sich nicht?«

»Wir haben keinen großen Kontakt.«

»Warum nicht?«

Er kratzte sich am Kopf, zog ihn ein wenig zwischen den Schultern ein.

»Sagen wir so: Mein Leben entsprach nicht ihren Vorstellungen. Ist halt so. Wer sagt schon, dass Eltern und Kinder immer zusammenpassen müssen.«

Ich war fassungslos. Meine Familie war beinahe das Wichtigste für mich. Ich konnte mir nicht vorstellen, keinen Kontakt zu ihnen zu haben. Horror!

»Aber was hat ihnen denn nicht gepasst?«, bohrte ich.

»Na, sie hätten zum Beispiel gerne gehabt, dass ich ihren Betrieb übernehme. Aber ich steh nicht so auf Gas, Wasser und Heizung.« Ich lachte, okay, das konnte ich gut verstehen. Aber hätte meine Mutter den Kontakt zu mir abgebrochen, nur weil ich ihre Gärtnerei nicht übernehmen wollte? Niemals! Definitiv!

»Über solche Sachen kann man doch reden!«

David schüttelte energisch den Kopf.

»Nicht mit meinen Eltern. Sie sind ein bisschen ... konservativ.«

»Und Geschwister hast du nicht, die den Betrieb übernehmen könnten, oder?!«

»Richtig«, er rutschte näher an mich heran und sah mir tief in die Augen. »Aber weißt du, was: Das Thema langweilt mich. Lass uns über was anderes sprechen.« Und dann küsste er mich gefühlte vier Tage lang.

Es war bereits kurz vor drei als wir vom Tanzen im *Ampère* aufbrachen. Wir verloren kein Wort darüber, dass mich David begleiten würde. Es war einfach selbstverständlich. Leise schlichen wir durchs nächtliche Haus in mein Zimmer. Socke schnüffelte einmal neugierig an meinem neuen Begleiter, er kraulte sie liebevoll hinter den Schlappohren und schon ließ sie ihn schwanzwedelnd durch. Für einen scharfen Wachhund war sie eindeutig zu harmoniesüchtig.

Nachdem wir uns geliebt hatten, war ich so aufgewühlt, dass ich noch lange nicht einschlafen konnte. David tat schon ruhige Atemzüge und ich betrachtete seinen nackten Körper, der vom Mondlicht hinterm Fenster unwirklich blau schimmerte. Er hatte sich nicht zugedeckt, dafür war es viel zu warm. Ich musste mich zurückhalten, ihn nicht zu streicheln, seine Schultern, seinen Rücken, den er mir zugewendet hatte. Unterhalb der Schulterblätter, quer über den Rücken, ebenso am Oberarm und an der rechten Wade verliefen dicke Narben. Sie waren recht tief gefurcht, leicht wulstig und schimmerten weißlich. Woher die wohl kamen? Eine Brandverletzung? Ein Autounfall? Ich musste ihn unbedingt fragen. Meine Freundin Toni behauptete ja immer, Jungs fühlten sich wie Helden, wenn sie über die Herkunft ihrer Narben erzählen konnten.

Es war noch nicht mal halb acht, als mich ein lautes »Wer ist das?« weckte. Auch David schreckte hoch und sah Juli irritiert an, die in ihrem rosa-grün geblümten Lieblingsnachthemd vor uns stand. Er grapschte nach der Bettdecke und bedeckte seine Blöße. Juli setzte sich unbekümmert auf die Bettkante. Sie gab mir wie üblich einen Kuss und wollte sich an mich kuscheln. Ich schob sie sanft beiseite.

»David, das ist Juli. Juli, das ist David. Du lernst ihn nachher beim Frühstück kennen, okay? Und jetzt lass uns noch ein kleines bisschen schlafen.« Juli grinste breit.

»Hallo, David«, sagte sie.

»Hallo«, gab er mit rauer Stimme zurück und versuchte, sich hinter meinem Rücken klein zu machen. Juli lachte ihn weiter an.

»Juli«, sagte ich ein Spur strenger. »Geh in dein Zimmer. Spiel noch ein bisschen mit Barbie und Ken. Und nachher gehen wir zusammen laufen, okay?«

»Hallo David«, sagte sie nochmals. David winkte knapp mit der Hand.

»Juli!«, ich wurde lauter. »Geh in dein Zimmer.«

»Hallo David«, sagte sie und winkte jetzt auch.

Meine Antwort und ihre Reaktion darauf wiederholten sich noch ein paar Mal. Schließlich fragte ich sie, ob sie sich erinnere, was ich ihr versprochen habe, nachher zu tun?

»Wir gehen laufen«, kam es wie aus der Pistole geschossen.

»Genau! Aber bis dahin ...« Ich machte eine scheuchende Bewegung. »Mama ruft dich außerdem«, behauptete ich. Das war immer mein letzter Trick. Juli nickte erfreut und ein wenig verlegen gleichermaßen und verließ endlich mein Zimmer.

»Deine Schwester?«, fragte David. Ich bejahte und kuschelte mich in seine Arme. »Genau! Aber jetzt lass uns noch ein bisschen schlafen. Bitte! Es ist Wochenende!« Ich spürte, wie sein Körper starr dalag, angespannt. Er drehte sich auf den Rücken und sah an die Decke. Ich musste ihm ja wohl jetzt nicht erklären, dass Juli das Downsyndrom hatte, das sah man schließlich. Fünf Minuten lang versuchte ich, wieder einzuschlafen. Es ging nicht. Davids Unruhe hatte sich auf mich übertragen. Außerdem nahmen die Geräusche rumorender Menschen im Erdgeschoss des Hauses deutlich zu. Meine Mutter war schon längst wach, um neun Uhr öffnete die Gärtnerei – auch am Samstag. Mein Vater werkelte auf der großen Freifläche herum und Juli war sowieso Frühaufsteherin. Annika und ich dagegen waren Murmeltiere, die immer hart kämpfen mussten, am Wochenende einmal ausschlafen zu dürfen. Am Sonntag war das auch okay, aber samstags wurde so herumgepoltert, dass wir spätestens um acht Uhr mehr oder minder freiwillig aufstanden.

Als ich um kurz nach acht aus dem Bad kam, war David tatsächlich wieder eingeschlafen. Ich küsste ihn wach und bat ihn aufzustehen. Gleich würde sich die gesamte Familie am großen Esstisch in unserer äußerst geräumigen Küche treffen und gemeinsam frühstücken, ehe meine Eltern im Verkaufsraum der Gärtnerei und zu ihren Angestellten verschwinden würden. Normalerweise halfen Annika und ich samstags mit, manchmal erledigten wir Dinge im Haushalt, gingen einkaufen oder kümmerten uns um Juli. Da Annika ja seit knapp einem Jahr in der Gärtnerei arbeitete, war meistens ich es, die sich um Haus und Schwester kümmerte.

Irgendwie war mir ein wenig mulmig, als ich David jetzt

vor mir die Treppe herunterschob. Meine Eltern hatten sich mit Max immer gut verstanden und sie trafen sich sogar gelegentlich mit seinen Eltern im Biergarten oder sonst wo. Aber ich war immer offen zu meiner Familie und mir kam es gar nicht in den Sinn, David zu verstecken. Irgendwann hätten sie ja sowieso alles mitbekommen. Und dass David nur eine Episode war – das konnte ich mir beim besten Willen nicht vorstellen.

Mein Vater hatte die Zeitung vorm Gesicht, meine Mutter hantierte an der Spülmaschine und Juli löffelte gedankenverloren ihre Cornflakes. Annika war noch im Badezimmer.

»Morgen«, sagte ich und David echote leise hinterher.

»Morgen«, grüßte mein Vater zurück, ohne etwas bemerkt zu haben. Nur meine Mutter drehte den Kopf zu uns und sagte dann: »Ach. Und wer ist das?« Manchmal hatte ich den Eindruck, Julis Direktheit hatte nichts mit der Trisomie 21 zu tun, sondern war ganz einfach ein Erbstück meiner Mutter.

»Das ist David«, sagte ich möglichst unbekümmert. Nun ließ auch mein Vater die Zeitung sinken. David ging auf meine Mutter zu und gab ihr die Hand, dann meinem Vater. Sein Gesicht war ziemlich rot und es sah nicht so aus, als fiele ihm eine lässige Floskel ein, mit der er sein Hiersein begründen könnte.

»Das ist unsere Juli«, wies mein Vater auf seine Jüngste hin. David nickte.

»Ja, ich habe sie schon kennengelernt.«

»Hallo David«, sagte Juli prompt und lächelte ihn an. »Ich will, dass David neben mir sitzt.« Dann aß sie ihre Cornflakes weiter, was für Außenstehende leider nicht der allerappetitlichste Anblick ist. Aber schließlich arbeitete David im Kindergarten und war Rumgematsche mit Essen mittlerweile gewohnt.

Er ließ sich also neben Juli auf seinen Stuhl sinken und nahm dankbar den Kaffeebecher, den ich ihm hinschob. Nun kam auch Annika und sie glotzte ihn unverhohlen neugierig an. Meine Eltern beobachteten uns – freundlich ausgedrückt – interessiert. Ich wusste, dass ich jetzt eine Erklärung abgeben musste.

»David und ich haben uns im Kindergarten kennengelernt«, sagte ich also und erzählte, dass wir uns ineinander verliebt hätten und ich Schluss mit Max gemacht hätte.

»Aha«, war die einzige Reaktion meines Vaters, ehe er wieder hinter seiner Zeitung verschwand. Meine Mutter dagegen befragte David ausgiebigst nach seiner Herkunft, Familienverhältnissen, Ausbildungsstand und Berufszielen. Brav, aber knapp gab er Auskunft, während er immer wieder zu Juli schielte, die die Milch aus ihrer Schüssel geschlürft und die durchweichten Cornflakes zu einem kleinen Turm zusammengeschoben hatte.

»Gehen wir jetzt laufen?«, schaltete sie sich alle paar Minuten ins Gespräch ein und auch meine gleichbleibende Antwort »nach dem Frühstück« hielt sie nicht davon ab, die Frage zu wiederholen.

»Läufst du 'ne Runde mit oder hast du schon was vor?«, fragte ich David nach dem Frühstück. »Schuhe könntest du dir von meinem Vater leihen. Und nachher könnten wir noch eine Runde im See schwimmen.« David willigte ein und die Sportschuhe passten tatsächlich. Seine khakifarbene Short war wie gemacht zum Laufen. Die Greenpeace-Demo gegen Gen-Essen, auf die ich hatte gehen wollen, würde ich ausfallen lassen. Vielleicht könnte ich zur nächsten mit David gemeinsam gehen.

Annika und ich joggten schon seit Jahren. Man musste nur aus der Haustür treten und schon stand man mitten im Feld. Am Horizont erkannte man die weiße Silhouette der Messestadt, die nicht so ganz ins noch recht bäuerliche Bild unseres Stadtteils passte. Aber man fand immer noch genügend unbefahrene Wege, auf denen einem höchstens ein paar Hunde samt Herrchen oder Radfahrer begegneten. Vor ungefähr eineinhalb Jahren hatte Juli plötzlich damit angefangen, dass sie unbedingt mit uns mitlaufen wolle. Wir hatten uns bei ihrem Arzt erkundigt, ob das möglich sei. Der gab schnell grünes Licht – Juli sollte allerdings ihr Lauftempo sehr langsam steigern, immer wieder viel trinken und wir liefen mit ihr auch durch hügeliges Gelände, weil ihre Koordination sich dadurch verbesserte. Meine Eltern spendierten ihr richtig teure Laufschuhe, weil sie in größerer Gefahr war, umzuknicken oder sich die Bänder zu dehnen.

Bisher war glücklicherweise nichts passiert und Juli liebte es, mit uns bei Wind und Wetter über die Feldwege zu laufen. Inzwischen hielt sie sogar schon ganz gut mit uns mit. Meist liefen Annika und ich eine gute halbe Stunde mit ihr zusammen und dann zogen wir noch eine deutlich schnellere Runde ohne sie. Wir waren stolz auf unsere sportliche kleine Schwester. Und über ihr großes Ziel, irgendwann mal einen Marathon mitzulaufen, hätten wir nie gelacht. Wir wussten genau – sie würde das schaffen!

Die ersten zehn Minuten sah es aus, als würde David vor mir und Juli davonlaufen. Dann hatte er wohl begriffen, dass ich das Tempo meiner Schwester beibehalten würde, und er passte sich uns an. Er wirkte allerdings noch immer angespannt. Die Ausgelassenheit von gestern Abend war verschwunden. Vielleicht ist er noch müde, überlegte ich. Oder er möchte lieber mit mir allein sein? Wobei – das würde er akzeptieren müssen, wer mit mir zusammen sein wollte, musste meine Familie in Kauf nehmen.

Juli erzählte munter und berichtete, dass sie am Montag wieder mit ihrer Schulklasse schwimmen gehen würde und wie sehr sie sich darauf freute.

»Kann sie schwimmen?«, fragte David.

»Natürlich«, sagte ich. »Noch nicht allzu lange, aber jetzt klappt's. Übrigens – du kannst sie gerne direkt ansprechen, wenn du etwas von ihr wissen möchtest.«

Ungewollt klang es eine Spur zu bissig. David nickte und erhöhte sein Lauftempo ein wenig.

Ich war erstaunt, dass er so ungeschickt im Umgang mit ihr war. Letztlich war sie den Kindern im Kindergarten gar nicht so unähnlich. Größer eben. Und in manchen Dingen auch schon vernünftiger. In anderen aber eben noch sehr kindlich. Unterhalten jedenfalls konnte man sich prima mit ihr. Ihre Sätze waren zwar kurz, aber man verstand sie sehr gut.

Nach 40 Minuten kamen wir wieder bei der Gärtnerei an. Juli war klatschnass und ich drängte sie, unter die Dusche zu gehen, was sie nach einem typischen »Ja-nein-ja-nein-doch-nein-doch!«-Dialog schließlich auch tat.

»Ich dreh noch eine Runde, wenn du nichts dagegen hast«, sagte David.

»Und wenn du wiederkommst, zeige ich dir die Gärtnerei«, entgegnete ich.

Ich ging nach oben, half Juli beim Abtrocknen und Anziehen, wir alberten herum und schließlich ging ich selbst duschen. Dann räumten Juli und ich die Küche auf und schließlich gingen wir zum Freigelände. Dort gab es immer irgendetwas für uns zu tun. Ich würde es schon mitbekommen, wenn David zurückkäme. Ich topfte ein paar Jungpflanzen um, band die Tomaten fest und geizte sie aus. Juli hatte wie so oft riesigen Spaß mit dem Wasserschlauch und war bald wieder so nass, als stände sie noch immer unter der Dusche. Als ich auf die Uhr schaute, war es fast halb zwölf. Wo David nur blieb? Ich ging zurück zum Haus, aber auch dort war er nicht. Eigentlich bin ich kein Angsthase, aber wenn es um Menschen geht, die ich lieb habe, gerate ich schnell mal in Panik. Hatte er sich den Fuß gebrochen und lag hilflos am Wegesrand? Hatten ihn finstere Gesellen überfallen und niedergeschlagen? Quatsch, Tabea, schimpfte ich mich, aber schließlich nahm ich das Fahrrad und fuhr die Laufwege zwischen den Feldern ab. Keine Spur von David. Socke sprang neben mir her, der Duft der Kräuterwiesen wehte zu mir herüber und es hätte so ein schöner Tag sein können. »David«, rief ich ein paar Mal laut, aber vergebens.

Als ich wieder zu Hause war und nach meinem Handy griff, fiel mir auf, dass ich keine Handynummer von ihm hatte. Mehr noch – mir fiel auf, dass ich ihn noch nie mit einem Handy hatte telefonieren sehen. Hatte er vielleicht keins? Ich googelte auf dem Bürocomputer meiner Mutter seinen Namen, aber es kam nichts dabei heraus. Die Teleauskunft kannte keinen David Liebig in München-Daglfing. Nicht mal einen Gas-Wasser-Installationsbetrieb Liebig fand ich in Hamburg. Er konnte sich doch nicht einfach in Luft aufgelöst haben! Unruhig ging ich in mein Zimmer. Seine Sachen waren fort, das sah ich auf den ersten Blick. Die Schuhe meines Vaters standen vor dem Bett. Und auf meinem Kopfkissen lag ein Zettel. *Hab was vergessen. Musste weg. Sei nicht bös. Sehen uns am Montag. Hab dich lieb.*, stand darauf. Ich sank auf das Bett hinunter. Wie – wir sehen uns am Montag? Hallo? Was war das denn? Mein Herz schlug bis zum Hals. *Hab dich lieb.* Na danke, du mich auch! Er war einfach weggelaufen – ohne mir die Chance zu geben nachzufragen, ob irgendetwas nicht stimmte. Wenn er meine Familie nicht so schnell hätte kennenlernen wollen – hätte er doch einfach sagen können. Ich wäre auch mit zu ihm gegangen. Ich war 18 – hier regte sich keiner auf, wenn ich über Nacht nicht da war.

»Komm, Tabi«, krähte es vom Flur und ich hatte ausnahmsweise keine Lust auf Julis Gegenwart. »Wir sollen Mittagessen kochen. 's gibt Wienerle!«

Das restliche Wochenende war grausam. Ich fuhr mit dem Rad bis nach Daglfing und dort ziellos durch die Straßen. Es war heiß, der Asphalt unangenehm aufgeheizt. Meine Gedanken drehten sich schneller als die Speichen meiner Räder. Was war los? Mit ihm? Mit mir? Hatte ich etwas gesagt oder getan, das ihn verletzt hatte? Wie könnte ich ihn nur finden? Er hatte doch von Daglfing gesprochen. Oder war es Berg am Laim gewesen, wo er wohnte? Nein, Daglfing, ganz sicher. War ihm etwas geschehen? Aber dann wäre der Zettel auf dem Bett nicht gewesen. *Hab dich lieb.* Konnte ich das glauben? Behandelte man Menschen, die man liebte, so? *Somebody I used to know,* sang mir Walk off the Earth durch meine Smartphone-Kopfhörer ins Ohr und ich fragte mich, ob die Zeile *»You can get addicted to a certain kind of sadness«* die Gefahr benannte, der ich mich langsam auslieferte. Wurde ich süchtig nach seiner speziellen Art von Traurigkeit, dieser Melancholie, die seinen Kopf umschwirrte wie eine blasse Wolke Schmetterlinge? Und merkte gar nicht, dass ich mich in irgendwas Unschönes verrannte?

Als ich schließlich erschöpft und frustriert vor der Gärtnerei ankam, sah ich genau ein Auto auf dem Kundenparkplatz stehen. Ein silbergrauer, alter Jeep. Und daran lehnte Max, mit verschränkten Armen und schweißbedecktem Gesicht. Er stand in der prallen Sonne und es sah nicht aus, als störe ihn das. Er sah mir entgegen, seine Augen hinter der dunklen Sonnenbrille verborgen, bewegte sich aber nicht. Ich konnte schlecht tun, als sähe ich ihn nicht, ich musste direkt an ihm vorbei.

»Hi«, sagte ich möglichst unbefangen. Er reagierte gar nicht. Dann griff er durchs geöffnete Fenster ins Innere seines Wagens und holte eine große Tüte heraus.

»Ich will nichts mehr haben, was an dich erinnert«, sagte er theatralisch und fast hätte ich gegrinst. Er griff in die Tüte und holte einen BH heraus, den ich irgendwann mal bei ihm vergessen hatte. Er warf ihn mir vor die Füße. Es folgten einige T-Shirts, ein Paar Laufschuhe, diverse Kosmetikartikel, CDs, DVDs, ein paar Greenpeace-Hefte, die uralt waren, und dann kamen die Geschenke, die ich ihm gemacht hatte. Ein FC-Bayern-Trikot von der vorletzten Saison, selbst gebrannte CDs mit Kompilationen meiner Lieblings-Liebeslieder, die er vermutlich maximum ein einziges Mal angehört hatte. Ein weinroter Strickpullover für den Winter, ein paar selbst gestrickte Socken mit passendem Schal, eine Basecap von unserem einzigen gemeinsamen Urlaubstrip nach Ibiza (das war der Anfang vom Ende gewesen, wurde mir in diesem Moment klar: Er war die ganze Zeit betrunken gewesen und ich völlig genervt von dieser langweiligen Partyinsel voller bescheuerter Touris!) und schließlich die feine Kette mit der goldenen Nachbildung eines Gingko-Blattes, das für Kraft steht, für Freundschaft, Yin und Yang. Ich weiß nicht, ob er es auch nur einmal getragen hatte. Dies alles lag jetzt jedenfalls vor mir auf der Erde und Max schüttelte ein letztes Mal die Tüte aus, damit nicht ein Atom von mir ihn an mich erinnern würde. Ich hatte schweigend zugeschaut.

»Tut mir leid, Max«, war das Einzige, was mir dazu einfiel. »Wir passen doch sowieso nicht zusammen. Es wäre nie gut gegangen.«

»Leck mich«, sagte er und stieg wieder in sein Auto ein. Als er rückwärts ausparkte, hätte er beinahe mein Fahrrad plattgemacht.

»Hey«, schrie ich, aber er zeigte mir nur den Mittelfinger und gab Vollgas. Kleine Kiesel spritzten auf, eine Staubwolke blieb zurück. Ich sammelte die Sachen vom Boden ein und fühlte mich einfach nur noch müde.

Als ich am Montagmorgen in den Kindergarten kam, war ich komplett verunsichert. Sollte ich ihn anmeckern? Beleidigt sein? Verständnisvoll? Oder gar so tun, als sei nichts geschehen?

Erst einmal war er nicht da. Ich spähte unauffällig herum, ob vielleicht Annegret wieder gesund war und David die nächsten Tage gar nicht kommen würde. Mist – wenn das so wäre, hätte ich überhaupt keine Chance, ihn zu erreichen. Außer, ich würde im Büro des Vereins anrufen und mir eine mehr oder minder fadenscheinige Geschichte einfallen lassen, warum ich unbedingt seine Adresse oder Telefonnummer bräuchte. Aber von Annegret war keine Spur zu sehen.

Der Morgenkreis hatte schon angefangen, als er kam. Er wirkte verschlafen und ziemlich zerknittert. Und er wich meinem Blick aus. Hab dich lieb, hatte auf seinem Zettel gestanden. HAB DICH LIEB! Warum benahm er sich dann nicht so?

Erst nach der Mittagsruhe, als die Kinder in den Garten hinausgingen, erwischte ich ihn allein und schob ihn hinter das Mäuerchen, wo die Mülltonnen standen.

»Was war?«, fragte ich und mir zitterten die Hände hinter meinem Rücken. Er hob kurz die Schultern, sah sich schnell um und dann strich er mir über die Wange.

»Tut mir leid«, sagte er. »Manchmal, da... da muss ich einfach allein sein. Ich bin dann eine Zumutung für andere.« Ich sah ihn verständnislos an.

»Ich kann dir das nicht erklären«, fuhr er fort. »Sei nicht böse! Hat nichts mit dir zu tun. Ist einfach so. Ich arbeite dran.«

Ist einfach so. Aha. Und das sollte ich jetzt geradewegs schlucken.

»Aber, aber«, stotterte ich. »Kannst du nicht versuchen, es mir zu erklären?« Er schüttelte den Kopf.

»Nein«, sagte er. »Nein. Das kann man nicht erklären. Tut mir leid!« Und dann machte er etwas ganz Gemeines: Er beugte sich vor und küsste mich. Ehe ich zurückzucken konnte. Und ich verzieh ihm alles, Hauptsache, er küsste mich.

»Liebespaaa – küsst euch maaa!«, schrie plötzlich eine piepsige Stimme neben uns.

»Teiki, ihr sollt nicht hier beim Müll spielen«, erwiderte David völlig gelassen und der Junge grinste ihn breit an. Ich beugte mich zu ihm hinunter.

»Hey, Teiki, das ist jetzt aber unser Geheimnis, gell?!«, flüsterte ich ihm ins Ohr. Keine Ahnung, ob das pädagogisch akzeptabel war. Teiki jedenfalls strahlte begeistert. Erst als er schnurstracks zu seinem Freund Lucius rannte und schon von Weitem rief: »Ich hab ein Geheimnis, ich hab ein Geheimnis«, wurde ich leicht verunsichert. David dagegen wirkte ruhig.

»Müssen wir es denn auf Dauer verheimlichen?«, fragte er.

»Was?«

»Dass wir ein Paar sind«, sagte David, ohne zu zögern.

Wir gingen zwischen den Mülltonnen in die Hocke und küssten uns gleich noch einmal.

»Vielleicht gibst du mir endlich mal deine Handynummer«, fiel mir schließlich noch ein. »Dann kann ich dich in einem weiteren solchen Fall mit Anrufen und SMS belästigen.«

»Ich hab keins«, sagte David.

»Wie? Du hast kein Handy?« Er schüttelte die kurzen Locken.

»Kein Geld für so was. Und brauchen tu ich es auch nicht.«

»Jetzt schon!«, lachte ich. »Dann verrate mir wenigstens deine Festnetznummer und wo du wohnst. Sonst habe ich glatt den Eindruck, ich hab mich in ein Phantom verliebt, das es gar nicht gibt.«

»Kunihohstraße 9a«, sagte er. »Das mit dem Festnetz ist ein Problem. Mein Provider bringt es jetzt schon seit Monaten nicht fertig, dass das Telefon angestellt wird. Die versprechen immer, es kommt einer, aber es kommt dann doch keiner. Ist so eine Souterrain-Einliegerwohnung und der Anschluss muss neu gelegt werden und so. Scheint eine total schwierige Sache zu sein.«

»Okay, Mister No-Telefon, dann besuche ich dich wenigstens morgen Abend in deiner Kunihohstraße, um zu sehen, dass du nicht nur in meiner Fantasie exisitierst, okay?«

Er nickte.

»Vielleicht könnte ich dir eine E-Mail als Erinnerung schicken, dass ich morgen komme«, lachte ich.

David sah etwas betreten zu Boden. »Na ja, weißt du«, er sprach leise. »Für einen PC oder so hab ich auch kein Geld. Mit den 350 Euro Bufdi-Geld im Monat komme ich nicht weit. Und meine Eltern zahlen mir keinen Cent.« Ich legte den Kopf schief und grinste ihn mit einem lasziven Augenaufschlag an.

»Nicht so schlimm – dich muss man sowieso live erleben. Alles andere wäre vertane Zeit.« Langsam näherte sich sein Gesicht meinem. Diese Augen... Hilfe, ich ertrinke! Doch bevor er mich noch einmal küssen konnte, leuchtete Jessicas kuperfarbener, kinnlanger Bob über die Mauer. Mit zwei vollen Mülltüten kam sie um die Ecke.

»Ach, hier seid ihr«, stöhnte sie. »Ihr werdet schon händeringend gesucht. Die Kinder machen mit dem Wasserschlauch totalen Unsinn. Passt da mal auf! Eure privaten Schwätzchen könnt ihr bitte auf nach der Arbeit vertagen, alles klar?« Warum musste sich Jessica immer als Cochefin aufspielen? Furchtbar war das. Aber ich wusste, dass eine Diskussion mit ihr nichts brachte, und so gingen wir wortlos in den Garten zurück, wo eine regelrechte Wasserschlacht tobte.

Sie hat er erschreckt. Es war gar nicht so schwierig. Er ist einfach dagestanden, sodass sie nicht an ihm vorbeikam. Sie hat ihn gleich erkannt. Und den Ernst der Situation ebenfalls. Na ja, wer würde das nicht mit einem Messer am Hals. Sie hat ihn angeschaut, als sei er ein Abgesandter der Hölle. Dabei ist er ein Abgesandter des Paradieses. Wieso versteht sie das nicht? Egal, mit einer wie ihr hält er sich sowieso nicht auf. Jetzt zählt nur er, der Verräter. Er ist sich sicher, über sie bekommt er ihn, dieses miese Bürschchen. Immer wenn er an ihn denkt, könnte er durchdrehen. Dieses kleine Würstchen kann über ihn bestimmen – das darf einfach nicht sein. Je mehr Zeit vergeht, umso sicherer ist er sich. Er muss ihn ausschalten, er, der Herr über Leben und Tod. Und es wird ihm gelingen. Wie kann einer glauben, er könnte sich vor ihm verstecken, untertauchen gar? Er hat überall seine Leute, die ihm weiterhelfen, mit Informationen, mit Recherche, auch mit schlagkräftigen Argumenten, wenn es sein muss. Schließlich geht es nicht nur um ihn persönlich. Es geht um eine viel größere Sache.

Er grübelt noch immer, wie es dem Verräter überhaupt gelingen konnte, so weit zu kommen. Ihm zu entgehen, aus dem Netz zu schwimmen ohne großes Aufsehen. Noch dazu über einen so langen Zeitraum. Über ein Jahr hat er gebraucht, um seine Spur wieder aufzunehmen. Gut, dass er den alten Plunder von diesem Schaf nicht weggeworfen hatte. Denn ganz unerwartet hat er dort die Spur zu ihr gefunden, die ihn wiederum zu dem Verräter geführt hat. Dieser Mistkerl, der eigentlich immer ein kleiner Fisch war, der nicht weiter auffiel. Der mitschwamm. Und der gut einzusetzen war für die Drecksarbeit. Während er selbst das Lob eingeheimst hat. Na ja, bis dahin muss man erst mal kommen und die Jungs so gut im Griff haben, wie er das hat.

Jetzt kann er dasitzen wie die Spinne im Netz und warten, dass diese kleine Drecksfliege vorbeikommt. Und dann wird er ihn umgarnen, ihn nicht mehr aus den Augen lassen. Er hat schon Vorkehrungen getroffen. Alles liegt bereit. Er hat sogar eine Tasche gepackt, falls es ganz schnell gehen muss. Und sein Plan ist großartig. So wie er, der Herr über Leben und Tod.

4. Kapitel

Für den Abend war ich seit Langem mal wieder mit Toni verabredet und trotz David sagte ich unser Frauen-Date auch nicht ab. Wir hatten zusammen Abitur gemacht, doch im Gegensatz zu mir hatte Toni gleich mit dem Studium angefangen, Kommunikationswissenschaften. Wir hatten gemeinsam viel fürs Abi gebüffelt und waren dabei richtig gute Freundinnen geworden. Doch jetzt sahen wir uns deutlich seltener, zumal Toni noch hinter Feldkirchen wohnte.

Während ich im idyllischen Hinterhofgarten von *Mammas Pizzeria* an der Wasserburger Landstraße saß und auf sie wartete, hörte ich meine Mailbox ab. Am Sonntagabend waren sieben Anrufe eingegangen – hatte vielleicht doch David angerufen und es war ihm heute peinlich gewesen, das zuzugeben? Anruf Nummer eins kam von Max. Er beschimpfte mich aufs Übelste als »Schlampe« und »Dreckstück« und ich löschte die Meldung, bevor ich sie zu Ende angehört hatte. Auch Nachricht Nummer zwei war von ihm. Diesmal schrie er eine weitere Folge unflätiger Ausdrücke. Delete! Nachricht Nummer drei bis sieben kamen ebenfalls von ihm. Waren zwischen den ersten beiden Nachrichten noch etwa eine Stunde Zeit vergangen, kamen die letzten im Zehn-Minuten-Takt. Seine Aussprache wurde von Mal zu Mal undeutlicher und teilweise konnte ich nur anhand der Sprachmelodie erkennen, ob es sich um eine weitere Beschimpfung handelte oder ob er sich langsam beruhigte. Beim letzten Anruf weinte er fast. Er vermisse mich, schluchzte er, er verzeihe mir. Ich solle zurückkommen, wir gehörten doch zusammen, er liebe mich! Ich war fassungslos!

»Du siehst aus wie der Assi von unserem Prof, wenn er mal wieder die falsche Powerpoint-Präsentation gestartet hat«, begrüßte mich Toni grinsend und fiel mir um den Hals. »Schön, dich zu sehen, Süße!«

Toni war optisch ziemlich das Gegenteil von mir – groß, knochig, mit langen roten Locken, Sommersprossen rund um eine kleine, etwas breite Nase und einem sinnlichen, großen Mund. Wäre ich ein Mann, ich hätte mich sofort in sie verliebt.

Mir sah man die Freude, sie zu treffen, vermutlich nicht allzu deutlich an. Dazu war ich gerade zu perplex. Ich hätte niemals geglaubt, dass Max so heftig reagieren würde. Ich meine, unsere Beziehung war im letzten halben Jahr ziemlich herumgedümpelt und schließlich war er es gewesen, der auf Partys mit anderen herumgeknutscht hatte. Toni ließ mich in aller Ausführlichkeit erzählen, was in den letzten Tagen passiert war.

»Endlich bist du diesen Nervkeks los«, resümierte sie. »Ich habe eh nie verstanden, was du an dem findest.«

»Na ja, manchmal projiziert man eben in Typen Sachen hinein, die gar nicht vorhanden sind. Ich dachte halt, er könnte mein Beschützer sein, wenn ich mal wieder verzweifele an der Bosheit und Ungerechtigkeit der Welt.«

Was klang ich vernünftig!

»Ach, Tabea«, sagte Toni mitleidsvoll. »Aber Max – Entschuldigung! – ist so ein oberflächlicher Heini, der versteht doch gar nicht, wenn du ihm erklärst, dass du dir eine bessere Welt wünschst.«

»David ist ganz anders«, sagte ich und spürte, wie meine Wangen rot wurden. Und dann schwärmte ich von seinem Ernst, von seinem geduldigen Umgang mit den Kindergartenkindern, seiner Zärtlichkeit. Sein plötzliches Verschwinden am Samstag ließ ich lieber unerwähnt. Ich konnte mir schon denken, was Toni dazu gesagt hätte – bestimmt nichts Ermutigendes. Aber ich wollte heute Abend nichts dergleichen hören. Ich war selbst gerade viel zu verunsichert.

Als studiere sie nicht Kommunikationswissenschaften, sondern Psychologie, erklärte mir Toni dann, dass Max gerade die typischen Phasen einer Trennung durchlaufe – Unglaube, Trauer, Wut, Zorn, Resignation, die ganze Palette eben.

»Na, die Wut ist aber deutlich am stärksten vertreten«, überlegte ich. »Hoffentlich bleibt es bei Telefonbeschimpfungen, die kann man wenigstens gleich löschen.«

Es war schon kurz vor zwölf, als wir uns endlich trennten. Wir hatten es beide genossen, endlich mal wieder in Ruhe zu quatschen. Und der Cuba Libre hatte sein Übriges zu unserer Plauderlaune getan. Ein bisschen beneidete ich Toni um ihr Studentenleben, aber es würde ja nicht mehr lange dauern, bis auch ich eines hatte.

Wie immer bog ich von der Wasserburger Landstraße zum Baumarkt ab, fuhr dann unter der S-Bahn hindurch und den schmalen Feldweg entlang. Mein Fahrradlicht war mal wieder ausgefallen. Bis eben hatte der Mond hell geleuchtet, aber nun war er hinter dunklen Wolken verschwunden. Clueso begleitete mich und ich sang laut sein

Zu schnell vorbei mit. Max hasste Clueso. Er behauptete, das sei pseudocooles Schwätzertum und keine Musik, die der Typ mache. Max stand mehr auf klassischen Rock, der in Richtung Metal ging – gar nicht meins! Mit David hatte ich noch nicht darüber gesprochen, was er so für Musik hörte. Es gab noch vieles, das ich nicht von ihm wusste.

Kurz schrak ich zusammen, als knapp vor mir etwas über den Weg huschte. Uff, nur ein Feldhase. Was war nur mit mir los? Sonst war ich absolut nicht ängstlich.

Ich hatte schon die Freifläche der Gärtnerei erreicht und der würzige Duft der unzähligen Kräuter, die hier wuchsen, wehte zu mir herüber. Wie viele kleine Setzlinge, die ich im Frühjahr in Aussaattöpfchen gepflanzt hatte, waren jetzt schon große, kräftige Pflanzen geworden! Es war immer wieder ein Wunder, noch dazu ein gut duftendes. Ich musste dran denken, der Schneider vorzuschlagen, mit den Kindergartenkindern endlich einmal hierher zu kommen. Ich sah schon von Weitem, dass im Haus kein Licht brannte, und ich freute mich auf mein Bett. Gerade wollte ich vom Feldweg zu unserer gekiesten Einfahrt abbiegen, als ich nur aus den Augenwinkeln etwas im dichten Gebüsch links von mir bemerkte. Noch ein Hase? Oder hatte der leichte Wind die Äste bewegt? Ich wollte weiterfahren, doch da stand plötzlich eine dunkle Gestalt mit Kapuze überm Kopf vor mir – so dicht, dass ich kaum noch bremsen konnte. Das Gesicht wurde von einer Maske verdeckt, die eine verzerrte, neongelb leuchtende Fratze zeigte. Ich schrie. Meine zitternden Finger fanden die Bremse nicht. Der große, kräftige Mensch griff, ohne zu zögern, in meinen Lenker, das ganze Fahrrad wackelte. Nun schubste er auch noch heftig und ich konnte das

Gleichgewicht nicht mehr halten. Mit einem Scheppern kippte das Fahrrad um, ich fiel mit, den Kopf mühsam nach oben gereckt. Weil ich mein Smartphone vorne im Fahrradkorb aus meiner Tasche hatte schauen lassen, verhedderten sich die Kabel des Kopfhörers an Bremse und Klingel und schmerzhaft wurden die Ohrhörer von meinem Kopf heruntergerissen, kurz würgte mich eines der Kabel am Hals. Ich fluchte laut und stöhnte, weil mein Schienbein schmerzte. Die Gestalt war bereits zwischen den Büschen verschwunden. Mühsam rappelte ich mich auf. Mein Herz pochte wie wild. Was war das denn gewesen? Ich sah an mir herunter. Vom Schienbein tropfte Blut, ich hatte es mir an der Pedale aufgeschrammt. Meine kurze Hose war gerissen und jetzt tat das rechte Knie höllisch weh. Es war unter dem Fahrrad heftig gequetscht worden. Ich machte ein paar vorsichtige Schritte in Richtung des Gebüschs – aber was, wenn der Typ mir noch einmal entgegenspringen würde? Da sah ich auf der Landstraße, die hinter den Büschen und dem angrenzendem Acker lag, einen Wagen mit ausgeschaltetem Licht davonrasen. Die Reifen quietschten. Es war kein silbergrauer Jeep gewesen, dessen war ich mir sicher. Eher so ein dunkler, auf Rennwagen getunter Opel oder so was. »Scheiße«, fluchte ich laut. Wegen der Schmerzen. Des Schrecks. Und vor allem, weil ich überhaupt nicht verstand, was das Ganze sollte.

Von Krankschreiben wollte ich am nächsten Tag trotz allem nichts wissen. Ich wollte David sehen! Allerdings hatte ich so gut wie nicht geschlafen in der Nacht – die Schmerztablette hatte kaum geholfen und alles tat weh. Eine kalte

Angsthand umklammerte meinen Nacken. Und natürlich grübelte ich, ob mir Max so etwas antun würde. Meine Eltern waren schockiert gewesen, als sie meine Verletzungen sahen, und hätten am liebsten die Polizei alarmiert. Ich redete es ihnen aus. Juli hatte, bis sie der Schulbus um halb acht abholte, ohne Unterbrechung »arme Tabi« gesagt und mir dabei über den Kopf gestreichelt.

Der Orthopäde hatte mein Knie geröntgt und es war nichts weiter Dramatisches dabei rausgekommen außer einer Zerrung. Aber er meinte, drei Tage ruhig halten, wäre schon hilfreich.

Mist! Jetzt hockte ich daheim auf der Veranda mit hochgelegtem Bein, blätterte in einem Gärtnereifachblatt und grübelte, wie ich David erreichen könnte. Natürlich hatte ich im Kindergarten Bescheid gesagt, dass ich die nächsten drei Tage ausfallen würde, aber ich hatte mir ja schlecht David ans Telefon holen lassen können. Hoffentlich bekam er mit, dass ich krank war. Und käme nach der Arbeit einfach hier vorbei. Aber vielleicht war er heute gar nicht da? Scheiße, warum hatte er kein Handy? Ich machte ja auch nicht jeden modernen Technik-Hype mit, aber Handy gehörte doch heutzutage einfach dazu. Und mit einer Prepaid-Karte wär's doch gar nicht so teuer. In meinem Kopf liefen die wildesten Geschichten ab, was er denken könnte, wenn ich heute Abend nicht zu ihm käme. Nicht auszuhalten! Er müsste doch glauben, ich räche mich, wenn ich jetzt nicht auftauchte, und das wäre ja zu kindisch und dann würde er vielleicht – Schluss… aufhören, Tabea, redete ich mir schließlich ein. Vielleicht konnte ich ja meinen Vater überreden, mich zu ihm zu fahren. Oder mit dem Bus, genau, das müsste doch gehen.

Erst mal ging aber gar nichts und ich ließ mich mit schlechtem Gewissen von meiner viel beschäftigten Mutter umsorgen. Immerhin leistete mir Annika in ihrer Mittagspause Gesellschaft.

»Komisch, die ganze Geschichte«, meinte sie nachdenklich. »Ich mein, der hat dich nur vom Rad geschmissen – der wollte nix klauen, der wollte dich nicht anfassen. Das sieht mir schon nach Max aus. Beleidigte Leberwurst.«

»Na, aber so bekommt er mich auch nicht zurück.«

»Hmmm«, Annika legte den Kopf schief. »Manchmal drehen Exe ja einfach durch. Dem Max würd ich das glatt zutrauen, ehrlich gesagt.«

»Danke, mach mir Mut«, maulte ich. »David wird schon auf mich aufpassen.«

»Sei mir nicht bös, aber dein Neuer – den find ich auch ziemlich seltsam«, sie war nicht zu stoppen. »Der kriegt ja den Mund nicht auf. Mich würde das total nerven.«

Immer meckerte sie an meinen Freunden rum – immer!

»Chill mal! Du kennst ihn doch gar nicht! Und außerdem ist es schon ein bisschen schwierig, wenn einen beim Frühstück so viele Leute anglotzen und ausfragen, die man gar nicht kennt. Und Juli ...«

Annika biss in einen Apfel, was sie nicht am Sprechen hinderte.

»Max ist von Anfang an super mit Juli zurechtgekommen, das muss man ihm lassen.« Darin stimmte ich ihr zu.

»Und David wird es auch noch lernen.«

»David«, sagte sie nachdenklich. »Ist der eigentlich Jude? Das ist doch so ein jüdischer Name.« Ich zog kurz die Schultern hoch.

»Keine Ahnung. Hab ihn nicht gefragt.«

»Aber auf deine Weltverbesserungs-Demos geht er schon mit, oder?«

»Weiß ich nicht«, antwortete ich, langsam leicht genervt.

»Mann, ihr knutscht nur rum, was?«

Annika warf ihr abgebissenes Apfelgehäuse mit einem eleganten Wurf auf den Kompost hinter der angrenzenden Hecke und wischte sich die Finger an ihrem grünen Kittel ab.

»Bis später, große Schwester. Träum schön weiter von deinem neuen Lover.«

»Du bist doch nur neidisch!«, rief ich ihr nach. Annika, 16 Jahre alt, immer verliebt, immer absolut ehrlich. Seltsame Mischung.

Meine Eltern wurschtelten auch nach Ladenschluss auf der Freifläche herum, während Annika mit Juli laufen gegangen war. Also konnte ich mich heimlich, still und leise davonschleichen.

Glücklicherweise lag die Bushaltestelle gleich gegenüber der Gärtnerei und ich konnte, ohne viel humpeln zu müssen, in die Messestadt fahren. Dort stieg ich in den Bus nach Daglfing um, der ebenfalls ganz in der Nähe der Kunihohstraße anhielt.

Mein Herz pochte laut. Gleich würde ich ihn wiedersehen. In seine abgründigen Augen schauen. Eine andere Welt darin entdecken.

Das Haus war ein dreistöckiger, nüchterner Bau, der sich nicht entscheiden konnte, ob er hellrosa oder hellgelb hatte werden sollen. Innerhalb der akkurat geschnittenen Hecken ringsum stand eine riesige Scheinzypresse, die das Haus überragte und den Wohnungen dahinter jedes Licht nahm. Na ja, deutsche Vorgärten... Langsam humpelte ich zum Eingang und suchte die Klingelschilder nach seinem Namen ab. Da - Liebig. Ich drückte drauf. Wartete. Nichts geschah. Vielleicht war er gerade aufs Klo gegangen. Das ist doch immer so! Ich klingelte nochmals. Wartete wieder. Nichts tat sich. Mein Herzschlag beschleunigte sich noch mehr. Bestimmt war er noch was einkaufen und würde gleich kommen. Sicherheitshalber drückte ich noch mal auf den Knopf. Nichts. Ich sah an den Fenstern hoch, konnte aber nichts erkennen. Aber dann fiel mir ein, dass er von Einliegerwohnung gesprochen hatte. Vielleicht war woanders noch ein Zugang? Mühsam ging ich um das Haus herum. Auf der Rückseite, wo sich ein kleiner, spartanischer Gemeinschaftsgarten mit einer Wäschespinne befand, führte ein schräg nach unten abfallendes Beet voller korsischer Nieswurz mit stacheligen Blättern Richtung Kellergeschoss. Und am hinteren Ende ging eine kurze Treppe zu einer weiteren Tür hinunter. Es dauerte, bis ich davorstand, aber dann war ich sicher, hinter dieser Tür musste David wohnen. Da es keine weitere Klingel gab, klopfte ich dagegen. Auch hier tat sich nichts. Links der Tür erstreckte sich ein breites, aber nicht allzu hohes Fenster - und es war gekippt. Zögernd sah ich mich um. Niemand zu sehen. Auch über mir nicht. Sollte ich? Scheiße. Ich konnte doch nicht bei ihm einbrechen! Das ging gar nicht. Aber... andererseits... Ich beschloss, noch fünf Minuten zu warten. Ich hockte mich auf die noch sonnenwarmen Stufen und sah an dem Haus hinauf. Ich geh rein, nein, ich lass es. Nein, ich geh rein, nein... Hilfe! Ich wurde völlig konfus. Mal ganz ruhig! Ich wollte nichts Böses. Nichts klauen, nichts kaputt machen. Ich wollte nur sehen, wie er lebte. Nichts weiter. Und wenn er plötzlich auftauchte? Dann könnte ich behaupten, die Tür sei nicht abgeschlossen gewesen. Nachdem immer noch alles ruhig und still war, näherte ich mich dem Fenster, das sich etwa in Hüfthöhe befand. Gott, wie mein Herz klopfte. Langsam streckte ich meine Hand aus, griff durch den Schlitz, fingerte an einer weißen, häßlichen Häkelgardine herum und bekam schließlich den Fenstergriff zu fassen. Ich musste mich nur ein wenig recken, sogar mein Bein verzieh es mir. Ich drehte den Griff nach unten, hatte einen kurzen Moment Panik, dass das Fenster einfach herausbrechen und ins Zimmer kippen würde. Aber nichts weiter geschah – außer, dass das Fenster nach innen aufglitt. Leise, unspektakulär. Ich hatte keinerlei Mühe, das Fensterbrett zu überwinden.

Unter dem Fenster stand ein Schreibtisch. Glücklicherweise ziemlich karg und ordentlich, sodass ich problemlos daraufsteigen konnte. Schnell schloss ich das Fenster hinter mir und zog die Gardine wieder vor. Ich atmete tief ein. Es roch ein wenig nach abgestandener Luft. Nach ihm. Der Raum war vielleicht 20 Quadratmeter groß. Gegenüber des Schreibtisches stand ein Bett, schlicht, aus schwarzem Holz, vielleicht 1,20 Meter breit. Zerwühlte hellgrüne Bettwäsche darauf. Links an der Wand ein weißer Kleiderschrank. Rechter Hand, gleich hinter der Eingangstür, die direkt in den Raum führte, eine kleine Küchenzeile in Weiß mit zwei orangenen Türen am Geschirrschrank, kleinem Herd und Kühlschrank. An einer rechts vom Bett in den Raum gezogenen halbhohen Mauer stand ein kleiner Tisch mit zwei Stühlen. Dahinter zwei weitere Türen, sicher ging eine ins Badezimmer, die andere in den Hausflur. Über dem Bett drei Regalbretter voller Bücher, daneben eine alte Weinkiste als Nachttisch. Das war's. Die Wände waren weiß und nackt. Nirgends hing ein Bild, ein Foto oder eine Postkarte. Irgendwie wirkte der Raum fürchterlich unpersönlich. Als sei zwar ein Mieter angekündigt, aber noch nicht aufgetaucht. Als warte der Raum auf etwas.

Ich betrachtete die Buchrücken. *Der Baader-Meinhof-Komplex, Deutsche Geschichte des 20. Jahrhunderts, Deutsche Lyrik aus zwei Jahrhunderten,* mehrere Duden, das *Tagebuch der Anne Frank,* Hannah Arendt, Science-Fiction-Schmöker und Tolkien. Ein paar CDs von Bands, die mir überhaupt nichts sagten. Schien mittelalterliche Folkmusik mit Punkanklängen zu sein. Ich ließ mich auf die Bettkante sinken, streckte mein schmerzendes Knie aus. Und zuckte zusammen. Am Fenster huschte ein Schatten vorbei. Scheiße! Mich überlief eine Gänsehaut. Wohin bloß? Plötzlich fand ich die Vorstellung nicht sehr attraktiv, dass er mich hier erwischte. Instinktiv ließ ich mich auf den Boden fallen und versuchte, unter das Bett zu rollen. Es war staubig und eng. Ich hielt die Luft an. Nicht niesen jetzt! Natürlich kribbelte es. *Shit,* und mein Knie pochte und hämmerte, als wollte es schreien: »Hör auf, ich brauch meine Ruhe!« Flach atmete ich. Stieß meinen Ellenbogen an irgendetwas Hartes, was unterm Bett stand. Ich konnte es nicht erkennen. Endlich wurde mir klar, dass niemand die Tür aufschloss. Keiner hereinkam. Ich nach wie vor allein war. Vorsichtig rollte ich unter dem Bett hervor. Durch eine Ecke des Fensters konnte ich sehen, dass eine Frau an der Wäschespinne stand und Wäsche aufhängte. Große, schwarze Tücher, Bettwäsche, Handtücher, alles schwarz.

Ich lehnte mich erschöpft an den Bettrahmen. War ich denn völlig bescheuert? Andererseits – mittlerweile war es nach acht. Wo war David? Ich tastete nach dem Kasten, den ich hinter mir gefühlt hatte. Vorsichtig zog ich ihn hervor. Das war ... ein Laptop. Kein altes, großes klobiges, sondern ein schickes, ziemlich neues. Verblüfft klappte ich es auf. Sogar ein WLAN-Stick steckte darin. Ich drückte auf die Start-Taste und mit einem leisen Surren fuhr das Laptop hoch. Es dauerte nicht lange und die Aufforderung, ein Kennwort einzugeben, erschien. Mist. Spaßeshalber probierte ich meinen Namen aus, aber der war falsch. Genauso wie Davids Vorname. Und sein Nachname. Ich fuhr den Computer wieder runter und schob ihn zurück an seinen Platz. Mister No-technic-please führte also ein Doppelleben, von dem ich nichts wissen sollte. Mühsam rappelte ich mich hoch und sah mich noch ein wenig um. Ich war mittlerweile sicher, dass er nicht kommen würde. Ich setzte mich auf den Schreibtischstuhl. Auf der Schreibtischplatte lag eine große Unterlage mit der Ansicht der Weltkugel darauf, am äußeren rechten Rand ein Stapel weißes Papier, ein paar Stifte. Links ein Ladegerät. Hä? Wieso hatte er ein Handy-Ladekabel herumliegen? Ohne Handy? Mein schlechtes Gewissen verwandelte sich in Ärger. Was war das hier für eine Nummer? Verarschte mich der Typ? Hach nein, kein Handy, kein Computer, kein Geld für so was und überhaupt – so was brauche ich nicht. Verdammt – wollte mich der für blöd verkaufen? Wütend schlug ich mit der Hand auf die Weltkugel. Die Unterlage verrutschte leicht und ich sah Blätter, Postkarten, Umschläge hervorlugen. Bitte, betete ich, nicht noch eine Überraschung. Aber da war sie schon. Grell und leuchtend und nicht zu übersehen. Es waren nur zwei Wörter: »deiner Luisa«. Rasch zog ich den Umschlag hervor, aus dem eine Postkarte mit dieser

Unterschrift ragte. Auf dem Umschlag stand kein Absender, nur die Initialen L. H. Auf der Vorderseite war ein altes Schwarz-Weiß-Foto zu sehen, das ein düster qualmendes Gebäude, vielleicht ein Kaufhaus, zeigte, davor eine von Schutt übersäte Straße, darüber Rauchschwaden. Im Vordergrund fliehende Menschen, deren schicke helle Garderobe im krassen Gegensatz zu der Zerstörung rings um sie herum stand. Ein Bild aus dem Zweiten Weltkrieg, keine Frage. Mich fröstelte. Und als ich den Text auf der Rückseite las, fror ich gleich richtig. Da stand:

»Komm und hilf mir! Bitte, bitte, bitte! Sie bedrohen mich. Sie sagen, sie wissen alles, und wenn du nicht sofort kommst, bringen sie mich um. Und dich finden sie auch und bringen dich auch um. Außerdem vermisse ich dich so – viele Küsse von deiner Luisa!«

Entsetzt ließ ich die Karte sinken. Ich weiß nicht, wie lange ich bewegungslos auf das Bild der Erdkugel starrte. Wie bei einem Vexierbild schoben sich zwei Wörter im raschen Wechsel in meinem Kopf hin und her: umbringen und Küsse. Küsse und umbringen. Ich merkte, wie meine Hände zitterten, wie mein Nacken schmerzte vor Anspannung. Ich wäre am liebsten losgelaufen, aber ich konnte ja nicht. Wo war David? Ich stand so schnell auf, wie es ging, und riss den Kleiderschrank auf. Er war fast leer. Nirgends ein Koffer oder ein Tasche. Ein paar Hemden, ein paar Winterpullover, etwas Unterwäsche, Schlafanzüge, einige Handtücher. Ob etwas fehlte? Keine Ahnung! Wo war nur der Junge mit den türkisblauen Augen und den blonden Locken hin, dem ich letzte Woche mein Herz anvertraut hatte? Mir liefen Tränen über die Wangen. War er fort? Für immer? Wer war Luisa? Ich dachte die Fragen leise. Ganz leise, verzagt. Sie türmten sich bedrohlich und wolkenkratzerhoch vor mir auf. Was sollte ich nur tun? Toni hätte gesagt, der kommt schon wieder, mach dich nicht verrückt, reg dich nicht auf, dafür gibt es sicher eine ganz banale Erklärung. Aber sie war es ja auch nicht, die verliebt war, so verliebt wie noch nie zuvor...

Vielleicht sollte ich hier hinausgehen, die Tür für immer schließen, Max sagen, er habe einen Albtraum gehabt, alles sei wieder wie früher, und nie mehr an David denken. Nie wieder. Ich versuchte, mir selbst ins Gesicht zu hauen. Was dachte ich da für dummes, kindisches Zeug. Ich musste David finden, ich musste ihn zur Rede stellen. Er würde spüren, dass er mir vertrauen kann, ich könnte ihm helfen, ihm beistehen, wir würden diese Leute, die Ganoven, die ihn umbringen wollten, der Polizei ausliefern. Ich... würde... ihn... retten. Das war mir auf einmal ganz klar. Da führte kein Weg dran vorbei. Vielleicht hatte er diese Luisa verlassen, so wie ich Max. Aber wenn ich dann vielleicht nur eine Ablenkung war, ein billiger Ersatz? Wer weiß, was er mit diesem Mädchen alles durchgemacht hatte, was sie verband?

Tabea, sagte ich mir schließlich. Du gehst jetzt heim. Hör auf. Geh morgen zur Arbeit und schau, ob er da ist. Und dann REDE mit ihm.

Langsam erhob ich mich. Die Postkarte steckte ich zurück in den Umschlag und den schob ich unter die Schreibtischauflage. Alles sah aus wie zuvor. Dann humpelte ich zur Tür. Als ich sie öffnete, wehte die warme Luft des alten Tages mir entgegen. Der Schweiß brach mir aus. Ich zog die Tür zu und mühte mich die Treppen hinauf. Kaum stand ich auf der Straße, kam der Bus.

Und noch eine schlaflose Nacht. Mein Gesicht sah grau aus, als ich am nächsten Morgen in den Spiegel blickte. Essen konnte ich nichts. Meine Eltern und Annika erklärten mich für verrückt, als ich sagte, ich würde ab heute wieder arbeiten, aber ich ging gar nicht darauf ein. Wie gut war es, 18 zu sein. Statt mit dem Fahrrad fuhr ich mit dem Bus, der Weg von der Haltestelle zum Kindergarten war zwar nicht ganz nah, aber ich ließ mir Zeit. Auch die Schneider staunte, als sie mich sah.

»Mir ist daheim die Decke auf den Kopf gefallen«, log ich und grinste sie an. Sie winkte mich herein und sagte in der ihr eigenen strengen Art: »Aber dann machst du heute nur Sachen im Sitzen. Ich will dich nicht mit den Kindern herumspringen sehen. Verstanden?« Ich nickte und sah mich unauffällig um. Jessica und Regine fuhrwerkten bereits in unserer Kreisel-Gruppe herum, die Flummi-Gruppe war noch geschlossen und Sabine und Marion beaufsichtigen die Frühkinder beim Frühstück in der Lego-Gruppe. Alles ganz normal.

»Ist David schon da?«, fragte ich Jessica beiläufig, doch Regine antwortete:

»Nein und gestern war er auch nicht da.« Ich hoffte, keiner bemerkte, wie blass ich wurde.

»Vielleicht brauchen sie ihn in der Tübinger Straße«, überlegte Jessica. »Da ist wohl auch eine Erzieherin krank geworden.«

Ich brauchte dringend einen Vorwand, um in der Hauptstelle des Vereins anzurufen. Jetzt schon erschöpft, setzte ich mich auf den kleinen Drehstuhl in der Kreisel-Gruppe. Die Kinder beugten sich über Stifte, Papier, Kleber und Schere und waren auf das Malen und Ausschneiden kleiner bunter Häuser konzentriert. Wie sehr sie sich in eine Sache vertieften. Ich versuchte, ihnen zu helfen, aber es ging heute einfach nicht. Wie fand ich nur heraus, wo er war?

Schließlich kam die Schneider in den Raum und tuschelte mit Jessica. Ich verstand nur Wortfetzen, aber die waren eindeutig.

»Keiner weiß was... Telefonisch nicht zu erreichen... Nicht die geringste Spur.« Und wenn er doch in einem Krankenhaus lag? Verletzt, allein? Ich musste raus hier, ich musste die Krankenhäuser durchtelefonieren, die Polizei informieren – er wurde schließlich bedroht, wenn die Botschaft auf der Postkarte kein Märchen war.

Ich stand auf, verzog das Gesicht und humpelte stärker als nötig auf die Schneider zu. Sie versuchte wieder einmal, ihre Hochsteckfrisur zu richten, was ihr wie immer misslang. Unter den Armen ihres orangefarbenen Rollkragen-T-Shirts hatten sich Schweißflecke gebildet.

»Ich glaube, mein Knie tut doch noch zu doll weh«, log ich und sie entließ mich mit der dringenden Aufforderung, daheim aber nun wirklich still zu sitzen. »Dann kannst du schneller wieder arbeiten!«

Ich war froh, dass das Haus leer war. Ich googelte nach Münchens Krankenhäusern und telefonierte eins nach dem anderen ab. Schnell hatte ich ein Routinesprüchlein drauf, ich suche meinen Bruder. Nirgends wurde ein Patient mit seinem Namen geführt. Einzig im Rotkreuzklinikum – schon ziemlich weit hinten auf meiner Liste – hieß es, ja, einen Liebig, David hätten sie hier, ob ich denn das Geburtsdatum hätte. Auweia – ich stotterte blöd herum und dann fiel mir ein, dass David erwähnt hatte, er wäre Sternzeichen Jungfrau.

»Wissen Sie, ich hab vier Brüder, da bringe ich die Geburtstage schnell mal durcheinander«, fiel mir ein. »4. September 1990.« Meine Urgroßmutter hatte an einem 4. September Geburtstag gehabt. Kurze Stille in der Leitung. Und dann: »Ah, nein, dann ist er das nicht. Unser David Liebig ist Jahrgang 1933. Tut mir leid.«

Ich ließ erschöpft den Hörer sinken. Das brachte doch alles nichts. Sollte ich wirklich zur Polizei gehen? Irgendwie kam mir das auch seltsam vor. Vielleicht sollte ich erst noch einmal zu ihm fahren.

Eine Dreiviertelstunde später stand ich erneut vor seinem Haus. Jetzt schmerzte mein Knie tatsächlich wieder stärker. Ich blöde Kuh! Seine Wohnung – das erkannte ich beim Blick durchs Fenster – war nach wie vor leer. Nichts hatte sich seit meinem Besuch verändert.

Als ich an der Gärtnerei aus dem Bus stieg, lief ich Max' Mutter in die Arme. Die hatte mir ja gerade noch gefehlt. Wahrscheinlich würde sie mich mit Vorwürfen und Anschuldigungen überkippen, wie ich ihren einzigen, geliebten Sohn so fies im Regen hätte stehen lassen können. Doch sie kam strahlend auf mich zu.

»Jetzt weiß ich, warum wir dich so lange nicht gesehen haben, Tabea«, rief sie schon von Weitem. »Max hat gar nicht erzählt, dass du am Bein verletzt bist. Wie ist das denn passiert?« Hätte ich sagen sollen: »Ihr werter Herr Sohn hat mir im Dunkeln aufgelauert und mich vom Fahrrad geworfen?« Natürlich nicht. Und so sagte ich brav: »Kleiner Fahrradunfall. Geht schon wieder.«

Anneliese Würster tätschelte mir den Oberarm. »Aber

komm wieder vorbei, wenn's dir besser geht, gell?!« Max hatte also von unserer Trennung nichts erzählt. Dieser Feigling. Sollte ich? Ehe ich zu Ende denken konnte, war ich schon dabei, Tatsachen zu schaffen.

»Hat er gar nichts gesagt?«, fragte ich scheinheilig. »Max und ich – äh, wir haben uns getrennt.«

»Was?« Der Ausruf hallte über den ganzen Gärtnerei-Parkplatz. Sie schlug die Hand vor den Mund und ich hatte schon Angst, sie würde zu weinen anfangen.

»Ach Gott, Tabea, so was!« Sie schluckte. »Wie lange schon?«

»Noch nicht so lange. Vor gut einer Woche etwa.«

»Herrje, herrje!« Sie schien wirklich fassungslos. »Und ich wundere mich schon, warum der Max so schlecht gelaunt und reizbar ist. Ach, die Kerle – nie sagen sie was. Ja, aber, ähm, darf ich das fragen: Hat er dich verlassen?«

Ich hatte keine Lust auf ausführlichere Erklärungen. »Na ja, so kann man das nicht sagen. Es hat halt einfach nicht mehr gepasst.«

Sie nickte, ruckelte an ihrer hellblauen Brillenfassung und sah mich traurig an.

»Wie schade!« Sie griff nach meinem Oberarm. »Denn ich hab dich wirklich gern, Tabea. Du bist so ein nettes Mädchen. Herrje, ich kann's gar nicht glauben.«

»Ja, tut mir leid. Aber so was passiert ab und an.« Wie altklug ich klingen konnte. Frau Würster nickte bestätigend zu meinen Worten.

»Richtig. Und andere Mütter haben ja auch schöne Töchter. Der Max wird nicht lange allein sein«, sagte sie dann, drehte sich um und stieg in ihren Wagen.

Wider besseres Wissen sah ich ständig auf mein Handy. Keine SMS, kein verpasster Anruf. Auch mein E-Mail-Account verzeichnete keine nennenswerten Eingänge. Ich las mich ein bisschen durch Facebook und wurde geradezu mütterlich besorgt, als ich mir Annikas Einträge und Fotos ansah, die sie hochgeladen hatte. Auf einem sah sie deutlich betrunken aus. Auf einem anderen präsentierte sie einen tiefen Blick in ihr Dekolleté, ein weiteres zeigte sie beim Knutschen – mit ihrer besten Freundin Dorothee. Ihre Einträge bestanden zum größten Teil aus Icons, Hunderten von »geil«, »wow« und »OMG« und waren ansonsten ziemlich inhaltsleer. Ich fand Facebook größtenteils doof und nutzte es nur, weil es praktisch war, um mit Leuten in Kontakt zu bleiben, die man sonst selten sah. Ich war mit allen möglichen politischen Gruppierungen befreundet, sodass ich immer nachschauen konnte, wo irgendwelche Demos oder Flashmobs geplant waren, was es für Unterschriftenlisten gegen Flughafenstartbahnen oder Kürzungen im Sozialbereich gab. Ich hatte nur mein Profilfoto eingestellt und auf dem war mein Gesicht mit einer Antiatomkraft-Sonne angemalt. Spaßeshalber gab ich David Liebig ein – aber natürlich gab es viel zu viele. Einige – aus Bangalore in Indien etwa – fielen gleich raus, bei anderen waren die Infos so knapp, dass ich ihn darin nicht erkennen konnte. Und außerdem – ich wusste doch, dass er mit Internet und dem ganzen Zeug nichts am Hut hatte. Dieser Mistkerl, dachte ich dann. Wieso behandelt er mich so? Irgendwie kann man doch immer eine ganz kurze Nachricht schicken, wenn man es wirklich will. Verdammt!

Der Nachmittag kroch ganz langsam und verwandelte sich in einen samtig warmen Abend. Wir schmissen den Grill auf der Veranda an und legten Würstchen neben Gemüse-Schafskäse-Spießen darauf. Juli zupfte emsig frischen Pflücksalat aus dem Garten und verschiedene Kräuter dazu. Sie liebte es zu ernten, und wir mussten sie oft bremsen, sonst hätte sie Salat für 25 Leute gemacht. Eigentlich hätte es ein angenehmer Abend sein können, nicht mal Annika nervte mit ihrem üblichen Gezicke. Juli brachte mir Coolpacks für mein Knie und hatte großen Spaß, meine Krankenschwester zu spielen. Sie umwickelte meine Verletzung mit Verbänden, packte sie wieder aus, tauschte die Coolpacks aus, schmierte hingebungsvoll Salbe darauf und küsste die Schrunden auf meinem Schienbein. »Dann wird das schnell heile«, sagte sie.

»Wie war's beim Laufen heute?«, fragte ich.

»Gut«, antwortete sie schlicht. Ich nahm ihr die Brille von der Nase und putzte sie. Wie immer war sie ziemlich verschmiert, aber dafür erstaunlich unversehrt. Juli benötigte meist drei Brillen im Jahr, weil die Gestelle ständig verbogen, zerbrachen oder die Gläser kaputtgingen.

Nach längeren Gesprächen stand mir heute nicht der Sinn, ich verfolgte unkonzentriert Annikas Schilderungen aus der Berufsschule und das, was Juli aus ihrer Waldorfschule erzählte, wohin sie seit sieben Jahren ging. Ich stellte mir vor, wie es gleich klingeln würde oder er einfach so um die Ecke gelatscht käme. Mein Herz erfand einen Blumenstrauß dazu, den er in Händen halten würde. Aber nichts geschah.

»Ich gehe schlafen«, verkündete ich um kurz vor zehn, es war noch nicht einmal richtig dunkel. Alle schoben meine angebliche Müdigkeit auf mein Bein.

Ich wollte allein sein, nachdenken. Auch wenn ich das schon den ganzen Tag getan hatte. Völlig ergebnislos.

Ich ließ mich auf das schon etwas durchgesessene Sofa mit den orange-lila gemusterten Kissen und der türkisblauen Tagesdecke darauf fallen, das unter dem geöffneten Fenster stand. Mein Lieblingsplatz. Hinter mir rauschten zärtlich die Bäume im Garten. Ich hatte das ganze Zimmer im Blick, dessen orientalische Pracht sicher manchen erschlagen hätte, ich gebe es zu. Die Wände waren in vier verschiedenen Rot-Lila-Tönen gestrichen und es hingen zwei Greenpeace-Plakate daran: eines mit einer riesigen Meeresschildkröte unter Wasser, ein anderes mit Aufnahmen von Regenwäldern. Über dem eigentlich recht schlichten schwarzen Bett hatte ich an einem Eisengestänge üppigen Stoff drapiert, lilablau mit golden eingewebten Streifen, ein paar Filzrosen klammerten sich daran. In der Mitte des Zimmers pendelte vom Nachtwind sanft bewegt eine Lampe mit einem pinkfarbenen Seidenbezug, in den ganz kleine Spiegelchen eingestickt waren. Nur der IKEA-Flickenteppich in Orange-Grün darunter passte nicht ganz und auch der einfache Holzschreibtisch fiel ein bisschen aus dem Konzept. Trotzdem liebte ich meinen kleinen orientalischen Palast.

Ich versuchte, mich auf mein Buch zu konzentrieren, ein eigentlich sehr spannendes Buch über die Gehirnentwicklung von Kindergartenkindern. Nichts blieb hängen. Ich humpelte noch mal die zwei Stockwerke in die Küche runter und holte mir ein großes Glas kaltes Wasser. Als ich zurück in mein Zimmer kam, trat ich auf etwas Piksendes. »Autsch«, entfuhr es mir und ich sah nach, was es war. Ein spitzer Kieselstein lag auf dem Boden. Daneben ein zweiter, ein dritter. Ich stürzte – so gut das ging – ans offene Fenster. Ein weiteres Steinchen flog knapp an meinem Kopf vorbei.

Und dann erkannte ich ihn im Schatten des Kirschbaums. Stand einfach da, leibhaftig und lebendig und so etwas wie ein Schmunzeln hing in seinem Gesicht. Er deutete mit dem Zeigefinger nach oben – durfte er hochkommen? Ich brauchte nicht eine Sekunde darüber nachdenken. Ich war so gottfroh, ihn lebendig und, wie es schien, unversehrt zu sehen. Ich nickte also und er kam näher ans Haus heran. Die Leiter, die am Kirschbaum gelehnt hatte, brachte er gleich mit. Gefensterlt hatte bei mir auch noch keiner. Er schaffte es problemlos, kletterte über die Leiter auf den Balkon, zog die Leiter nach und konnte bequem zu meinem Dachfenster weiter hinaufsteigen. Im Schlafzimmer meiner Eltern, das hinter dem Balkon lag, blieb es ruhig.

Und jetzt stand er da mitten in meinem Zimmer und pflückte ein Kirschblatt aus seinen Haaren. Er sah mich aus seinen melancholischen Augen traurig an, unsicher, und wie immer war ich es, die das Sprechen übernahm.

»Wo warst du?«, fragte ich und versuchte nicht, die Spur von Ärger aus meiner Stimme zu verbannen. »Ich hab die Krankenhäuser nach dir abtelefoniert! Beinah hätte ich bei der Polizei angerufen. Scheiße, echt, mach das nie wieder mit mir!«

Er sah betreten zu Boden. »Ich habe lange überlegt, ob ich hier einfach so auftauchen soll«, sagte er dann leise. »Aber ich habe dich jede Sekunde, die ich fort war, vermisst.«

Verdammt! Die Wehrmauer um mein Herz war kurz vor dem Einsturz. »Wo warst du?«, fragte ich trotzig noch einmal. Und erst jetzt wurde mir klar, dass ich ihn schlecht mit meinen Entdeckungen konfrontieren konnte. Ich konnte ja nicht sagen: Ach, du, übrigens, ich bin kurz bei dir eingebrochen und habe deinen Laptop, ein Handy-Ladekabel und die Postkarte einer Luisa gefunden, die dir Küsse schickt – und wer war das noch mal, der dich umbringen wollte? Mir blieb nur, ihn zum Reden zu bringen.

»Können wir uns nicht setzen?«, fragte er. Ich humpelte zum Bett und er sah mich bestürzt an. »Was ist passiert?« *Ich* konnte auch Geheimnisse haben, beschloss ich und erzählte nur, dass ich vom Fahrrad gefallen sei. Kein Wort von der dunklen Gestalt. Das würde ihn nur von seinem Geständnis abhalten.

Als wir saßen, streckte er seine Hand nach meiner aus. Ich zog sie weg.

»Sag es mir«, forderte ich ihn auf. Er blickte nach unten, befühlte mein Bettzeug, als wolle er eine der Stoffblumen darauf abpflücken, seufzte tief.

»Ich kann es dir nicht sagen«, brachte er mühsam hervor. »Das ... Mann, das klingt total doof, aber ... es wäre zu gefährlich.«

»Bist du Superagent in deinem zweiten Leben?«, höhnte ich. Es klang wirklich zu doof.

»Nein, aber ...«, er verstummte schon wieder, suchte meinen Blick, meine Hand. Diesmal ließ ich sie ihm.

»Bitte, David. Du kannst doch nicht erwarten, dass ich mit jemandem zusammen sein will, über den ich nichts weiß.«

Er schüttelte den Kopf. Fuhr über jeden einzelnen meiner Finger. So sanft. Ich seufzte.

»Es tut mir so leid«, sagte er leise.

»Was? Was tut dir leid?«

»Verdammt, dass ich dir nichts sagen kann. Ich hab ...« Er atmete tief ein. Und aus. Schneller und immer schneller. Und noch schneller, japsend fast.

»Hör auf«, sagte ich. Nun legte ich die Hand auf seinen Unterarm. Seine Atmung beruhigte sich ganz langsam. Mein Ärger verwandelte sich in Angst. Angst, die mir die Kehle zudrückte. Ich schluckte.

»Tabea«, sagte er, »glaub mir – du bist das Beste, was mir in meinem ganzen Leben passiert ist. Bisher war alles nur scheiße, scheiße, scheiße. Und ich bin selbst dran schuld. Ich ganz allein. Wenn ich dich sehe, deine Familie, weißt du – so stelle ich mir das Leben vor. Das echte, richtige Leben. So muss es sein. So ist es gut.«

»Aber dann leb doch mit mir.«

Abrupt stand er auf, lief im Zimmer auf und ab, stieß mit dem Finger gegen den herabhängenden Bommel der Seidenschirm-Lampe.

»Das würd ich total gerne. Aber... aber... es überfordert mich. Du kannst es dir wahrscheinlich nicht vorstellen – aber ich weiß einfach nicht, wie man sich in einer solchen Situation verhält. Worüber ich reden soll. Was man von mir erwartet. Das zieht mir den Boden weg. Und dann... deine Schwester, weißt du, ich...«

Wollte er am Ende darauf hinaus, dass er Schluss machen würde? Wegen meiner Familie? Die Körperpartie rund um meinen Bauchnabel verkrampfte zu einem einzigen, harten Klumpen.

»Ich kann das nicht – so tun, als fände ich sie ganz normal.« Er ließ sich auf den breiten Holz-Drehstuhl mit den ausladenden Armlehnen sinken, der vor meinem Schreibtisch stand, griff nach dem Spitzer mit dem globusgemusterten Gehäuse und drehte ihn nervös in den Händen.

»Deswegen bist du am Samstag abgehauen? Aber warum hast du mich denn nicht gefragt? Ich hätte dir doch geholfen. Viele Leute haben Probleme, sich Juli gegenüber normal zu verhalten.«

Er rollte zu mir heran, streichelte behutsam über mein Knie.

»Aber du warst gleich so aufgebracht, als ich das mit dem Schwimmen gesagt habe.« Okay, da hatte er recht. Ich hasste es einfach, wenn Leute Juli als Objekt wahrnahmen und ihr nicht zugestanden, dass sie eine eigenständige Persönlichkeit hatte, dass man normal mit ihr reden konnte. Aber vielleicht hätte ich ihm das so erklären müssen. Ich nahm ihm den pausenlos trudelnden Spitzer aus den Händen, zog ihn vom Stuhl aufs Bett.

»Entschuldige«, sagte ich also. Doch dann wurde mir klar – David flüchtete. Ich wollte mit ihm nicht über meine Schwester sprechen. Sondern darüber, wo er gewesen war.

»David«, hob ich an. Ich wandte mich ihm zu, legte meine Hand um sein Gesicht, er schmiegte sich hinein wie eine Katze. »Sprich mit mir. Erzähl mir von der Scheiße. Vielleicht können wir sie zusammen wegspülen, auslöschen, was weiß ich.« Er schloss einen Moment die Augen.

»Das geht nicht«, sagte er und sah mich wieder an. »Das kann ich nur ganz alleine.«

Mein Gefühlskarussell begann, sich schneller zu drehen. Nach der Angst kam nun Enttäuschung und Wut.

»Aber – wenn ich deine Freundin sein soll, dann musst du mir doch vertrauen. Ohne Vertrauen brauchen wir doch gar nicht zusammen sein.« Ich war sehr laut geworden und er wich vor mir zurück, rutschte ans untere Bettende.

»Egal, was du getan hast – ich will es wissen. Du hast ja niemanden umgebracht, oder?«

»Nein«, kam es wie aus der Pistole. »Aber trotzdem – ich kann das niemandem zumuten.«

»Nur Luisa.«

Er sah mich entsetzt an. Ich presste die Hände vor meinen Mund. Verdammt, wie konnte ich nur! Wie konnte ich nur ihren Namen erwähnen!

»Woher weißt du von Luisa«, fragte er und klang fremd, scharf, Furcht einflößend.

»Ich weiß gar nichts«, log ich und mir brannten die Wangen.

»Keiner hier weiß von Luisa«, sagte er, immer noch aufgebracht.

»Ich war...«, stammelte ich. »Ich war an deiner Wohnung – schließlich, wir waren verabredet für Dienstagabend. Und du warst es, der nicht da war. Du hast unsere Verabredung gebrochen, bist einfach abgehauen, ohne mir Bescheid zu sagen.« Er senkte den Kopf.

»Ja, ich weiß, es tut mir leid.«

»Ich hab durch das Fenster in deine Wohnung geschaut.« Wie einfach das Lügen plötzlich war. »Und auf dem Schreibtisch ist mir diese Postkarte oder was das war aufgefallen. Ich hab nur den Namen erkennen können. Sonst nichts. Echt!« Er entspannte sich. Aber dann fiel ihm ein: »Die Karte lag unter der Schreibtischauflage«.

»Nein, die lag obendrauf, ich hab's genau gesehen.« Er hielt den Kopf schief wie Socke, die nicht glaubte, dass die Hundeguttis alle waren.

»Das tat sie nicht.« Eiskalt klang er plötzlich.

»Du glaubst doch wohl nicht, dass ich...« Die Worte wollten nicht über meine Lippen. Er hatte den Kopf zwischen seinen Händen abgestützt, fixierte den Flickenteppich, seine Schultern hoben und senkten sich. Schließlich blickte er zum Fenster, wo es vollständig dunkel war. Die warme Sommerluft kühlte ganz langsam ab. »Luisa ist... Luisa ist unwichtig. Sie hat nichts mit dir zu tun. Hast du gedacht, ich habe noch eine Freundin?« Zum ersten Mal lächelte er. Es sah angestrengt aus, aber er lächelte. Ich rutschte dichter an ihn heran und nickte stumm. Ich hatte so viel gedacht und es hatte nichts gebracht. Tränen lösten sich aus meinen Augen. Er legte den Arm um mich, zog meinen Kopf an seine Brust.

»Nicht weinen«, flüsterte er. »Alles wird gut. Alles. Ich verspreche es dir.« Wie gerne hätte ich ihm geglaubt.

Die Fliege ist gelandet. Mitten im Netz. Sie zappelt schon und merkt es noch nicht. Er hat gewusst, dass es funktionieren wird. Diesmal ist er ihm nicht entkommen. Diesmal bleibt er ihm auf den Fersen. Schleicht sich an. Näher und näher. Er ahnt nichts, überhaupt nichts. Wie er sich aufgeplustert hat bei ihrem Treffen. Behauptet, er habe ihn in der Hand. Wenn ihr was passieren würde, übergäbe er den Beweis der Polizei. Es war zum Schenkelklopfen! Mit diesem Eingeständnis hat er sein eigenes Todesurteil unterschrieben. Sie ist jetzt völlig egal. Er ist ihm auf der Spur. Und er wird dafür sorgen, dass der Beweis in seine Hand fällt und der Verräter von seiner Hand.

Putzig, wie sich der Verräter eingerichtet hat in seiner neuen, kleinen Welt. Ist noch ganz schön nackt und kahl, seine neue Welt. Kein Wunder, alle Bezugspunkte der Welt, aus der er kommt, haben sich aufgelöst und es dauert, bis dafür neue geschaffen sind. Das kann er sich vorstellen. Allerdings versteht er immer noch nicht, warum der Ver-

räter zum Verräter geworden ist. Ihm ging es doch gut bei ihm. Er hat sie umsorgt wie ein Vater. Mit strenger Hand, selbstverständlich, aber gerecht. So wie sein eigener Vater das getan hat und sein Großvater vor diesem. Und aus ihm ist ein anständiger Kerl geworden, da gibt es nichts. Sein Vater jedenfalls ist stolz auf ihn. Und er hätte weiter für sie gesorgt ihr ganzes Leben lang. Sodass sie einen guten Platz gefunden hätten in der neuen Welt, die bald erschaffen sein wird. Und in der er stolz wäre auf sie.

So aber muss sich der Verräter selbst eine neue Welt schaffen – und die besteht ja bisher vor allem aus Gesocks und Abschaum.

Und einem Problem. Das hat er nicht eingeplant. Aber auch dafür wird sich eine Lösung finden. Eine endgültige. Schließlich hat er nicht so lange gewartet, um sich dann von einer Nebensächlichkeit von seinem Ziel abbringen zu lassen. Wenn er genauer drüber nachdenkt: Vielleicht vereinfacht das die Sache sogar – so ist der Verräter noch verletzbarer. Gefühle waren schon immer seine größte Schwäche. Er hat sie nie hintanstellen können.

Doch, doch, ihm wird schon etwas einfallen. Hindernisse sind da, um überwunden zu werden. Er hat bereits so viele Hindernisse überwunden in diesem Kampf – und in früheren. Geduld ist seine Stärke. Er lacht leise vor sich hin. Und Stärke ist auch seine Stärke. Das wird dieser Verräter auch noch begreifen. Begreifen müssen. Ob er will oder nicht. Aber davor wartet noch ein Stückchen Arbeit auf ihn. Er muss den Verräter langsam zermürben, damit der wie gelähmt ist, wenn er zuschlägt. Er weiß auch schon, wie das geschehen kann. Und dann kann ihm niemand mehr schaden, ihm, dem Herrn über Leben und Tod.

5. Kapitel

Die nächsten Tage machten mir zumindest Hoffnung. David war liebevoll, aufmerksam und bemühte sich, mir jeden Wunsch von den Augen abzulesen. Ich war das gar nicht gewohnt, genoss es aber sehr. Er kam wieder in den Kindergarten und sagte etwas von einem Magen-Darm-Virus, der ihn ins Bett niedergeschmettert hätte. Und da er ja noch immer keinen Telefonanschluss hätte und so schwach gewesen wäre, hätte er sich nicht melden können. Es war mir fast unheimlich, wie souverän er diese Lüge auftischte. Die Schneider glaubte ihm ohne Nachfrage. Sie versprach sogar, beim Verein, der die Wohnung für Bufdis wie David angemietet hatte, Druck zu machen, damit endlich was mit dem Telefon geschähe.

Auch mein Knie erholte sich zusehends und ich konnte schon wieder recht normal laufen. Tagsüber schmachteten wir uns also an und abends zeigte ich ihm die Teile der Stadt, die er noch nicht kannte. Er lud mich endlich in sein Appartement ein und ich tat so, als sähe ich alles zum ersten Mal. Er hatte Nudeln mit Käsesoße gekocht und eine kleine Vase mit Wiesenblumen auf den Tisch gestellt.

»Ist noch ein bisschen kahl hier«, sagte ich nach dem Essen und betrachtete die nackten Wände. Er folgte meinem Blick.

»Ach, mir gefällt das so«, antwortete er. »Ich wüsste gar nicht so genau, was ich für Bilder aufhängen sollte. Höchstens ein Foto von dir.« Ich beugte mich vor und küsste ihn auf die Nase.

»Das ehrt mich natürlich – aber hast du keine Lieblingsbands? Oder stehst auf, keine Ahnung, Rennautos, Kinohelden… was man sich halt so aufhängt.«

»Ich hab halt nicht so schöne Greenpeace-Plakate wie du«, grinste er. »Ach nee, früher hatte ich mein Zimmer immer vollgehängt, vor allem mit Bands. Aber inzwischen mag ich lieber nackte Wände. So ein bisschen Zen-mäßig.«

»Was für Bands?«

Er stellte die Teller zusammen und ließ sie in der kleinen Spüle verschwinden. »Kennst du bestimmt nicht. So eine Mischung aus mittelalterlich und Punk. Deutsche Texte. So Richtung In Extremo oder Ingrimm, wenn du die kennst. Aber jetzt find ich das Zeug langweilig.«

»Was hörst du jetzt?«

»Mann, das ist ja ein echtes Verhör hier«, er lachte etwas gequält. »Ich bin offen für alles, vielleicht hast du ja Sachen, die mir gefallen könnten.«

Ich dachte darüber nach, dass ich selbst keinen so ganz einheitlichen Musikstil hatte. Mir gefielen sowohl manche Sachen, die gerade im Radio rauf und runter liefen, aber auch ein paar alte CDs von meinem Vater, Neil Young, Eric Clapton und so. Allerdings mochte ich am allerliebsten Weltmusik, nicht diesen amerikanischen Einheitsbrei. Zur Zeit stand ich gerade auf Fatoumata Diawara aus Mali. Ihre Musik passte so schön zum Sommer.

»Afrikanische Musik finde ich ziemlich klasse oder südamerikanische«, sagte ich. David nickte.

»Kenn ich gar nicht«, gab er zu. Ich wühlte mein Smartphone aus der Tasche, stöpselte den Kopfhörer ein, steckte ihm den einen, mir den anderen Ohrhörer ins Ohr und dann legten die Beats von Issa Bagayogo los. Ich musste sofort dazu tanzen, was mit dem Knie noch etwas schwierig war – aber ich wackelte umso mehr mit dem Po. David sah mir interessiert zu, blieb aber ruhig stehen.

»Komm, mach mit«, lachte ich und nahm seine Hand. Er bewegte sich unsicher auf seinem Platz, wackelte ein bisschen unrythmisch mit den Hüften, und das war's. Also, ein sexy Tänzer war er nicht gerade.

»Klingt schon sehr fremd«, stellte er fest. »Aber nicht schlecht.«

»Hört man in Hamburg so was nicht?«, fragte ich und er schüttelte lachend den Kopf, zog mich an sich heran und küsste mich. Die Musik, seine Berührung und mein Körper verschmolzen zu einer wohligen Einheit.

Gegen elf beschloss ich, mich auf den Heimweg zu machen. David sah müde aus und wirkte, als bräuchte er seine Ruhe. Außerdem hatte ich nichts zum Übernachten dabei.

»Ich bring dich«, bot David an, aber ich lehnte ab.

»Ich steig hier vorn in den Bus und bei mir vor der Haustür wieder aus, das passt schon.«

Nach einem langen Abschiedskuss musste ich rennhumpeln, um den Bus noch zu bekommen. Beinahe wäre ich in ein Auto gerempelt, das gerade aus einer Parklücke herauswollte. Keuchend setzte ich mich hinter den Fahrer und träumte mich in die Nacht hinaus, die sternenklar war. In der Messestadt musste ich beim Umsteigen zehn Minuten warten. Ich drehte die Musik in meinem Smartphone laut und sang *Je veux* von Zaz mit, soweit es mein eher schlechtes Französisch zuließ. Drei Lieder später überlegte ich das erste Mal, warum der Bus nicht kam. Wie immer gab es natürlich weder eine Durchsage noch eine Anzeige. Wenn ich jetzt loslaufen würde, käme der Bus bestimmt genau in dem Moment, in dem ich zu weit weg war, um zur Haltestelle zurücklaufen zu können. Wenn ich aber noch ewig wartete, war das auch nervig. Sollte ich meinen Vater anrufen und bitten, dass er mich abholte? Der war sicher schon im Bett, denn er musste doch immer früh um halb sechs aufstehen. Ach, die Nacht war lau, mein Knie schon ganz passabel und der Weg nicht allzu weit. Ich setzte mich in Bewegung. Zaz sang weiter. Der Weg durch den Park und am Friedhof vorbei war der kürzeste. Wie in der Messestadt üblich war niemand mehr unterwegs, nur ein dunkler Wagen fuhr langsam die Straße entlang. Bald hatte ich den Park erreicht. Wie es nach Wildblumen duftete! So schön die Pflanzen in unserer Gärtnerei waren – eine solche Pracht wie hier bekam nur die Natur hin.

Zaz fing an zu leiern. Der Handy-Akku ging schon wieder zur Neige. Ich schaltete die Musik aus und lief weiter. Rechter Hand sah ich nun die alte schwarze Friedhofsmauer, dahinter, auf der anderen Seite der Straße befand sich der neue, sehr moderne Teil. Ich war noch nie nachts auf einem Friedhof gewesen und ich merkte, dass ich unbewusst ein bisschen schneller lief als zuvor.

Plötzlich ein Rascheln. Im Gebüsch neben mir. Mein Herzschlag beschleunigte sich. Meine Hände wurden feucht. Verdammt, warum war gerade jetzt mein Akku leer? Etwas kam auf mich zu. Uff. Ein großer schwarzer Hund, vermutlich ein altdeutscher Hütehund, der mich aus seinen braunen Augen verwundert anblickte und dann die Zähne fletschte.

»Na du«, sagte ich ruhig. »Wer hat dich denn hier vergessen?« Der Hund entspannte sich, kam näher und schnüffelte an meiner Hand. Ich kraulte ihn am Hals. Da knackte es wieder und ich duckte mich zu dem Hund hinunter. Aus dem Wäldchen kam schnellen Schrittes ein Mann angelaufen, in der Hand eine Leine schwingend. Er trug eine Schirmmütze tief ins Gesicht gezogen, schwarze Locken quollen darunter hervor, er wirkte bullig und hatte ein grimmiges, bartstoppeliges Gesicht. Vor dem Hund hatte ich keine Angst gehabt... Hoffentlich war das wirklich nur der Besitzer.

»Halt! Bleiben Sie stehen!«, schrie plötzlich eine Männerstimme hinter mir. Irritiert sah ich mich um. Ein Mann kam auf mich zu. Auf dem Friedhofsparkplatz stand ein Wagen mit laufendem Motor und offener Fahrertür. Der Fahrer blieb nun knapp hinter mir stehen, ich hatte ihn nicht kommen gehört.

»Lassen Sie die Frau in Ruhe!« Sein Ton war mehr als gereizt. Der Hütehund fing an zu bellen. Sein Besitzer kam langsam näher.

»Hund weggelaufen«, sagte er mit unerwartet dünner Stimme und hob vorsichtig die Arme, als müsse er beweisen, dass er keine Waffe bei sich trüge. Der Autofahrer ging dicht auf ihn zu, den Hund beachtete er mit keinem Blick.

»Lassen Sie Ihren Köter nicht ohne Leine rumrennen, das ist ja gemeingefährlich! Die arme Frau hier muss sich ja zu Tode erschreckt haben!«

»Nein, Quatsch«, fiel ich ihm ins Wort. Mir war die ganze Situation mehr als unangenehm. Ich kraulte erneut den Hund, der mit gespitzten Ohren und deutlich angespannt den Mann beobachtete, der sein Herrchen so anging.

»Ich extra gehen abends, damit Hund laufen kann«, erklärte der Hundebesitzer in seinem gebrochenem Deutsch. Vielleicht kam er aus Nordafrika oder Südeuropa.

»Gehen Sie heim mit Ihrer Töle«, sagte mein selbst ernannter Retter. »Am besten ganz heim!« Dann wendete er dem völlig perplexen Mann den Rücken zu und betrachtete mich besorgt. Als sei er plötzlich ein komplett anderer, sprach er dann mich an: »Entschuldigen Sie, aber ich habe die Szene von Weitem gesehen und hatte den Eindruck, Sie benötigen Hilfe.« Der Typ trug einen schlichten Trachtenjanker mit einem weißen Hemd darunter, eine beige Chinohose und Seitenbinderschuhe. Unter dem Hemd blitzte eine dicke goldene Kette mit einem hammerförmigen Anhänger daran hervor. Das halblange blonde Haar war ordentlich geföhnt, der Seitenscheitel korrekt gezogen. Er wirkte wie aus einem vergangenen Jahrhundert.

»Darf ich Sie vielleicht nach Hause bringen?«, fragte er nun. Wieso siezte er mich eigentlich? Er war doch sicher auch kaum älter als 25. Eigentlich hätte ich sofort Nein«gesagt, aber als ich loslief, durchfuhr mein Knie ein neuerlicher Schmerz, den ich mit zwischen den Zähnen laut eingesogener Luft kommentieren musste und der mich zum Stehenbleiben zwang. Irgendwie war mir beklommener zumute als vorher. Der Mann mit dem Hund war irgendwo im Wald verschwunden, ich war mit diesem seltsamen Typen allein.

»Bitte, nehmen Sie mein Angebot an«, sagte er. Ich kam mir vor wie im falschen Film. Diese Ausdrucksweise!

»Außerdem«, fuhr er fort und ging ganz langsam in Richtung seines Wagens. »Wissen Sie, ich habe mich ein wenig verfahren, ich bin noch nicht so lange in der Stadt und vielleicht könnten Sie so freundlich sein und mir auf der Karte zeigen, wie ich zurückkomme. Also dahin, wo ich hinmöchte.«

»Okay«, sagte ich nun. »Es ist sowieso nicht weit bis zu mir.« Er lächelte galant, aber seine blitzblauen Augen wirkten kalt. Er hatte ein sehr glattes Gesicht, sorgfältig rasiert, ein markantes Kinn. Eigentlich sah er ziemlich gut aus. Aber mir deutlich zu schnöselig. Wäre mehr Annikas Typ.

Ich ließ mich auf das kühle schwarze Leder seines Cabrios fallen. Ein alter, dunkelblauer Golf oder so etwas. Es roch penetrant nach einem Vanille-Wunderbaum unter dem geschlossenen Verdeck. War ich denn verrückt? Als Kind bekommt man immer eingetrichtert, nicht mit Fremden mitzugehen. Galt das in meinem Alter vielleicht nicht mehr? Mist. Nervös trommelte ich mit dem Fuß und dirigierte ihn in Richtung der Gärtnerei.

»Da vorne können Sie mich rauslassen«, sagte ich. Einen Moment hatte ich das Gefühl, er würde einfach weiterfahren. Nicht anhalten. In letzter Sekunde bremste er.

»Oh, Sie wohnen gleich bei einer Gärtnerei«, sagte der Typ. »Ich liebe Blumen.«

»Gehört meiner Mutter«, hörte ich mich sagen. *Hey, steig lieber aus, der Typ ist komisch, rede nicht mit ihm,* sagte meine innere Stimme.

»Schon seit Generationen, nehme ich an. Ich meine, es sieht alles so schön eingewachsen aus.« Er grinste breit und seine weißen Zähne blitzten.

»Ja«, sagte ich knapp. »Ach so, wo müssen Sie jetzt hin?«

»Richtung Ostbahnhof«, antwortete er. Ich erklärte ihm rasch, wie er auf die Autobahn gelangen würde und von dort aus ganz schnell in Haidhausen und am Ostbahnhof wäre.

»Hat mich gefreut«, sagte er. »Und entschuldigen Sie, wenn ich zu aufdringlich war. Aber wissen Sie – lieber helfe ich einmal zu viel als einmal zu wenig. Verraten Sie mir noch Ihren Namen?« Ohne dass ich es wollte, entrutschte mir ein leises »Tabea«.

»Ich bin Torsten«, sagte er. »Machen Sie es gut, Tabea. Passen Sie auf sich auf! Es gibt überall so viele schlechte Menschen!«

Schnell lief ich über die Straße, quer über den Kundenparkplatz der Gärtnerei, meinte, seine Blicke im Rücken zu spüren, denn ich hatte kein fortfahrendes Auto gehört. Ich quetschte mich durch den schmalen, vollgestellten Durchgang zwischen der Gärtnerei und unserem Haus. Dort lag der Hintereingang. Erleichtert steckte ich den Schlüssel ins Schloss, drehte ihn um. Zwei Hände legten sich schwer auf meine Schultern. War er mir gefolgt?

Blitzschnell drehte ich mich um. Mein Herz raste, meine Knie zitterten – ich hatte genug Schrecksekunden für heute gehabt.

»Schon wieder ein neuer Stecher?«, fragte Max und seine Augen wanderten unruhig über mein Gesicht, über den Ausschnitt meines Sonnentops.

»Lass mich los«, erwiderte ich und entwand mich seinem Griff. Am liebsten hätte ich ihn angeschrien, aber ich wollte nicht das ganze Haus wecken. »Was willst du von mir?«

Max stützte sich mit einer Hand an der Hausmauer direkt neben mir ab, er näherte seinen Kopf meinem und starrte mich mit glasigem Blick an.

»Ich wollte dich sehen«, sagte er. »Hatte Sehnsucht.« Seine freie Hand legte sich plötzlich auf meine Hüfte, schob sich unter mein Top und weiter nach oben. Ich versuchte, mich ihm zu entwinden.

»Hör auf«, zischte ich. »Lass mich endlich in Ruhe – ich will nicht mehr mit dir zusammen sein! Wann kapierst du das endlich?«

Nun umfasste er mich mit beiden Händen, sodass ich mich kaum noch bewegen konnte. Sein Atem stank nach Bier. Seine Lippen näherten sich meinem Hals.

»Hilfe«, schrie ich nun, so laut ich konnte, bis ich eine Hand auf meinem Mund spürte. Leider war Max stark und groß und ich hatte keine Chance gegen ihn. Mit dem Bein drückte er mich gegen die Hauswand, ein Arm lag quer über meinem Brustkorb und sein Mund und seine Zunge suchten sich weiter Wege über meine nackte Haut. Ich versuchte zu schreien, ihn zu beißen, aber es ging nicht. Ich zappelte, konnte meine Beine kaum rühren. Ich atmete heftig durch die Nase, hatte trotzdem das Gefühl, keine Luft mehr zu bekommen.

»Hmmm«, murmelte er, »wie geil du bist, wenn du dich so wehrst. Ich würde dich am liebsten gleich hier nehmen.« Ich versuchte, mein Knie nach oben zu ziehen, das ich ihm voller Freude in seine Männlichkeit gerammt hätte, aber auch das war nicht möglich. Scheiße, ich konnte es nicht glauben! Ich stand vor meiner Haustür und keiner half mir. Die Schlafzimmer lagen alle zur anderen Seite hinaus.

»Ich wusste doch, dass du mich noch willst«, stöhnte Max gerade und ich hätte ihm am liebsten ins Gesicht gespuckt. Aber da jaulte Max plötzlich auf, er ließ mich los und jetzt erst nahm ich ein anderes Geräusch wahr, das ich die ganze Zeit überhört hatte. Max krümmte sich zusammen und hielt sich die Wade.

»Aus, Socke! Aus«, rief ich, stürzte mich auf unseren Hund und umschlang ihn wie eine Rettungsinsel.

»Scheiß Köter«, fluchte Max. »Dafür zeig ich dich an!«

»Und ich dich – wegen sexueller Übergriffe«, schrie ich nun. »Hau ab, du Arsch, und lass dich nie wieder blicken!« Wie zur Unterstreichung meiner Worte fletschte Socke die Zähne und knurrte Max an. Der humpelte schimpfend davon, ohne sich noch einmal umzudrehen.

Erschöpft ließ ich mich auf die Eingangsstufe sinken. Socke winselte und ich begrub mein Gesicht in ihrem Fell.

Das Klingeln des Weckers hatte ich schlichtweg überhört. Ich war erst tief in der Nacht eingeschlafen, hatte mich unruhig durch ein bedrohliches Traumland gekämpft, wo Riesenhunde mit menschlichen Grapschhänden hinter mir her gewesen waren, und fiel gegen Morgen endlich in Tiefschlaf. Als ich im Kindergarten ankam, war es fast halb zehn und die Schneider warf mir vorwurfsvolle Blicke zu. David saß umringt von fünf Mädchen auf der Terrasse und sie topften hingebungsvoll Erdbeerpflänzchen aus kleinen Aussaattöpfen in die großen Kästen um. Ich hatte hin und her überlegt, ob ich ihm von Max' nächtlichem Angriff erzählen sollte.

Beim Mittagessen versetzte mir die Schneider den nächsten Schlag. Fröhlich verkündete sie, dass Annegret nächste Woche wiederkommen würde. Ich sah zu David hinüber, der mir einen bedauernden Blick zuwarf. Scheiße, dachte ich. Dann werden wir uns in nächster Zeit viel seltener sehen. Immerhin konnten wir heute gemeinsam die Mittagspause verbringen und liefen in die Riem-Arkaden, um uns etwas zu essen zu holen und einen Kaffee in der Sonne zu trinken.

»Ich war heute Morgen schon am Ostbahnhof und hab mir beim Fundamt ein altes Fahrrad gekauft«, erzählte David. Er nippte an seinem Kaffee und blinzelte zufrieden in die Sonne. »Jetzt kann ich dich abends besser begleiten.« Als spüre er, dass ich seines Schutzes bedurfte. Ich lächelte gequält.

»Max hat mir gestern Abend aufgelauert«, presste ich hervor.

»Was?« Er zog die Augenbrauen zusammen.

»Na ja, Socke hat ihn in die Flucht geschlagen. Aber ich hätte nicht gedacht, dass er unsere Trennung so schwer nimmt. Echt nicht!«

David starrte grimmig auf den Boden. In ihm arbeitete es.

»Soll ich mir den Kerl mal vorknöpfen?«

Ich sah ihn verblüfft an.

»Äh ... was meinst du mit – vorknöpfen?«

»Na ja«, David suchte sichtlich nach Worten. »Vielleicht ... muss ich mal ein ernstes Wort mit ihm reden. So von Mann zu Mann.«

»David!«, entfuhr es mir. »Du klingst wie die Typen aus *Mad Men.* Willst du ihn verprügeln oder was?«

David schüttelte die blonden Locken. »Nein, Quatsch.« Es klang nicht so fürchterlich überzeugend.

»Vergiss es«, setzte er nach. »Besser, wenn ich mich nicht einmische.«

»Hab ich auch den Eindruck.«

Auf dem Rückweg zum Kindergarten schwiegen wir.

Und hielten uns nicht an den Händen. Ich war irritiert. Ich hatte gedacht, wenn ich ihm erzählen würde, dass Max mich angegriffen hatte, würden wir gemeinsam überlegen, ob und was zu tun wäre. Dass David mich zum Beispiel begleiten würde zu einem Gespräch mit Max. Aber garantiert nicht, dass er ihn zu einem Duell auffordern würde – denn danach hatte sein Vorschlag für mich geklungen. Und ich war dann das wehrlose Hascherl, das vom großen blonden Ritter beschützt werden musste. Mit Faustschlägen! Danke, kein Interesse!

David blieb stumm und verschwand zum Helfen in die Küche. Ich spielte unkonzentriert mit den Kindern, und erst als Mathilda und Hannah mit Schminkzeug ankamen und ich ihnen bunte Blumen, Schmetterlinge und Glitzerranken ins Gesicht malte, lenkte mich das etwas ab.

Als ich ihre kleinen, zarten Gesichter betrachtete, die Ernsthaftigkeit, mit der sie sich nun in Prinzessinnen und Feen verwandelten, dachte ich darüber nach, ob ich David vielleicht unrecht getan hatte. Vielleicht hatte er nur versucht, mein Held zu sein. Der sich mutig vor die Dame seines Herzens stellte, um sie vor der bösen Welt zu beschützen. Natürlich konnte ich das meistens selbst, aber war es nicht unglaublich romantisch, jemanden zu haben, der auf einen aufpasste? Meine Freundinnen hätten mich beneidet.

Als endlich das letzte Blütenblatt auf eine rosige Mädchenwange gemalt war, ging ich ihn suchen. Er hatte Berivan auf seine Schultern gesetzt, schob sie am Po nach oben. Sie hielt einen Wasserschlauch in der Hand und spritzte in die schwer erreichbaren Blumenkästen, die an der Hausmauer angebracht waren. Als sie mich sah, richtete sie den Strahl kurz auf mich. Es reichte! Binnen Sekunden war ich nass. Ich lachte gequält. David wusste nicht, ob er lachen durfte. Berivan kicherte begeistert und wollte noch mal nachlegen.

»Schluss«, schrie die Schneider und drehte kurzerhand den Wasserhahn zu. »Bitte keine Verschwendung! Wasser ist kostbar!« Berivan zog einen Flunsch und David setzte sie vorsichtig auf den Boden zurück.

»Arg nass?«, fragte er und schickte mir ein scheues Lächeln.

»Nicht so wie du«, rief ich nun, fasste nach der Gießkanne und bespritzte ihn. Es dauerte keine 30 Sekunden, bis uns die Hälfte der Kindergartenkinder umrundete und sich über den Regen freute, den ich ihnen bereitete. Sie quiekten und quakten und tanzten um uns herum.

Gut, dass die Schneider längst wieder in ihrem Büro saß und nichts mitbekam.

Auf seinem limettengrünen Fahrrad, dem sein fortgeschrittenes Alter anzusehen war, begleitete mich David nach der Arbeit an den See. Nachdem es schon morgens fast 28 Grad gehabt hatte, hatte ich schnell einen Badeanzug und ein Handtuch eingesteckt. Davids bunt gestreifte Boxershorts ging als Badehose durch und das Handtuch konnten wir uns teilen. Das Wasser erfrischte wohltuend und wir zogen ruhig unsere Bahnen. Wir hatten uns auf die Südseite des Sees auf die kleine Wiese gelegt, verborgen von Schilfhalmen, wo außer uns niemand war. Die Schreie der Kinder auf der anderen Seite klangen gedämpft zu uns herüber. Wir lagen in der Sonne auf dem warmen Gras, spielten mit unseren Fingern und schlossen die Augen. Wir mussten nicht reden, wir mussten nur atmen und die Hitze der

Sonne aushalten. Es war wunderschön. Ich legte meinen Kopf auf seinen warmen Bauch und nickte allmählich ein, spürte nur noch seine Finger, die meine Haare sanft umeinanderzwirbelten.

Ich wachte auf, keine Ahnung, wie viel Zeit vergangen war, weil Stimmen in mein Ohr drangen, die immer lauter wurden. David saß neben mir, mit hochgerecktem Kopf, und lauschte aufmerksam.

»Was ist da los?«, fragte ich schlaftrunken. David zuckte die Achseln. Ich rappelte mich hoch und sah über das Schilf hinweg zum vielleicht 20 Meter entfernten Feldweg. Etwa neun Jugendliche standen da. Einer hielt einen kleinen Grill am Fuß fest und schwang ihn langsam hin und her. Ein anderer hatte einen Ghettoblaster auf der Schulter. Einige hatten Badehandtücher über den Schultern liegen. Gut die Hälfte trug lange grellbunte Badeshorts und schwarze Tankshirts mit irgendeinem runden, radförmigen Symbol darauf. Die anderen hatten Trainingsanzüge in verwegenen Farben: Silber, Lila, Türkis. Fünf der Jugendlichen hatten um die anderen vier einen Kreis gebildet. Die vier in der Mitte mit den Trainingsanzügen waren eindeutig Türken und sie waren eindeutig kleiner und jünger, höchstens 14, 15. Der Kreis wurde immer enger. Einer der Türken hob abwehrend die Arme. In typischem Singsang sagte er: »Hey, kommt, lasst uns gehen, is doch alles easy hier.« Die fünf beachteten ihn nicht und rückten noch näher. Ich spürte, dass ich plötzlich fror.

»David«, flüsterte ich. »Scheiße, da passiert gleich was.« Endlich stand David auf und sah zu den Jungs hinüber.

»Scheiß Kanaken«, rief nun einer der deutschen Typen. Auf dem Oberarm hatte er ein irgendwie keltisch aussehendes Symbol tätowiert. Der Grill knallte gegen das Schienbein des kleinsten Türken.

»Mann, das sind ja noch halbe Kinder«, sagte ich. David stand wie versteinert. Ich ging etwas näher auf die Gruppe zu. Keiner bemerkte mich.

»Oh, hat das wehgetan?«, höhnte der mit dem Ghettoblaster auf der Schulter. Der kleine Türke tat, als sei nichts geschehen. Noch einmal traf ihn der Grill, nun schon fester. Der Getroffene sank zu Boden, umfasste seine Wade. Ich sah Blut auf den sandigen Boden tropfen.

»Das tut uns aber leid«, sagte der Tätowierte und sprach mit hoher Mickymausstimme.

»Hört auf!«, schrie ich und rannte nun auf die Gruppe zu. Ich konnte nicht anders, mein Herz trommelte wie wild und meine Finger zitterten. Aber ich konnte doch nicht zusehen, wie diese beschissenen Typen die Jungs hier verprügelten.

»Hehe, was will'n das Mädchen?«, rief mir einer entgegen.

»Bestimmt 'ne Kanakenbraut«, sagte der mit dem Grill, und während er mich feist angrinste, ließ er das Gerät in seiner Hand auf den Rücken des Jungen im silbernen Trainingsanzug niedersausen. Der Junge winselte.

»Hört auf mit dem Scheiß!«, schrie ich noch mal. »Ich hab eh schon die Polizei gerufen.« Das war natürlich gelogen, aber vielleicht konnte ich sie ja einschüchtern.

»Und wo hast du dein Handy?«, fragte der mit dem Ghettoblaster hämisch. »Zwischen deinen Brüsten?« Ich schnaubte! Arschlöcher!

Immerhin hatte mein Einschreiten dafür gesorgt, dass die fünf Deutschen kurz von ihren Opfern abgelenkt waren. Mit dem Mut der Verzweiflung stürzten sich die vier auf ihre Angreifer. Einer konnte sich zwischen den Körpern hindurchzwängen, und ohne sich noch einmal umzudrehen, rannte er davon. Die anderen drei riefen Unverständliches und die fünf Angreifer konzentrierten sich wieder auf ihre Beute. Ich sah mich nach David um. Ich hoffte, er hätte inzwischen tatsächlich mit dem Handy in meiner Tasche die Polizei verständigt.

Von David keine Spur. Entsetzt sprang ich zu unserem Handtuch zurück. Nein, im Wasser war er nicht, hinter den Büschen auch nicht. Ich blickte über den See. Und dann sah ich das Limettengrün seines Fahrrads über den Brückensteg hinüberblitzen. Machte der sich aus dem Staub? Fuhr er los, um Hilfe zu holen? Warum hatte er nichts gesagt? Scheiße!

Jetzt drangen wilde Schreie zu mir herüber und es bedurfte nur eines kurzen Blickes, um zu erkennen, dass der Streit eskalierte. Der Tätowierte kniete auf dem im silbernen Trainingsanzug und drosch auf ihn ein. Warum war hier sonst niemand außer mir! Es war nicht einmal sechs Uhr abends! Ich fingerte nach meinem Handy, wählte die 110 und hatte das Gefühl, es dauere Ewigkeiten, bis endlich jemand abnahm. Ich schilderte die Situation und man versprach, schnell eine Streife zu schicken. Währenddessen wurde die Schlägerei immer heftiger. Die fünf Typen schlugen auf die drei Türken ein. Sie stießen den am Boden Liegenden ihre Füße in die Rippen, in den Magen, zwischen die Beine, auf den Rücken. Selbst der Ghettoblaster kam als Schlaggerät zum Einsatz. Ich fühlte mich so hilflos wie noch nie. Warum war ich kein Racheengel à la Uma Thurman in *Kill Bill* und konnte die Horde mit ein paar

Schlägen außer Gefecht setzen? Ich zog, so schnell es ging, meine Klamotten an und bestieg mein Fahrrad. Vielleicht konnte ich auf der anderen Seeseite jemanden finden, der helfen konnte. Da hörte ich aus der Ferne ein Martinshorn, suchte den Horizont ab und entdeckte ein Blaulicht. Ich stieg wieder vom Fahrrad ab. Über den schmalen Feldweg näherte sich das Polizeiauto holpernd und nicht besonders schnell.

Die Schläger schienen auf das Martinshorn genaustens geeicht zu sein. Kaum hörten sie es, ließen sie von ihren Opfern ab und rannten in Richtung östliches Seeufer davon. Die drei Türken blieben stöhnend am Boden liegen. Ich eilte zu ihnen, drückte einem ein Taschentuch auf seine stark blutende Platzwunde an der Stirn. Die zwei anderen konnten sich immerhin selbstständig hinsetzen. Endlich war das Polizeiauto da. Einer der Beamten verständigte über Funk einen Krankenwagen, der andere kam auf uns zu.

»Haben Sie uns angerufen?«, fragte mich der schnauzbärtige Polizist und ich nickte. »Konnten Sie die Angreifer nicht aufhalten?«

Ich sah ihn irritiert an.

»Die waren zu fünft. Sie sind Richtung Ottendichl verschwunden«, erläuterte ich. Der Polizist würdigte die Verletzten kaum eines Blickes.

»Tja«, sagte er. »Bei der Hitze kommt das zur Zeit ständig vor. Da rasten immer mal welche aus.«

Jetzt kam auch der zweite Polizist näher, deutlich älter als sein Kollege. Sein weißes Haar lugte verschwitzt unter der Mütze hervor, die Wangen leuchteten rot, den Hemdkragen hatte er schon weit geöffnet.

»Soll ich Ihnen die Typen beschreiben?«, fragte ich, aber keiner reagierte auf meine Frage.

»Ich hab die genau gesehen«, insistierte ich. »Hallo?«

Die Polizisten sahen gelassen über den See.

»Mei, meinen Sie, bei der Hitze laufen wir denen nach?«, bequemte sich der ältere schließlich zu einer Antwort. »Des war sicher mal wieder so ein Streit unter Burschen. Kommt ständig vor.«

Der auf dem Boden liegende Junge stöhnte. Sein Kumpel hielt ihm die Hand.

»Das war ein rassistischer Übergriff«, sagte ich. »Die haben die Jungs hier als Kanaken beschimpft. Die hatten irgendwelche Kelten-Tatoos, so militärisch kurze Haare und schwarze Tankshirts mit einem Zahnrad und so Runenschrift drauf.«

»Ach bitte, gehen S'«, sagte der Schnauzbart. »Jetzt kommt gleich wieder die Nazi-Kiste. Verschonen Sie uns. In 95 Prozent aller Fälle sind das Streitigkeiten zwischen Typen, die sich schon ewig kennen. Wahrscheinlich sind's betrunken gewesen und etwas übermütig.«

Ich fasste es nicht! Ich spürte, wie mein Unterkiefer verspannte, so sehr musste ich mich beherrschen, nicht loszuschreien. Ich kniete mich zu dem schwerer Verletzten und streichelte seine Hand. Sein Freund kauerte daneben.

»Lass es«, sagte er leise in gutem Deutsch. »Wir kennen das schon. Immer sind wir schuld. Immer haben wir angefangen. Niemals hat das ganze einen fremdenfeindlichen Hintergrund und wir sollen mal schön dankbar sein, dass wir in diesem friedlichen Land leben dürfen.« Ich konnte es nicht glauben.

»Echt?«

Er nickte stumm. Endlich kam der Krankenwagen über den staubigen Weg geruckelt und nahm die drei mit. Die Polizisten hatten noch kurz ihre Personalien aufgenommen und nach einigem Hin und Her eingewilligt, die Eltern zu informieren, aus welchem Krankenhaus sie ihre Kinder abholen konnten. Dann stiegen sie in ihren Dienstwagen und fuhren davon.

Ich kam mir vor wie auf einem einsamen Planeten. War ich von Außerirdischen entführt worden und musste mir anschauen, wie man in fernen Welten mit Menschen umsprang? Nein. Ich war hier, mitten in Deutschland, mitten in Bayern, in München – der angeblichen Hauptstadt des Widerstandes. Und hatte zuschauen müssen. Ohne etwas tun zu können.

Ich spürte, wie mir vor hilflosem Zorn Tränen die Wangen hinunterliefen. Ich stürzte mich ins Wasser, tat wütende Schwimmzüge, tauchte tief ein und kam prustend wieder hoch. Ich drosch auf das Wasser ein, das nichts dafür konnte, und langsam, ganz langsam, kühlte ich ab.

Als ich wieder an Land saß und mich von der Sonne trocknen ließ, kam mir das nächste Problem in den Sinn. Wohin war eigentlich David verschwunden?

Obwohl mein Mund staubtrocken war und ich höllischen Durst hatte, trat ich kräftig in die Pedale. Das kann nicht sein, das kann nicht sein, sauste die Melodie der Gangschaltung in meinen Ohren. Schon hatte ich die Autobahn überquert, bog in die Riemerstraße ab und folgte dem Weg entlang der immer dörflicher werdenden Landschaft. An der Rennbahn vorbei ging es weiter, bis ich nach ungefähr 20 Minuten völlig erschöpft in der Kunihohstraße ankam. An der Treppe zur Souterrain-Wohnung stand das limettengrüne Fahrrad. Laute Musik dröhnte mir entgegen, metallisch harte Beats, verzerrte Tonfolgen, die man nicht als Melodie beschreiben konnte. Worte gab es auch, aber die wurden so laut geschrien, dass ich keines erkennen konnte. Ich rannte, so schnell es ging, die Treppe hinunter und klopfte gegen die Tür. Klar, er hörte nicht. Ich schlug mit den Fäusten dagegen, es tat sich nichts. Ich versuchte, durchs geschlossene Fenster hineinzuspähen, aber die Gardinen waren zugezogen und ich konnte nichts erkennen. Eventuell war der dunkle Fleck, der hinter den Gardinen hin und her sprang, David.

Erschöpft ließ ich mich auf die Treppenstufen fallen. In meinem Hals kratzte es vor Trockenheit, der Schweiß schwamm auf meiner Haut. Ich bettete den Kopf auf meinen Armen, die über die Knie hingen. Was war das hier für eine Nummer? Warum war David so komisch? Warum reagierte er in Konfliktsituationen völlig kindisch? So hilflos? Warum sprach er nicht mit mir? Vielleicht hatte Annika recht – vielleicht suchte ich mir tatsächlich immer die falschen Typen aus. Gary kam mir in den Sinn, mein allererster Freund. Er war kleiner als ich gewesen, hibbelig, ständig am Kiffen, zum zweiten Mal sitzen geblieben. Aber mit schönen, großen braunen Augen, wilden Rastalocken und zärtlichen Händen. Ich hatte ein halbes Jahr gebraucht, um zu verstehen, dass er sich niemals ändern würde. Dass er niemals pünktlich sein würde, niemals aufrichtig, niemals zuverlässig. Ich bin mir immer noch sicher, er liebte mich wirklich, aber leider nicht so sehr, dass er sein Handeln danach ausgerichtet hätte.

Plötzlich wurde mir klar, dass die Musik aufgehört hatte.

Erst als das Zwitschern eines Vogels in mein Bewusstsein schlüpfte, hob ich den Kopf. Es war merkwürdig still. Beklemmend.

Ich rappelte mich hoch, ging an die Tür, horchte kurz, dann klopfte ich. Das Holz war warm, ich ließ die Hand darauf liegen. Ich würde so lange hier stehen bleiben, bis er endlich diese verdammte Tür öffnen würde.

Im Zimmer raschelte es, ein paar Schritte, dann war er da.

»Tabea«, flüsterte er. »Ich...« Und dann schwieg er schon wieder. Ich drängte mich an ihm vorbei in die Wohnung, stürzte zur Spüle und drehte den Wasserhahn auf. Ich beugte mich tief hinunter und trank in langen Zügen. Puh, wie gut das tat.

Seine Augen brannten in meinem Rücken. Als ich mich zu ihm umdrehte, flüsterte er: »Tut mir leid.« Ich wusste nicht, was ich sagen sollte. Unter dem Bett ragte das Kabel des Laptops hervor. Vielleicht wäre es das Beste gewesen, umzudrehen, hinauszugehen und ihn nie mehr wiederzusehen. Aber das konnte ich nicht.

»Tabea«, sagte er noch mal und versuchte, das Kabel unauffällig unters Bett zu schieben.

»Ich weiß, wie ich heiße!« Sollte er meinen Ärger ruhig spüren. »Was ist los mit dir?« Er ließ sich auf sein Bett fallen und starrte auf den grau melierten PVC-Boden. Langsam hob er seine Schultern, ließ sie wieder fallen. Ich stöhnte genervt auf, setzte mich aber neben ihn. Sofort nahm er meine Hand.

»Verlass mich nicht«, kamen die Worte kaum hörbar über seine Lippen. Und nach einer Weile: »Sonst gehe ich unter. Versinke im Dunkeln. Bitte.«

»Wow«, ich stöhnte auf. »Geht's noch ein bisschen melodramatischer?«

Aber dann fiel mir die Postkarte wieder ein. *»Und dich finden sie auch und bringen dich auch um!«*

»David«, sagte nun ich. »Wenn du willst, dass ich bei dir bleibe, musst du mich ein bisschen mehr an deinem Leben teilhaben lassen. Immer einfach abhauen, wenn irgendwas passiert... das geht nicht. Weißt du, ich verstehe einfach nicht, wie du tickst.«

Er nickte nur.

»Erzähl mir was«, forderte ich. »Von dir! Was ist dir passiert?«

Er schüttelte sofort wieder den Kopf. »Ich kann das nicht erzählen. Nicht jetzt.« Er sah auf, sah in mein Gesicht, die schönen Augen bohrten sich in mich, das Flehentliche vermischte sich mit Angst. Ich sollte ganz einfach aufstehen und gehen. Es ging nicht.

»Hab Geduld!«, bat er mich. »Ich habe bald alles geregelt. Ganz sicher. Dann fängt ein neues Leben an. Glaub mir. Ohne dich – ich weiß nicht...«

»Was?« Die Haare auf meinen Armen stellten sich auf.

Er atmete tief. »Ohne dich...«, er stockte. »Ich hätte...«, seine Stimme wurde immer leiser. Am liebsten hätte ich ihn geschüttelt.

»Ich war einmal kurz davor, mich umzubringen«, sagte er schließlich und sah mich wieder durchdringend an. »Mein Leben war... auseinandergebrochen. Ich bin gerannt und gerannt und dann stand ich plötzlich an dieser Brücke am Brandenburger Ufer. Die Brücke überspannten so gebogene Stahlträger, gut einen halben Meter breit. Auf einen Brückenbogen hatte jemand riesengroß geschmiert: *Lasst euch nicht einschüchtern. Seid frei!* Was für ein Hohn! Ich konnte einen der Bögen einfach hinaufgehen. Es war easy. Oben sah ich über den ganzen Veddel-Kanal, überall riesige Container – alles sah nur hässlich aus, trostlos. Ich starrte runter, es waren sicher so neun, zehn Meter. Ich hätte nur diesen kleinen Schritt machen müssen. Noch nicht mal einen Schritt. Einfach nur das Gewicht verlagern. Der Wind rüttelte ziemlich heftig an mir und ich spürte, wie ich mich ihm entgegenstemmte. Wie ich eben nicht aus dem Gleichgewicht geraten wollte. Dann zitterten meine Beine. Total grauenhaft. Ich hatte riesige Angst zu fallen. Und da wusste ich, meine Zeit zum Sterben war noch nicht gekommen. Also bin ich wieder runter. Auf dem Hosenboden. Als ich unten ankam, hab ich nur noch geheult. Wie ein Kleinkind.«

Ich stand auf. Ich konnte nicht mehr, ließ mich wieder neben ihn fallen, schloss die Arme um seinen Hals, wir ließen uns aufs Bett kippen und dann weinten wir beide. Er stumm und lautlos, ich schluchzend. Irgendwann begannen wir, uns die Tränen aus den Gesichtern zu küssen, enger aneinanderzurutschen, die Trauer wich Sehnsucht, Verlangen, diesem Wunsch, einander so nahe zu kommen, wie es Menschen nur können, und dabei alles zu vergessen, was wehtat und traurig machte.

Hinterher lagen wir erschöpft und noch verschwitzter als zuvor auf dem feuchten Laken. Noch immer hielten wir uns an den Händen, und obwohl ich weiterhin verwirrt, unsicher und auch ein wenig traurig war, spürte ich das Leben so intensiv wie selten. Es war einfach so, sagte ich mir, Menschen waren nicht immer unkompliziert und einfach. Sie waren nicht flach, eindimensional, sondern dreidimensional, und das sorgte für Tiefe, für Echtheit, für Komplexität – und eben für Chaos. Und wie konnte ich es wagen, mich gleich davonzustehlen, weil es ihm schlecht ging. Das hätte ich mir nie verziehen! Ich musste ihm die Tür aufhalten, damit er in den Sonnenschein treten konnte. Und ich schwor mir, die Tür, und sei sie noch so schwer, für ihn aufzuhalten.

Weitere Buchstaben krochen aus seinem Mund. Leise, unsicher, aber dann kraftvoller, lebendig.

»Ich hab früher viel mit Typen abgehangen, die auf Randale aus waren«, sagte er. »Einfach so. Aus Langeweile. Ich hab meine Ausbildung zum Schreiner in einer Kleinstadt gemacht, in der Nähe von Hamburg. Und da gab es am Wochenende oder abends – da gab es einfach nichts, was man machen konnte. Da haben wir halt Bier gesoffen, Schnaps, Wodka, was halt grad greifbar war. Na, und wenn uns dann einer dumm kam, weil er die falsche Frisur hatte oder 'ne dicke Lippe riskierte – dann haben wir eben zugeschlagen.«

»Du auch?«, fragte ich zögerlich. Ich wollte es wissen!

»Manchmal. Nicht so oft wie andere. Aber manchmal schon. Wenn der Frust zu groß war. Was weiß ich, wenn der Meister gemeckert hat, ich hätt nicht sauber genug gearbeitet oder so. Und dann – nach ein paar Bier – da bin ich dann hin und wieder ausgetickt. Hab einfach das Denken ausgeknipst und ab ging's.« Ich nahm seine Hand, hielt sie vor das Fenster, hinter dem es langsam dunkel wurde, und betrachtete die dunklen Umrisse seiner Finger. Diese eben noch so zärtlichen Hände.

»Ich kann mir das nicht vorstellen«, sagte ich.

Er sah mir ins Gesicht. »Ich mir auch nicht mehr«, sagte

er. »Meistens. Aber wenn ich in so eine Situation gerate... wo körperliche Gewalt...« Er blickte zur Decke hoch. »Ich kann dann meist nur abhauen. Weißt du, da ist in meinem Kopf Leere, kein Gedanke dockt dann irgendwo an. Alles nackt. Wie in der Wüste. Und dann hau ich ab. Bevor ich zuhau. Ganz schnell. Bist du sauer?«

Langsam schüttelte ich den Kopf. Ich war es wirklich nicht. Ich erzählte ihm, wie die Polizei auf die Prügelei reagiert hatte. Wie entsetzt ich war.

»Ja«, sagte er. »Das kenn ich auch. War bei uns auch so. Wenn wir rechtzeitig abgehauen sind, ist uns keiner nach. War denen egal. Und wenn am nächsten Tag in dem Käseblättchen da stand, Jugendliche hätten sich eine Rauferei geliefert, dann waren wir richtig stolz drauf. Wow - wir standen in der Zeitung.«

»Wie alt warst du da?«

»Na, so 16, erstes Ausbildungsjahr. Irgendwann haben sie mich aber dann doch mal gekriegt, dann hab ich so ein Antiagressions-Training mitgemacht. War ganz gut. Hab ich viel gelernt.«

»War also nur eine Phase?«

»Ja, klar.«

»Und aus der Zeit stammen auch deine Narben?«

Ganz kurz nur kniff er die Augen ein wenig zusammen.

»Mh. Genau.«

Ich befühlte die wulstige Stelle auf seinem Rücken.

»Erzähl mir davon.«

Er drehte sich so, dass ich die Narbe nicht länger berühren konnte.

»Ach, völlig langweilig. Außerdem will ich diese Zeit nicht verklären mit irgendwelchen Heldenanekdoten.«

Fast schämte ich mich. Einerseits verabscheute ich Gewalt, andererseits wollte ich ihn in meinem tiefsten Innern wohl doch als so eine Art strahlender Held sehen. Das ging natürlich gar nicht.

»Hast recht«, sagte ich schnell.

»Was machen wir denn jetzt wegen Max?«, fragte er nach einer Weile. Ich zuckte mit den Schultern.

»Ignorieren?«

»Keine gute Idee«, widersprach er. »Ich hab ein schlechtes Gefühl bei dem. Wer weiß, was er sich noch alles ausdenkt.«

Ein Schauer überlief meinen Rücken. Ich kuschelte mich enger an David.

»Vielleicht bleibst du heute Nacht erst einmal hier«, schlug er vor und dieses Angebot nahm ich dankbar an – auch wenn ich wusste, dass es am nächsten Morgen mit langem Ausschlafen und gemütlichem Frühstück nichts werden würde. Es war Samstag und ich hatte meiner Mutter versprochen, in der Gärtnerei mitzuhelfen, weil Frau Deller, eine ihrer Angestellten, freihatte.

Wie im Fieber arbeitet er. Er hätte nicht gedacht, dass sich so viele gute Möglichkeiten ergeben. Es ist eine Art Fernfolter, die er betreiben wird. Lautlos, effektiv und mit dem großen Vorteil, dass der Verräter nicht ahnt, wann er das nächste Mal auf die Streckbank gelegt wird, wann sich die Daumenschrauben noch ein wenig enger zudrehen. Der Verräter weiß nur, dass er sich nicht entziehen kann. Denn er hat keine Ahnung, wie er ihn stoppen soll. Beinahe hätte er ihn neulich abends entdeckt. Aber er war schneller. Der Verräter weiß schließlich noch gar nicht, dass er da ist. Ein gutes, wohliges Gefühl.

Wenn es all diese Möglichkeiten schon früher gegeben hätte, dann sähe die Welt jetzt anders aus und er hätte einen Platz, für den er nicht immer und immer wieder kämpfen müsste. Wobei ... diese Fernfolter hat ihren großen Reiz. Bald wird auch noch die gesellschaftliche Ächtung des Delinquenten hinzukommen. Eine ganz neue Dimension. Gut, dass ihm das eingefallen ist. Gut, dass sein Kontaktmann so ein perverses Schwein ist. Und noch besser, dass er ihm einfach alles zur Verfügung stellt, ohne zu fragen. Sie alle wissen: Je weniger man über das Tun des anderen weiß, umso weniger kann einem selbst geschadet werden. Eine Taktik, die sich bewährt hat. Kein Wunder, dass er der Herr ist über Leben und Tod.

6. Kapitel

Die frische Morgenluft machte mich überraschend munter. Ich radelte an den Feldern vorbei, in denen Mohn- und Kornblumen leuchteten. Der Himmel spannte sich in einem betörenden Blau bis zum Horizont. Ich fühlte mich frisch wie schon lange nicht mehr. Endlich hatte ich das Gefühl, ein bisschen von David zu begreifen. Ich war so froh, dass er sich mir geöffnet hatte. Ob ich ihn verurteilte, weil er in seiner Jugend dumme Sachen angestellt hatte? Das hatten wir doch alle!

Ich kann mich noch sehr gut an das Entschuldigungsschreiben und die hart ersparten 50 Euro Fangprämie erinnern, die ich mit 14 an ein Kaufhaus geschickt hatte, weil ich dort Nagellack im Wert von vielleicht drei Euro geklaut hatte – und natürlich erwischt worden war. Ich hatte zwei etwas älteren Freundinnen imponieren wollen, dabei fand ich Nagellack eigentlich total tussig.

Annika bestückte gerade die Regale vor der Eingangstür mit bunten Geranien, Petunien und all den anderen Einheitsblumen, die von deutschen Balkonkleingärtnern so geliebt werden.

»Warste wieder bei deinem neuen Lover?«, fragte sie über die Schulter hinweg und erwartete nicht wirklich eine Antwort. Ich gab ihr auch keine, ging in den Laden, angelte nach einer Schürze und band sie mir um.

»Tabi«, freute sich Juli und fiel mir um den Hals. »Du bist

immer weg. Immer weg. Du musst heimkommen«, tadelte sie mich und ich versprach es mit treuherzigem Blick.

»Komm, hilf mir beim Auspacken«, schlug ich ihr dann vor. »Da ist neue Ware angekommen.« Sie folgte mir bereitwillig in den Kühlraum und gemeinsam versorgten wir Blumen, entdornten Rosen, schnitten die Stiele an und stellten sie in wasserbefüllten Eimern auf. Meine Mutter war hochkonzentriert mit einem Gesteck beschäftigt, das gegen Mittag für eine Hochzeit abgeholt werden würde.

Irritiert sah ich auf, als Annikas glockenhelles Lachen durch den Laden hallte. Ich entdeckte sie mit einem Kunden zwischen den hohen Zimmerpflanzen. Sie spielte mit einer Haarsträhne und sah dem Mann ein wenig von unten in die Augen. Annika war mal wieder ganz in ihrem Element! Für das Geschäft war die hübsche Tochter der Inhaberin natürlich ein Gewinn, das mussten wir alle zugeben. Ich grinste. Annika deutete nun zur Verkaufstheke, der Mann nahm einen Topf mit einem schon recht üppigen Bambus und drehte sich um.

Den hatte ich doch schon mal gesehen! Das war... tatsächlich, dieser komische Typ, der mich neulich Abend in seinem Wagen mitgenommen hatte. Den hatte ich schon fast vergessen gehabt. Auch heute trug er wieder diese Musikantenstadl-mäßige Folkloretracht. Ich zog mich ein wenig zurück, irgendwie hatte ich keine Lust, von ihm bemerkt zu werden. Beobachten konnte ich ihn trotzdem. Als er sich nun mit Annika der Kasse näherte, roch ich sogar sein markantes Aftershave bis hier hinten, puh, der hatte aber ganz schön aufgetragen. Annika strahlte ihn über die Kasse hinweg an und der Typ – hatte er nicht Torsten geheißen? - griff tatsächlich nach ihrer Hand, deutete so etwas wie eine Verbeugung an und berührte ganz kurz mit seinen Lippen ihren Handrücken. Annika kicherte und lief rot an. Auch Juli hatte die Szene beobachtet, sie grinste fröhlich und hüpfte nun vor dem Mann zur Ladentür. Als er an ihr vorbeiging, griff sie nach seiner Hand, schüttelte sie kräftig und küsste sie dann. Der Typ lachte laut, entwand Juli seine Hand und wischte die Rückseite an seiner Hose ab. Dann drehte er sich noch mal nach Annika um und zwinkerte ihr verschwörerisch zu.

»Was war das denn für einer?«, fragte ich.

Annika zog eine Schnute und grinste mich dann an. »Das möchtest du wissen, was?«

»Nö«, sagte ich und wandte mich von ihr ab. Immer der beste Trick, um sie zum Reden zu bringen.

»Ich glaube, das wird ein neuer Stammkunde. Der war jetzt schon das dritte Mal da diese Woche – und er ist ziemlich charmant.« Ich schüttelte belustigt den Kopf.

»Ich finde den ziemlich schleimig – küss die Hand! Wer macht denn so was?«

»Der ist nett«, schaltete Juli sich in das Gespräch ein. »Hab ihm auch die Hand geküsst.« Ich wuschelte durch ihre Haare, was sie gar nicht mochte.

»Der ist doof«, sagte ich.

»Hör auf!« Sie schob mich weg. »Der ist nett. Total nett!«

»Jedenfalls kauft er immer irgendwelche Zimmerpflanzen«, erzählte Annika. »Er sagt, er hat sich neu eingerichtet und seine Wohnung ist noch so kahl.« Ihr Gesichtsausdruck wirkte regelrecht verklärt.

»Annika«, entfuhr es mir. »Der Typ sieht total spießig aus!«

»Na und? Dafür hat er ein gutes Gesicht, ziemlich männlich«, widersprach sie mir. »Dein Max war ja auch nicht gerade der Hingucker. Und dieser depressive Typ, mit dem du jetzt rumhängst, ist auch kein Alphamännchen. Außerdem hat er mir großzügig Trinkgeld gegeben. Weiß gar nicht, was du hast.«

Ein ungutes Gefühl hatte ich. Aber weil ich es nicht begründen konnte, sagte ich nichts weiter.

Nachdem die Gärtnerei geschlossen hatte und wir mit dem Aufräumen fertig waren, holte mich David mit dem Fahrrad ab. Wir radelten in die Stadt, wo wir uns wenigstens am Ende des Occupy-Demozuges einreihten, der vom Odeonsplatz über die Sonnenstraße bis zum Sendlinger Tor zog. Dann fuhren wir weiter ins Eine-Welt-Haus und besuchten eine Foto-Ausstellung über Flüchtlinge, die es mit knapper Not geschafft hatten, mit ihren Nussschalen von Nordafrika aus das Meer zu überqueren und in Italien zu landen. Die Bilder bewegten mich stark. Mein Gott, mit welchen Hoffnungen kamen diese Menschen, zum Teil jünger als ich selbst, hierher, nach Europa? Und wie schlecht wurden sie in Empfang genommen, wie Müll, der an den Strand gespült worden war und den man schnellstens wieder loswerden wollte. Sie trugen nichts bei sich außer ihrem Leben, nichts, außer ihrem Vertrauen in die Zukunft.

»Stell dir vor, das wären wir«, sagte ich zu David, der schweigend die Bilder betrachtete. »Uns geht's hier allen so verdammt gut, das ist manchmal gar nicht auszuhalten.« Ich schmiegte mich an ihn, umfasste seinen Arm.

»Stimmt«, erwiderte er leise. »Und eigentlich ist es ja nur Zufall, dass wir in diesem Teil der Welt gelandet sind und nicht als Schwarze oder so mitten in einem Slum geboren wurden. Aber ist es nicht schwierig, ihnen allen hier zu helfen?«

Ich nagte nachdenklich an meiner Unterlippe. Natürlich wäre es besser, wenn die Herkunftsländer der Flüchtlinge sicher und menschlicher wären, wenn es Nahrung, ärztliche Versorgung und Arbeit für alle gäbe. Aber so lange es das nicht gab, konnten wir doch nicht einfach zuschauen, wie sie verhungerten oder in sinnlosen Kriegen starben.

»Wenn alle unsere kleinen, süßen Berivans und Momos und Dulgos in ihren Herkunftsländern leben würden und sie hätten nichts zu essen, keine Chance auf Bildung, auf einen Job, das wäre doch furchtbar, oder?«

Er nickte. »Stimmt. Wenn man persönlich mit ihnen zu tun hat, wachsen sie einem richtig ans Herz.«

»Ich brauch ein bisschen Sonne«, gestand ich und zog David mit nach draußen, wo von der Caféterrasse leckerer Espressoduft herüberwehte und rhythmische Trommelklänge die viel befahrene Straße vor dem Eine-Welt-Haus vergessen ließen.

»Wo bist du denn eigentlich eingesetzt ab nächster Woche?«, fragte ich, als wir unseren Cappuccino tranken.

David zog ratlos die Schultern hoch. »Ich glaub, ich soll die Einrichtungen alle mal abfahren und so ein paar Hausmeister-Jobs erledigen. Übrigens soll ab nächster Woche tatsächlich mein Telefonanschluss funktionieren.«

»Juchhu«, ich klatschte in die Hände.

David sah mich sanft kopfschüttelnd an. »Manchmal bist du mir echt ein Rätsel«, sagte er. »Gerade warst du noch tief betrübt wegen all dieser Flüchtlinge – und jetzt alberst du schon wieder rum.«

»Klar«, lachte ich. »Anders ist diese Welt doch auch nicht zu ertragen.«

In seiner Einliegerwohnung fühlte ich mich mittlerweile schon so richtig zu Hause. Für alle Fälle hatte ich eine Zahnbürste deponiert und die würde ich auch heute brauchen. David meinte, hier hätten wir mehr Ruhe als bei mir zu Hause und würden niemanden stören. Mir sollte es recht sein.

Wir waren nach dem Eine-Welt-Haus durch die Innenstadt Richtung Englischen Garten gefahren, hatten den Trommlern zugehört, das süßliche Aroma, das über dem Park lag, eingeatmet (»Drogen find ich scheiße«, hatte David gesagt), die Eisbachsurfer beobachtet und schließlich im Milchhäusl gevespert. Er eine Biobratwurst, ich ein Stück Kuchen. Anschließend hatten wir uns einen Film angeschaut, es hatte etwas gedauert, bis wir uns auf einen geeinigt hatten. Es war weder das neueste Sozialdrama von Ken Loach geworden noch der fünfte Teil von *Die Hard,* sondern der vierte von *Ice Age*. Uns war beiden nach harmloser Unterhaltung zumute.

Es war fast eins, als wir eng aneinandergekuschelt in Davids Bett lagen. Meine Gedanken wurden bereits seltsam blumig und ich war kurz davor einzuschlafen. David streichelte meinen Bauch, aber auch seine Bewegungen wurden immer langsamer.

Die Musik, die plötzlich einsetzte, war wie ein Hammerschlag. Laut, metallisch, bedrohlich. Eine Stimme, die so schrie, dass man die Worte beinah unmöglich verstehen konnte, ähnlich der, die David neulich selbst gehört hatte. Irgendwo ganz nah an meinem Kopf. Wir setzten uns beide blitzschnell auf, mein Herz pochte bis zum Hals und ich hielt mir die Ohren zu.

»Wo kommt das her?«, versuchte ich, gegen den Lärm

anzuschreien. David war aufgesprungen und sah unters Bett, wo offenbar nichts lag. Sein Gesichtsausdruck war beängstigend. Die Ader an seiner Stirn angeschwollen, die Augen weit aufgerissen, der Mund mit mahlenden Bewegungen beschäftigt. Er durchwühlte unseren Kleiderhaufen, der neben dem Bett lag. Die Musik spielte erbarmungslos weiter. Ich bildete mir ein, einen Satz wie »Blut muss fließen« oder Worte wie »knüppeldick« herauszuhören, aber nichts klang wirklich wie eine menschliche Stimme. David rannte in Richtung Küchenzeile, zur Wohnungstür, tastete fahrig auf seinem Schreibtisch herum. Nichts! Ich las von seinen Lippen ab, dass er angestrengt das Wort »Scheiße« wiederholte. Nach ungefähr einer Minute war es plötzlich still. Keuchend sank David zu Boden. Ich spürte, wie sehr ich zitterte, und zog mir die Bettdecke über die Schulter.

»Was war das?«, fragte ich. Schweißperlen standen auf meiner Stirn. David setzte sich neben mich, erschöpft, als habe er einen Marathonlauf absolviert.

»Keine Ahnung.« Er stöhnte.

»Grauenhafte Musik!«

Er ließ sich nach hinten sinken. Hinter seiner Stirn arbeitete es.

»Willst du nicht weiter nach dem schrecklichen Ding su...« Weiter kam ich nicht. Wieder ging die Musik los. Genauso laut, genauso unerträglich. Davids Gesicht lief hochrot an. Er kniete auf dem Bett, drosch mit den Fäusten auf die Matratze ein und schrie »aufhören, aufhören«. Unwillkürlich wich ich zurück, ließ mich vor das Bett auf den Boden gleiten. Hier war die Musik noch lauter. Obwohl David schon geschaut hatte, sah auch ich noch einmal unter das Bett. Nichts, außer ein paar Staubflocken.

Aber dann wanderte mein Blick nach oben und ich entdeckte etwas Schwarzes zwischen Matratze und Lattenrost. Ich schob mich unter das Bett, erinnerte mich kurz an den Laptop, von dem jetzt nichts mehr zu sehen war, und griff nach dem schwarzen Ding. Ein Handy steckte zwischen den Sprossen des Lattenrosts. Ich drückte auf die rote Taste und augenblicklich war es still.

Ich spürte, wie David mich an den Beinen unter dem Bett hervorzog.

»Langsam, langsam«, rief ich, aber da hatte ich mir schon den Kopf am Rahmen angestoßen. David kümmerte sich gar nicht darum und riss mir das Handy aus der Hand.

»Wichser«, stieß er zwischen den Zähnen hervor. »Elender Wichser.« Er drückte auf dem Handy herum, ließ sich aufs Bett plumpsen und es war, als sei ich gar nicht mehr existent.

Ich kletterte zu ihm und beugte mich über seinen Rücken. Das Handy schien eine Textnachricht zu enthalten, aber er schob mich mit dem Ellenbogen beiseite. Ich hatte nur die Worte erkennen können: »Freu dich – bin wieder da.« David ließ das Handy sinken und starrte unbeweglich in die Luft. Allmählich wurde sein Gesichtsausdruck wieder normaler und er verwandelte sich in den Menschen zurück, den ich liebte.

Doch ich hatte mich getäuscht. Plötzlich sprang er hoch, das Handy in der Rechten, holte weit aus und schleuderte das Ding gegen die Wohnungstür. In mehrere Teile zerborsten, fiel es zu Boden. David sank blass aufs Bett zurück und starrte auf das PVC. Ich spürte, dass ich ihn nicht erreichen konnte. Trotzdem versuchte ich es: »Was war das, David?«

Er zuckte nur mit den Schultern.

»Wo kommt das her?«

Er fuhr herum und sah mir in die Augen. Wut stand in seinem Blick. »Keine Ahnung. Können wir jetzt schlafen?«

Ich kniete mich hin, überragte ihn leicht und schüttelte ihn an den Schultern.

»Da ist irgendwie ein Handy unter deiner Matratze versteckt und du willst schlafen? Hast du sie noch alle?«

Wie ein kleines Kind setzte er erneut die Ellenbogen ein, um mich abzuwimmeln. Dann hielt er sich die Hände über die Ohren, ließ sich seitlich aufs Bett fallen und schloss die Augen. Na, super, vielen Dank auch!

Zorn kroch aus meinem Bauch, verbreitete sich rasant in meinem Körper und ich wusste, es bliebe nur Schreien oder Abhauen. Schnell griff ich nach meinen Klamotten, zog sie über und verließ seine Wohnung. Er versuchte nicht, mich aufzuhalten.

Die kühle Nachtluft pustete mein Gehirn durch. Plötzlich wurde mir klar, dass das hier keine gute Geschichte mehr war. Was hatte er so Schreckliches zu verbergen, dass er mich in keinster Weise an seinen Problemen teilhaben ließ? Hatte er doch ein Verbrechen begangen, das nun langsam ans Tageslicht kam? War der Handy-Verstecker jemand, der sein Geheimnis kannte und drohte, ihn auffliegen zu lassen? Vielleicht hätte ich ihn doch endlich auf die Postkarte ansprechen müssen. Und ihm erzählen, wie leicht es war, in seine Wohnung einzusteigen. Nein, Tabea, redete ich mir ein. Das ist nicht dein Problem, lass ihn einfach in Ruhe. Aber Scheiße – ich hielt an, stemmte meine Füße fest gegen die sandige Erde des Feldwegs, beugte mich weit vor, legte das Kinn auf den Lenker. Vielleicht braucht er wirklich Hilfe. Vielleicht konnte er gerettet werden, wenn ich zu ihm stand. Vielleicht...

Die ersten Regentropfen trafen mich auf den Schultern, im Gesicht. Erst jetzt bemerkte ich, wie dunkel der Nachthimmel war. Dort drüben, Richtung Westen, ballten sich Wolken, fett und schwer. Der Wind frischte auf, ich fröstelte und trat wieder in die Pedale, schneller und schneller. Ein Blitz zuckte, anschließend sofort ein krachendes Donnern. Ich sah uns über das Feld laufen, die Kinder auf dem Arm. Voller Verbundenheit. Dann die Scheune, eine Insel im Weltengetümmel. Seine Lippen auf meinen. Der Regen vermischte sich mit meinen Tränen, schmeckte auf einmal salzig. Ich konnte kaum noch etwas sehen, zitterte, klammerte mich am Lenker fest. Endlich kam die Gärtnerei in Sicht. Ich hielt an. Sollte ich umdrehen, zurückfahren? Der Regen wurde immer dichter, die Tropfen immer größer. Nur das Donnern grollte aus weiterer Ferne. Ich war komplett nass. Morgen würde ich ihn anrufen. Aber das ging ja nicht. Ein Mensch, der nicht existierte, wenn er nicht bei mir war und ich ihn berühren konnte. Wie sollte ich nur diese Mauer überwinden, die er um sich errichtete und die von Tag zu Tag ein Stückchen höher wurde?

»Wieso bekommt man eigentlich deinen Daniel nie zu Gesicht«, begrüßte mich mein Vater am Sonntag, als ich um kurz vor zwölf in der Küche auftauchte.

»David, Papa, er heißt David.«

Ich gähnte und irgendwie war mir immer noch kalt.

»David, na gut. Mag er uns nicht?«

»Ihr seid ihm einfach zu viele«, entgegnete ich. »Ist ein

Einzelkind, da ist er nicht gewohnt, mit so vielen Leuten an einem Tisch zu sitzen.«

Damit gab sich mein Vater allerdings nicht zufrieden.

»Aber ich würde ihn gerne etwas näher kennenlernen.«

»Lass sie doch«, schaltete sich meine Mutter ein. »Erst mal müssen die beiden sich richtig kennenlernen, dann sind wir dran.« Im Moment war ich ziemlich unsicher, ob ich David tatsächlich noch näher kennenlernen wollte. Und trotzdem pochte schon wieder etwas wie Sehnsucht in meinem Herzen.

»Gehen wir nachher laufen?«, fragte Juli, setzte sich neben mich an den Tisch und rührte den Zucker um, den ich in meinen Kaffee schüttete. Sie lehnte sich an mich und sah mich aus ihren warmen braunen Augen bittend an. Ich schob ihr die Brille auf dem Nasenrücken ein wenig nach oben und lehnte meine Stirn gegen ihre.

»Na klar, Kumpel«, sagte ich. Laufen würde mir heute guttun. Meinen Atem hören, meinen Herzschlag spüren, die Kraft in meinen Beinen und die Natur tief einatmen.

»Bis zum See!«, forderte Juli und ich versprach es ihr.

Nach dem nächtlichen Gewitter war die Luft wieder klar und es war nicht so schwül wie in den letzten Tagen. Juli hopste vor mir über den Weg und ich musste sie mehrmals ermahnen, sich ein bisschen zu konzentrieren. Gerne blieb sie zwischendurch auch mal stehen und pflückte ein paar Blumen oder Gräser ab. Sie versuchte, mich mit den Grasstängeln zu kitzeln, und normalerweise hätte ich gerne zurückgekitzelt. Aber heute fühlte ich mich angespannt, alles nervte und ich lief, als hinge mein Kopf zwischen düsteren Wolken.

Juli spürte natürlich schnell, dass etwas nicht stimmte,

und so blieb sie plötzlich stehen, sodass ich beinahe in sie reinrannte, und nahm mich in die Arme. »Nicht traurig sein, Tabi«, sagte sie. »Nicht traurig sein.« Das wiederholte sie ungefähr 20 Mal und wie immer fühlte ich mich tatsächlich ein wenig besser.

»Lass uns weiterlaufen«, sagte ich irgendwann sanft. »Gleich sind wir am See. Dann können wir eine Runde schwimmen, magst du?« Sie klatschte begeistert in die Hände und lief weiter, jetzt höchst konzentriert, als wolle sie mir eine Freude damit machen.

Das kühle Wasser tat gut. Juli konnte sich inzwischen wirklich ganz gut oben halten und schwamm prustend und lachend neben mir her. Sie liebte es, wenn sie sich im Wasser so leicht und losgelöst fühlte. Für eine kurze Zeit vergaß ich David und wir blödelten herum. Als wir schließlich genug hatten, rannte Juli vor mir durchs niedrige Wasser aufs Ufer zu.

»Anni«, rief sie und winkte. Sie hatte unsere Schwester auf ihrem Badehandtuch im Gras entdeckt. Ihr knapper, pinker Bikini war auch wirklich nicht zu übersehen. Ich nahm unsere Laufschuhe, die wir am Rand des Wassers zurückgelassen hatten, und ging hinter Juli her. Annika winkte zurück. Sie war nicht allein. Ich bemerkte es zu spät. Neben ihr hockte auf einem kleinen braunen Handtuch ihr neuer Verehrer. Er grinste uns entgegen, stand dann auf und deutete eine kleine Verbeugung an.

»Hallo«, strahlte Juli übers ganze Gesicht und wollte wieder seine Hand nehmen, um sie zu küssen. Schnell versteckte Torsten seine Rechte hinterm Rücken und sagte in neckischem Tonfall: »Nein, nein, das ist meine Hand!« Juli ließ sich ein wenig enttäuscht neben Annika fallen und trocknete sich mit deren Badetuch umständlich ab.

»Wir kennen uns, wenn ich mich nicht irre«, sagte Torsten zu mir und streckte mir nun seine Hand entgegen. Ich ignorierte sie, nickte vage, rubbelte mit dem Handtuch Wasser von meinem Körper, das längst fort war, und legte mich neben Juli. Torsten setzte sich umständlich hin. Er trug ein beiges Polohemd, das wohl gegen Sonnenbrand schützen sollte und dazu eine altmodische schwarze Badehose mit weißen Schlaufen, in denen ein Gürtel steckte. Anscheinend starrte ich dermaßen auf diese Hose, dass er begeistert verkündete: »Das schöne Stück habe ich von meinem Großvater geerbt, es ist noch original aus den 30er-Jahren. Darin hat er damals bestimmt die Damenwelt betört.« Annika lachte albern und völlig übertrieben. Ich konnte mir ein »Ob das heute noch klappt, wage ich zu bezweifeln!« nicht verkneifen. Annika stieß mich in die Rippen.

»Neulich Nacht habe ich Ihre Schwester aus einer misslichen Lage befreit«, erklärte er nun Annika. »Beinahe wäre sie von einem riesigen Hund angefallen worden, aber ich konnte ihn vertreiben.«

Ich war sprachlos! Was war das denn für eine Umdeutung der Ereignisse. Aber Annika sagte nur: »Wollen wir nicht das blöde Sie lassen – ich bin die Annika.« Sie streckte ihm die Hand hin, die er mit zehn Fingern umschloss und schüttelte, während er ihr tief in die Augen sah.

»Gerne. Ich bin Torsten«, antwortete er.

»Und ich bin Juli«, sagte Juli und griff wieder nach seiner Hand. Er schüttelte auch ihre kurz, schaute ihr aber nicht in die Augen.

»Wir hatten uns ja schon vorgestellt, nicht wahr, Bea?«

»Tabea«, sagte ich, streckte mich auf dem Gras aus und schloss die Augen.

»Darf ich den Damen ein kleines Picknick anbieten?«, machte Torsten erbarmungslos weiter und mir entwischte ein leises *»Oh my God!«*.

Annika und Juli dagegen stürzten sich begeistert auf ein paar Prinzenrollenkekse, Packungen mit Caprisonne und trocken aussehende Brötchen mit Mettwurst darauf. Sehr lecker!

»Arbeitest du eigentlich auch in der Gärtnerei?«, fragte mich nun Torsten.

»Im Kindergarten«, quetschte ich zwischen den Zähnen hervor.

»Ach, interessant«, sagte er. »Es ist ja so wichtig, den Kleinen einen guten Start ins Leben zu ermöglichen.«

Nun reichte es nur noch zu einem »Mhm«.

Annika sprang ein.

»Ja, Tabea macht ihr Freiwilliges Soziales Jahr dort. Gleich da drüben, hinter dem Wäldchen ist der Kindergarten.« Sie wies mit der Hand in die Richtung.

»Und – gut da?«

»Mhm.«

»Mann, Tabea, sei doch nicht so peinlich«, meckerte Annika. »Torsten hat dich was gefragt.« Ich setzte mich auf, musste in die Sonne blinzeln.

»Ich hab's gehört. Ich hab aber keine Lust auf ein Verhör.« Ich blitzte ihn zornig an. Er lächelte ironisch.

»Soll *er* doch mal sagen, was er so macht den ganzen Tag, außer in unserer Gärtnerei abhängen.«

»Nicht streiten«, sagte Juli, die sofort merkte, wenn mein Ton schärfer wurde. »Der ist nett, der Torsten.«

»Ich studiere BWL«, sagte er. »Achtes Semester, bald mache ich meinen Abschluss.«

»Aber ich dachte, du bist neu in München?«, fiel mir ein. Ich hatte ihm neulich Abend doch den Weg beschreiben müssen.

»Ich habe bisher im Westen der Stadt gewohnt, in dieser Ecke bin ich neu«, antwortete er, ohne mich dabei anzusehen.

»Und nach dem Studium?«, wollte Annika wissen. Sie war ein wenig dichter zu ihm hingerutscht und knabberte die obere Kekshälfte so ab, dass die Schokocreme freilag.

»Mal sehen«, sagte Torsten und ließ seinen Blick über den See schweifen, als sei er das Tor zur Welt. »Unternehmensberatung vielleicht. Bin nicht so festgelegt. Mal sehen, wer das beste Angebot macht.«

Ich konnte nicht fassen, dass Annika nicht sofort aufstand und sich ins Wasser übergab. Dieser gnadenlose Angeber mit seinen blitzblauen Augen und der blonden Fönfrisur! Was war bloß an dem?

»Ich lauf dann mal wieder zurück«, sagte ich und stand auf. »Juli, kommst du?« Juli schüttelte den Kopf.

»Doch, bitte, Juli, komm.« Ich ahnte, dass das hier ewig dauern konnte. Juli wollte bleiben und Torsten anhimmeln.

»Juli, bitte!« Ihre Zöpfe flogen um ihren Kopf.

»Auf, Juli, ich komm auch bald nach«, sagte Annika. Die Zöpfe flogen weiter.

Ich versuchte, sie am Arm hochzuziehen, aber sie brach in wehklagendes Gejammer aus.

»Will bleiben. Will bleiben.«

»Wie wäre es, ich bringe euch nachher mit dem Auto

nach Hause«, schlug Torsten vor. Juli hob den Kopf und strahlte. Sie klatschte begeistert in die Hände.

»Au ja, au ja!«

»Danke, ich laufe lieber«, sagte ich, zog meine Schuhe an und lief los.

Ich war gerade mal bis zur Brücke am westlichen Seeufer gekommen, als jemand meinen Namen rief. Ich wusste sofort, wer es war, und lief weiter.

»Tabea«, rief er noch einmal und ich beschleunigte meinen Schritt. Auf der anderen Seite hatte er mich so gut wie eingeholt.

»Jetzt bleib halt stehen«, rief Max. »Ich will dir nichts tun, ich will mich entschuldigen.« Ich wurde langsamer, spürte plötzlich Seitenstechen. Um ruhiges Atmen bemüht, ging ich weiter. Nun war Max neben mir.

»Bitte«, sagte er keuchend. »Bitte. Ich wollte mich wirklich entschuldigen. Ich war besoffen neulich Abend. Mir ist das echt peinlich! Du weißt doch, dass ich sonst nicht so bin.«

Ich wusste nicht, was ich sagen sollte. Wir liefen ein paar Schritte schweigend nebeneinanderher.

»Freunde?«, fragte er und hielt mir seine Hand hin. Ich fuhr mir mit den Fingern durchs feuchte Haar, kratzte auf der Kopfhaut herum und nickte schließlich. Dann ergriff ich seine Hand.

»Okay, Freunde.«

Sofort zog er meinen Arm dichter an sich heran.

»Ich vermisse dich, Tabea«, flüsterte er. »Ich weiß, ich habe jede Menge Mist gebaut, schon klar. Aber… meinst du nicht… kannst du dir vorstellen, dass…?«

»Nein«, sagte ich laut. »Nein, ich kann mir gar nichts

vorstellen. Und jetzt muss ich los, tschau!« Ich musste ihm meine Hand beinahe entwinden und lief deutlich schneller, als ich eigentlich wollte. Glücklicherweise folgte er mir nicht. Ich musste mich dringend bei Toni melden, ich brauchte mal wieder weibliche Energie. Diese Jungs hatten doch alle einen Knall! Das Problem war nur, dass sie den nicht gehört hatten.

Eine richtige Idylle ist das. Trautes Heim, Glück allein. Nur die Ausrichtung stimmt nicht und die Verseuchung hat offensichtlich schon eingesetzt. Aber das interessiert ihn schließlich nur am Rande. Wichtiger ist, dass sie angebissen hat. Wie sie gelacht hat und sich durch das Haar gefahren ist. Wie ihre Augen gestrahlt haben. Männer, die Blumen lieben – eine großartige Idee. Es war gut, dass er vor ein paar Wochen den Schnauzer abgenommen hat. Sie ist so ein Typ, der auf glatt rasierte Helden steht, das hat er sofort gemerkt. Ach und wie er sie mit diesem albernen Cabrio beeindruckt hat, das ihm sein eitler Kontaktmann zur Verfügung gestellt hat. Mit seinen Studenten-Geschichten und seinem höflichen Getue. Manchmal erschrickt er beinahe, wie leicht ihm das fällt. Und dann spielen sich die Szenarien ab in seinem Kopf, wie es sein könnte – wenn er endlich frei wäre, wenn er offen seine Ansichten darlegen könnte, wenn das die allgemein akzeptierte Meinung wäre und die anderen sich verstecken müssten. Wenn sich endlich alle fürchten müssten vor ihm, dem Herrn über Leben und Tod.

7. Kapitel

Irgendwie schien dieser Sommer eine nicht enden wollende Pechsträhne zu sein. Obwohl Annegret wieder da war und auch sonst keiner krank oder sonst wie fort, war die Stimmung beim Springseil e.V. mies. Die Schneider hatte an allem was auszusetzen, meckerte mit uns und fuhr die Kinder an, sobald sie ein bisschen zu schnell durch den Gang liefen. Jessica und Renate verlegten sich darauf, noch mehr zu tuscheln als sonst schon üblich, nur Annegret bemühte sich, gute Laune zu verbreiten. Die hatte ja auch sechs Wochen Erholung hinter sich. Irgendwie wurde mir immer klarer, dass ich mir hier keine berufliche Zukunft vorstellen konnte. Kindergärtnerinnen waren zwar gesucht – aber die Bezahlung war mehr als schlecht, die Arbeit richtig anstrengend und wie viele Geschichten kannte ich inzwischen von Erzieherinnen, die von ihren Kolleginnen und Vorgesetzten fies gemobbt wurden. Nee, nee, nichts für mich. Vielleicht lieber Jura. Um die Mobbing-Opfer zu vertreten. Oder doch Journalismus? Um die Missstände aufzudecken. Mal sehen.

Wenigstens waren die Kinder gut gelaunt, und als wir am Nachmittag die Wasserstelle im Garten freigaben, waren sie nicht mehr zu bremsen. Im Sand wurde gemoddert, was die Schaufeln hergaben, die mit Sonnencreme verschmierten Gesichtchen leuchteten in der Sonne und das Wasser perlte von ihren kleinen, runden Bäuchen ab. Überall wurde gejuchzt und gekichert.

Plötzlich stand David zwischen den Kindern. Augenblicklich bildete sich eine Traube um ihn und alle zerrten an seinen Armen und riefen im Chor: »Da-vid, Da-vid, David!« Er ließ es grinsend über sich ergehen, befreite sich aber irgendwann und versuchte, ihnen klarzumachen, dass er gekommen war, um die quietschende Tür des Kastens zu reparieren, in dem die Müllcontainer standen. Natürlich konnte er keinen Handstreich unbeobachtet machen. Ungefähr zehn kleine Aushilfshausmeister begutachteten und kommentierten seine handwerklichen Versuche. Wie gerne hätten sie das Öl in die Scharniere gekippt.

Erst als er mit seiner Arbeit fertig war, nahm er Blickkontakt mit mir auf. Ich konnte seinen Gesichtsausdruck nicht ganz deuten – er lag irgendwo zwischen Ernst, Flehen und einer Spur Arroganz. Als wolle er mir klarmachen, er käme nicht als Bittsteller. Ein bisschen *»What you see, is what you get«* lag in seinen Augen.

Aber was sah er wohl in meinem Gesicht? Wut? Eher Trauer. Enttäuschung? Eher Zweifel. Ob er auch die Sehnsucht sah?

Jedenfalls kam er auf mich zu. Mir schnürte eine kalte Hand die Kehle zu. Was sollte ich ihm sagen?

»Tabea«, begann er. »Können wir uns heute Abend sehen? Ich hol dich nachher ab, wenn du fertig bist, ja?« Das »Bitte« las ich in seinen Augen. Schon nickte ich, keine Sekunde hatte ich nachdenken müssen. Wie gerne hätte ich ihn geküsst, jetzt, sofort, vor dem ganzen Kindergarten. Aber ich hielt mich zurück. Unauffällig berührten sich unsere Finger, versprühten unsichtbare Funken.

Als ich den Kindergarten verließ, stand er nicht am Eingang. Unschlüssig ging ich ein paar Schritte auf und ab. Die Sonne sengte erbarmungslos vom Himmel hinunter. Ich spielte mit dem Handy in meiner Hand, sah mir meinen Facebook-Acount an und stellte fest, dass Annika jetzt mit diesem ätzenden Torsten befreundet war. Pubertäre Hormonverwirrung ersten Grades! Aber wenigstens war der Typ nicht so technikfeindlich wie der Mann meines Herzens. Wenn David es ernst meinte, dann würde er sofort mit mir in die Riem-Arkaden gehen und sich ein Handy kaufen. Hatte er mich vergessen? Einen Unfall gehabt? Es sich anders überlegt? Scheiße, war das nervtötend.

Als ich gerade mein Rad aufschloss, um loszufahren, kam er um die Ecke gerannt. Er keuchte, hielt sich die Seite und wedelte mit den Armen.

»'tschuldigung«, rief er schon von Weitem. »Mein Fahrrad …« Ich sah ihn fragend an.

»Die Reifen sind aufgeschlitzt. Ich musste den Bus nehmen und natürlich 20 Minuten warten, bis einer kam.«

»Aufgeschlitzt? Wer macht denn so was?«

»Keine Ahnung.«

»Vom selben, der dir das Handy unters Bett geschmuggelt hat?«

Er zuckte mit den Schultern.

»Glaub ich nicht. Irgendwelche Vandalen, gelangweilte Jugendliche oder so. Können wir was trinken gehen? Ich verdurste.«

»Okay«, willigte ich ein. »Und danach kaufen wir dir ein Handy. Ich finde das voll abturnend, dass ich dich nie erreichen kann. Oder geht dein Telefonanschluss endlich?«

Er schüttelte den Kopf, hypnotisierte den heißen Asphalt unter unseren Füßen, kickte kleine Steinchen weg.

»Ich hab kein Geld für ein Handy«, sagte er gequält.

»Dann leih ich dir was«, antwortete ich.

»Ich werde das Ding ständig vergessen oder verlieren. Außerdem kommt der Telefonanschluss sicher ganz bald.«

»Mann, du bist aber auch ein schwieriger Fall. Sag mir bitte, was ich von dir denken soll! Du kannst doch nicht ernsthaft erwarten, dass ich das noch ewig mitmache.«

Sein Kopf hing noch tiefer. Wir durchschritten die automatischen Türen und wurden von der Kühle der Fressmeile in den Riem-Arkaden umarmt. Ich atmete tief ein. Am Saftstand holte ich mir ein großes Glas frisch gepressten Ananas-Papaya-Guaven-Saft und trank ihn in großen Schlucken. David holte sich eine Flasche Wasser und auch die war schnell geleert. Den anschließenden Cappuccino nahmen wir mit nach draußen. Wir setzen uns auf die Steinbänke und ich zwinkerte in den klaren Spätnachmittagshimmel. Das Leben könnte so schön sein. David schwieg immer noch. Nachdem ich meinen Milchschaum weggelöffelt hatte, sah ich ihn erwartungsvoll an.

»Und?«

Er blickte kurz hoch, zuckte die Schultern.

»David, Mann, willst du nicht? Kannst du nicht? Ich möchte was von dir hören! Wie soll es weitergehen? Was ist passiert? Was willst du überhaupt von mir? Anscheinend passe ich ja eigentlich grad gar nicht in dein Leben, oder?«

Ich war unsicher, ob er aufstehen und wegrennen würde, losschreien, erstarren. Immerhin sah er mir endlich einmal in die Augen. Dann streckte er langsam seine Hand aus und streichelte meine Wange.

»Bitte, verlass mich nicht«, sagte er leise.

Mir platzte der Kragen. »Das hast du mir vor ein paar Tagen auch schon gesagt! Aber jetzt will ich einen handfesten Grund, warum ich das nicht tun soll. David, bitte, was ist dein Problem?«

»Vertrau mir, bitte, vertrau mir.« Kaum verständlich.

»Warum?«

»Weil... weil ich dich liebe.« Oh Gott, dieser Mistkerl. Aber diesmal blieb ich hart.

»Wenn du mich liebst, dann sagst du mir jetzt, was los ist!«

Er blickte über den Platz hinweg in Richtung des kleinen Birkenwäldchens, dessen hellgrüne Blätter sanft rauschten. Er zupfte an seinen Locken herum, versenkte sich in den Anblick seiner Schuhspitzen. Aus den Sandalen ragten große, sonnengebräunte Zehen heraus.

»Vor einiger Zeit ist etwas sehr Schlimmes passiert«, sagte er langsam. »Ich kann dir darüber nichts erzählen, weil ich dich sonst in Gefahr bringe. Und das will ich nicht.«

»Bist du deshalb von Hamburg weggegangen?« Er nickte kaum merklich. Mir wurde in der warmen Sonne der Kopf schwer. Sollte ich mich damit zufriedengeben? In dem Moment, in dem ich mir diese Frage stellte, war sie schon entschieden. Ja, hieß die Antwort.

»Und ich soll jetzt einfach die Klappe halten und akzeptieren, dass du in Gefahr bist, oder wie stellst du dir das vor? *Ach, Schatz, lass uns einen lustigen Abend haben, aber pass auf, dass dich kein Heckenschütze abknallt.* So vielleicht?«

»So schlimm ist es auch nicht.«

»Sondern?«

»Ich weiß es nicht.«

»Wer hat dir das Handy in die Wohnung geschmuggelt?«

Wieder dieses Achselzucken.

»Interessiert dich das nicht?«

»Doch, aber wenn es der ist, der ich glaube, dann nutzt alles nichts.«

»Du willst nicht kämpfen?«

»Hey, hier geht's nicht um so ein ritterliches Duell oder so was.«

»Wenn du mir nichts sagst, kann ich nur im Dreck stochern.«

»Tabea, bitte ...« Er stöhnte. »Ich komm schon damit klar. Lass es gut sein.«

»Nein!« Ich war immer noch sauer. »Du kommst nicht klar! Sonst würdest du mich nicht so behandeln, wie du es tust. Nicht mit mir reden. Einfach verschwinden. Unglücklich sein.«

»Okay, ich hör auf damit. Vielleicht sehe ich ja nur Gespenster und alles ist gut. Ich verspreche dir, ich werde nie wieder einfach so abhauen. Okay?« Er grinste von einem Ohr bis zum andern, aber seine Augen blieben traurig. Todtraurig.

»Tja«, sagte die Schneider ein paar Tage später in der Morgenbesprechung und fummelte nervös an ihrer schiefen Hochsteckfrisur herum. »Es tut mir leid, aber so sieht es aus. Wir können euch in diesem Jahr kein Urlaubsgeld zahlen. Dem Verein geht es finanziell schlecht. Um nicht zu sagen, beschissen.«

»Toll«, rief Regine. »Und bei uns fangen sie als Allererstes zu sparen an, das ist ja typisch!«

»Genau«, unterstützte Jessica.

»Wer das nicht akzeptieren will, der kann kündigen. Und wir werden es so hinbekommen, dass ihr keine Sperre vom Arbeitsamt bekommt. Ich meine, Stellen als Erzieherinnen liegen zurzeit auf der Straße.«

»Super«, sagte Annegret. »Bloß besser bezahlt sind die auch nicht. Da können wir auch hier verhungern.«

Die Schneider spielte mit einem Kugelschreiber in ihrer Hand herum. Ein quietschgrünes Springseil, das Logo des Vereins, war darauf abgebildet – fröhlich sollte das aussehen. Jetzt sah es mehr wie ein Strick aus. Ein Fallstrick.

»Wie gesagt, überlegt es euch. Tabea, für dich ändert sich natürlich nichts.« Wie tröstlich! Ich war ja in acht Wochen sowieso weg. Aber jetzt wurde mir auch klar, warum die Schneider in den letzten Wochen so angespannt, so schnell genervt gewesen war. Marion wollte schon die Wassergläser, die auf dem Tisch standen, zusammenräumen, da hielt die Schneider sie zurück.

»Da wäre noch etwas«, sagte sie langsam. Irgendwie klang es bedrohlich. Marion hielt mitten in der Bewegung inne und setzte sich wieder auf ihren Stuhl.

»Eine ziemlich heikle Angelegenheit«, machte die Schneider weiter und räusperte sich unsicher. »Ich möchte, dass dies hier erst einmal absolut diskret behandelt wird, so lange, bis die Sache geklärt ist.« Wir sahen sie erwartungsvoll an. Sie griff nach einer Plastikhülle, die neben ihr auf dem Tisch lag, und zog ein weißes Blatt hervor.

»Dies hier hat mir eine Mutter vorbeigebracht. Schaut es euch an und sagt mir, was ihr denkt.« Sie drehte das Blatt um und schob es zu Annegret, die direkt neben ihr saß. Annegret betrachtete es mit zusammengekniffenen Augen, sagte »Scheiße« und schob den Zettel an Marion weiter. »Oh Gott«, entfuhr es ihr und dann war Sabine dran. Nach ihr Jessica, dann Regine. Und schließlich ich. Ich brauchte einen Augenblick, um zu begreifen, was ich da sah. Es war ein Brief, auf dem oben ein kurzer Text ausgedruckt war: »Möchten Sie Ihr Kind wirklich weiter in diesen Kindergarten schicken?«, stand da. Unterschrift: »Ein Freund.« Und darunter waren zwei Fotos. Das linke zeigte Berivan, wie sie die Blumen an der Hauswand goss. Sie wurde hochgehoben, von David. Das rechte Bild war eine Ausschnittvergrößerung. Man sah deutlich, wie David Berivan mit einer Hand am Po abstützte. Und zwei seiner Finger verschwanden in ihrer Badehose. Ein lautes Stöhnen entwich mir. Ich schlug die Hände vor den Mund. Das konnte nicht sein! Noch einmal sah ich auf das Bild. Kein Zweifel. David hatte Zeige- und Mittelfinger seiner rechten Hand in Berivans Badehose geschoben, zum Schritt hin. Ich bemerkte kaum, dass die Schneider das Foto zurück in die Hülle schob.

»Also?«, fragte sie, aber es traute sich niemand, etwas zu sagen. Bilder wirbelten durch meinen Kopf, Bilder von David mit den Kindern. Mit den kleinen Mädchen. Die auf seinem Schoß saßen, auf seinen Schultern, die Beine rechts und links gespreizt an seinem Kopf vorbeistreckten. Mädchen, die er knuddelte und kitzelte. *»Es ist etwas sehr Schlimmes passiert«,* hallten mir seine Worte durch den Kopf. Deshalb war er in Bedrängnis? *»Mein Leben entsprach nicht ihren Vorstellungen«* - kein Wunder vielleicht, dass seine Eltern nichts mehr mit ihm zu tun haben wollten. Tränen fielen auf die Tischplatte vor mir.

»Du magst ihn sehr, oder?«, sagte Annegret leise.

»Aber was machen wir denn jetzt?«, fragte Sabine.

»Ist doch klar, der darf hier nicht mehr rein. Wir zeigen ihn an«, forderte Jessica. Die Schneider wackelte mit dem Zeigefinger.

»Moment! So weit sind wir noch nicht. Wir müssen ihm erst mal die Chance geben, sich zu rechtfertigen.«

»Das ist ein Pädophiler«, stieß Regine aus. »Wir arbeiten hier mit Kindern, schon vergessen? Das Foto spricht Bände!«

»Aber... aber...« Ich war sprachlos. Wie schnell verurteilte sie einen Menschen, ohne die Hintergründe zu kennen. »Aber du weißt doch gar nicht, was in dem Moment passiert ist. Vielleicht war das ein Versehen, vermutlich hat er das gar nicht gemerkt!«

»Dass *du* den in Schutz nimmst, Tabea, war ja klar.« Regine lachte gehässig. »Weiß doch jeder, dass du verknallt in den bist. Na, da haste dir ja ein Früchtchen ausgesucht.«

Die Schneider klopfte mit der flachen Hand auf den Tisch.

»Schluss jetzt damit. Hört auf!« Sie musterte uns streng.

»Ich denke auch, wir müssen erst einmal hören, was David dazu sagt. Ich habe bereits mit dem Vereinsvorstand telefoniert und unsere Vorsitzende wird heute nach der Schließung mit ihm vorbeikommen. Ich möchte alle bitten zu bleiben.«

»Und was sagen wir Berivans Mutter?«, fragte Sabine.

»Die kann, wenn sie das möchte, natürlich rechtliche Schritte gegen ihn einleiten. Aber glücklicherweise ist sie eine sehr vernünftige Frau und will erst mal abwarten, was David dazu sagt.«

»Also, im Ernst«, fiel mir ein. »Mir ist an Berivan in letzter Zeit nichts Besonderes aufgefallen. Sie war so fröhlich wie immer. Wenn da was gewesen wäre – das hätten wir doch gemerkt.«

»Schätzelchen«, sagte Jessica von sehr weit oben herab. »Sei doch nicht so naiv. Vielleicht hat das Kind gar nicht gemerkt, was da mit ihm angestellt wird. Solche Männer sind meist sehr geschickt.«

»Solche Männer?« Jetzt platzte mir der Kragen. »Weil du eine unscharfe Ausschnittvergrößerung vorgelegt bekommst, gehört David gleich zu *solchen Männern?* Du hast sie ja wohl nicht mehr...!«

»Du kannst uns ja mal erzählen, ob dir vielleicht irgendwas an ihm aufgefallen ist«, fiel mir Regine ins Wort. »Oder ist er immer ganz normal? Vielleicht mag er es ja, wenn du eine Schulmädchenuniform anziehst!«

»Schluss«, schrie die Schneider. »Das geht jetzt wirklich zu weit!«

Ich konnte nicht mehr, ich wischte die Tränen von meiner Wange, sprang auf und stürmte aus dem Team-Zimmer, rannte in die Toilette und schloss hinter mir ab. In meinem Kopf ein einziges Chaos. Ich ließ mich auf den Klodeckel sinken.

Es konnte nicht sein. Es durfte nicht sein. Ich wollte das alles nicht. Ich wollte eine Zeitvorspulmaschine, die mich in eine ruhige, sichere und glückliche Zukunft transportierte, in der alle Ungewissheit, aller Schmerz getilgt wären.

Ich stand auf und schüttete mir kaltes Wasser ins Gesicht. Starrte auf den Strahl, der aus dem Hahn kam. Schloss ihn. Sah die Tropfen behäbig in Richtung Abfluss wandern.

Legte meine Stirn auf den kühlen, metallisch glänzenden Wasserhahn.

War es das, wonach es aussah?

Bestimmt nicht.

Aber was, wenn diese Geschichte aus der Vergangenheit genau damit zu tun hat?

Hat sie nicht.

Und er hat schon mal ein kleines Mädchen… oh Gott, missbraucht.

Hat er nicht.

Und jetzt ist ihm vielleicht der Vater des Kindes auf der Spur. Weil er abgetaucht ist.

Ist er nicht.

Und der Mann ist so wütend, dass er ihn umbringen will.

Will er nicht.

Und was hat diese Luisa damit zu tun? Hat sie ihn gedeckt?

So wie ich jetzt? Aber ich weiß ja nichts, ich weiß gar nichts, überhaupt nichts. Nur, dass ich ihn liebe. Geliebt habe. Nicht mal das weiß ich!

Sanftes Klopfen an der Tür schreckte mich auf.

»Tabea, alles klar?« Annegret.

»Komm gleich«, stieß ich hervor. »Gib mir noch fünf Minuten.«

Als würde sich in fünf Minuten meine Welt verändern. Ich starrte auf die weißen Kacheln. Ich wollte das gar nicht, aber ich tat es.

Mit Wucht donnerte meine Stirn gegen die Fliesen. Der Schmerz drückte alles weg. Ein roter Tropfen fiel auf den weißen Boden. Das Gefühl der Spannung ließ nach.

Ich griff benommen nach einem Papiertuch aus dem

Spender neben dem Waschbecken und drückte es gegen die kleine Wunde. Nach ein paar Minuten kam kein Blut mehr. Ich wischte die Spuren auf dem Fußboden weg, schüttete mir noch einmal Wasser ins Gesicht, und ohne es abzutrocknen, verließ ich die Toilette. Aus dem Garten klangen die Rufe der Kinder zu mir hoch.

Ich wollte ihn nicht sehen. Wollte nicht auf der Seite der Anklage stehen und ihm in die Augen schauen müssen. Aus dem Wirbelsturm in meinem Kopf war eine einzige Frage in den Mahlstrom des Unaufhörlichen geraten: Konnte es sein? Konnte es wahr sein? Mein Herz schrie die Antwort: *Nein!* Aber mein Verstand riet zumindest zur Vorsicht.

Blass sah er aus, als er jetzt in das Teamzimmer kam. Alle gafften ihn an, die einen neugierig, die anderen beklommen, unsicher. Immerhin saßen wir gemeinsam um einen Tisch herum – es gab keine Anklagebank. David spielte nervös mit seinen Fingern und sah betreten zu Boden. Sein ausgewaschenes gelbes T-Shirt machte ihn noch blasser.

Mit ihm war Marie Eisenstädter, die Vereinsvorsitzende, gekommen, eine stattliche Frau um die 50 mit wallenden kastanienroten Haaren, ebenso wallenden Gewändern in Apfel- und Dunkelgrün und mit einer quietschroten Brille auf der ausladenden Nase. Normalerweise lachte sie laut und gerne. So ernst wie heute hatte ich sie noch nie gesehen. In klaren Worten, sachlich und fair fasste sie den Vorwurf gegen David zusammen. Als sie fertig war, richteten sich alle Augen auf ihn. Sehr langsam hob er den Kopf.

David, dachte ich. *Jetzt rede! Es geht um dein Leben! Du kannst das nicht auf dir sitzen lassen.*

Er knetete seine Finger, sah zwischen der Schneider und der Eisenstädter hin und her. Die eine wirkte lauernd, die andere erwartungsvoll.

»Nein.« Seine Stimme klang spröde. Er räusperte sich. »Diese Anschuldigungen entbehren jeder Grundlage«, sagte er dann erstaunlich laut. »Ich käme niemals auf die Idee, irgendeinem der Kinder, die mir hier anvertraut sind, irgendetwas zuleide zu tun. Und auch sonst keinem Kind! Ganz bestimmt nicht.«

»Und wie beweist du das?«, fragte Jessica kühl.

Er sah sie verwundert an.

»Du kennst mich!«, rief er aus, die Erregung war nun deutlich zu spüren. »Wie kannst du glauben, dass irgendetwas an den Vorwürfen wahr ist?«

»Wer kann schon in Menschen reinschauen?«, erwiderte Regine und hob die Augenbrauen. »Woher sollen wir wissen, was hinter deiner Stirn vor sich geht?«

David suchte meinen Blick. Ich fröstelte trotz der Hitze in dem kleinen Zimmer.

»Tabea«, sagte er. »Du kennst mich besser als jede andere hier.«

Ich nickte. »Ich...«, stotterte ich. »Ich kann mir das gar nicht vorstellen.«

»Was?«, fragte Marie Eisenstädter ruhig.

»Na, dass David irgendwas mit kleinen Mädchen anstellt.«

»Aber man muss schon sagen«, fiel mir die Schneider ins Wort. »Dass er schon recht engen Kontakt zu den Kindern hatte, vor allem zu den Mädchen. Die meisten Männer, die hier reinschnuppern, sind weitaus distanzierter.«

»Jetzt wollen Sie mich bestrafen, weil ich meine Arbeit

ordentlich mache?« David war rot geworden. Seine Stimme zitterte leicht.

»Keiner spricht von bestrafen«, unterbrach die Vereinsvorsitzende. »Aber das sind schwerwiegende Vorwürfe und wir müssen das aufklären. Notfalls müssen wir es zur Anzeige bringen.«

Ich atmete tief durch. Konzentrier dich, redete ich mir gut zu.

»Ähm«, begann ich dann. Nicht sehr vielversprechend. »Aber, ist es nicht so – wie soll David denn beweisen, dass er unschuldig ist? Es gibt dieses Foto. Und es gibt seine Aussage. Es gibt unsere Einschätzungen. Das sind letztlich alles subjektive Faktoren.«

»Quatsch«, unterbrach mich Regine. »Ein Foto ist ja wohl ein eindeutiger Beweis!«

Ich lächelte ihr müde zu.

»Schon mal was von Bildbearbeitungsprogrammen gehört? Wir können gar nichts aufklären – wir können nur glauben, vertrauen. Aussage steht gegen Aussage. Und heißt es nicht, im Zweifel für den Angeklagten? Wenn wir ihm hier was anhängen, was gar nicht stimmt, dann haben wir ihm komplett die Zukunft versaut.«

»Ich dachte, du willst erst noch Jura studieren«, sagte Annegret neben mir und tätschelte meine Schulter.

»Auf der anderen Seite müssen wir das Wohl des Kindes sehen«, sagte Marie Eisenstädter. »Wenn wirklich etwas vorgefallen ist, können wir David nicht wegen einer Unschuldsvermutung einfach davonkommen lassen. Ich möchte ihm ja auch gerne glauben, aber meine Verantwortung gilt vor allem den Kindern.«

»Genau«, sagte die Schneider und nickte hektisch mit

dem Kopf. Jessica und Regine folgten ihrem Beispiel. Gott, diese Schafherde.

»Ich kann nur sagen, dass ich mir nichts habe zuschulden kommen lassen«, fing David noch einmal an. »Und ich versichere, dass ich niemals, niemals eines der Kinder unsittlich berührt habe.«

»Und das Foto?«, Regine klang genervt.

»Da will mir jemand übel mitspielen«, sagte er.

»Wer denn? Gibt's dafür einen Grund?« Diese Argumentation kam der Schneider gerade recht. Wie ätzend! Solange David hier bei uns gearbeitet hatte, war er bei allen der absolute Liebling gewesen – ach, David, hilf mir mal hier, kannst du mal dort, ach, David, du machst das so toll... Aber jetzt, wo es darauf ankam, ihn zu unterstützen, da kniffen sie alle.

»Vielleicht hören wir mal Frau Rahimi an, was sie zu all dem sagt«, unterbrach die Eisenstädter die Diskussion. Sie öffnete die Tür und bat Berivans Mutter ins Zimmer. Die schlanke Frau in Jeans und safranfarbener Bluse setzte sich verlegen auf den noch freien Platz. Ins dunkle, lange Haar hatte sie eine große, mit Strasssteinen besetzte Sonnenbrille geschoben, mit der schmalen Hand spielte sie nervös an einer langen, bunten Kette.

»Frau Rahimi«, begann die Eisenstädter mit ruhiger Stimme. »Sie wissen ja, worum es geht. Ist Ihnen in letzter Zeit irgendwas an Berivan aufgefallen? War sie anders als sonst?«

Frau Rahimi zog leicht die rechte Schulter hoch. Kurz sah sie zu David.

»Nein«, sagte sie dann. »Berivan ist wie immer.«

»Geht sie gerne in den Kindergarten?«, fragte Marie Eisenstädter.

Die Mutter nickte bekräftigend.

»Manchmal weckt sie mich schon um sechs Uhr, weil sie Angst hat, sie kommt sonst zu spät.« Die Vereinsvorsitzende nickte.

»Und hat sie von David erzählt?«

»Ja, sehr viel. Das ging in einem fort: David hat dies, David macht das. Und zu ihrem Papa sagt sie immer: Aber der David macht das so und so. Sie hat ihn sehr gerne.«

»Aber was denken Sie über das Foto?«, fragte die Schneider. Frau Rahimi rutschte ein wenig auf ihrem Stuhl hin und her, ihre dunklen großen Augen, blickten langsam von einem zum andern.

»Ich weiß nicht. Foto ist Foto – irgendwie macht es mich doch unsicher.«

»Würden Sie Ihre Tochter weiter mit gutem Gewissen in den Kindergarten zu uns schicken, wenn Sie wüssten, David Liebig arbeitet hier noch?«

Frau Rahimi sah die Schneider nachdenklich an.

»Haben Sie meine Frage verstanden, Frau Rahimi?«, fragte diese nach.

Berivans Mutter nickte rasch. »Natürlich.« Sie sah kurz zu David, zu mir, zur Eisenstädter.

»Ich weiß es nicht«, sagte sie dann. »Ich will niemanden anschuldigen, der vielleicht keine Schuld hat. Aber natürlich ist mir mein Kind am wichtigsten.« Man sah, wie sie litt. Wie unangenehm und peinlich ihr die ganze Situation war. Ich wollte, dass es endlich ein Ende hatte.

»Also«, fing ich noch mal an. Die Worte purzelten aus meinem Mund und ich wollte gar nicht darüber nachdenken, ob sie hilfreich waren. »Ich kenne David ja hier von allem am besten. Am nähesten. Und ich kann nur sagen – David benimmt sich sehr, äh, männlich. Sehr normal männlich.« Ich spürte, wie ich hochrot anlief.

»Danke, Tabea«, sagte die Eisenstädter mit einem kleinen Schmunzeln in den Mundwinkeln. »Ich verstehe schon, was du sagen willst.«

Auch David schenkte mir ein winziges Lächeln.

»Das heißt doch nichts«, fuhr die Schneider darüber hinweg. »Wie viele Pädophile gibt es, die sonst ganz normale Familienväter sind.«

»Ich bin nicht pädophil«, stieß David aus. »Heutzutage kann man mit Photoshop oder so was jedes Foto fälschen!«

»Dann beweis das mal«, sagte Jessica hämisch. Ich verstand nicht, wieso sie und Regine so einen Spaß daran hatten, David fertigzumachen.

»Beweist ihr mir, dass das Foto nicht gefälscht ist!«, entgegnete er. An seinen Schläfen erschien wieder jene dicke Ader, die von großer Wut zeugte.

»Aber David, mal im Ernst«, sagte Marie Eisenstädter. »Können Sie sich denn vorstellen, dass es in Ihrem Umfeld jemanden gibt, der Ihnen übel mitspielen will? Vielleicht jemand von früher?«

Er zuckte mit den Schultern, scharrte leicht mit den Füßen. Langsam schüttelte er den Kopf. Und ich spürte genau, dass dies eine Lüge war – seine erste. Da gab es jemanden, ganz bestimmt. Warum wollte er nichts dazu sagen? Mir schien, als ob auch Marie Eisenstädter dies bemerkte. Aber sie akzeptierte seine Lüge.

Ich griff nach dem anonymen Schreiben, das auf dem Tisch lag, und sah mir die Fotos noch einmal genau an. Das große zeigte eindeutig David mit Berivan. Doch das Bild war nicht auf Fotopapier ausgedruckt, deshalb war es nicht zu 100 Prozent scharf. Man erkannte, dass David Berivan mit der rechten Hand am Po abstützte. Aber wo seine Finger genau lagen, das konnte man nicht sehen.

Dafür gab es die Detailaufnahme. Und zugegeben – die war eindeutig. Es war ein ekelhafter Anblick, wie sich die zwei Finger unter das Bündchen der Bikinihose schoben. Aber mein Innerstes sträubte sich vehement dagegen, das hier so offensichtlich Dokumentierte zu glauben. Irgendetwas stimmte nicht. Doch ich erkannte einfach nicht, was. Marie Eisenstädter gab mir mit einem kleinen Wink zu verstehen, dass sie den Brief haben wollte. Ich schob ihn ihr zu. Meine Augen trafen Davids. Er hielt mich fest. Nun war ich noch stärker seine letzte Brandschutzmauer gegen den Feuersturm, der sich um ihn herum entfacht hatte.

David würde bis auf Weiteres nicht in unserer Einrichtung arbeiten. Auch in keiner anderen. Er würde Bürojobs und Erledigungsfahrten machen. Marie Eisenstädter versprach, sich zu informieren, wie man nun am besten weiter vorginge. Berivans Mutter bestätigte nochmals ihre Aussage, dass sie David nicht sofort anzeigen, sondern abwarten würde, was die vereinsinterne Aufklärung erbrächte. In spätestens einer Woche sollte es eine weitere Zusammenkunft geben. Ich war erleichtert, dass Frau Rahimi so gelassen blieb. Ich sah ihr an, dass auch sie trotz allem nicht glauben konnte, was David unterstellt worden war.

Er lehnte an der warmen Hausmauer, als ich den Kindergarten verließ. Er wirkte sehr unsicher und ich nahm ihm die Qual ab, ging zu ihm und zog ihn in meine Arme. Lange standen wir dort eng umschlungen. Mir war es inzwischen völlig egal, ob uns irgendjemand vom Kindergarten so sah oder nicht. Ich stand zu David.

»Ich glaube dir«, sagte ich, ohne dass er mich hätte fragen müssen. Wobei ich zugeben muss: Wären die seltsamen Dinge wie das nächtliche Handy unter der Matratze und die aufgeschlitzten Fahrradreifen nicht gewesen, hätte ich mich vielleicht schwerer getan, ihn für unschuldig zu halten. Aber das Foto war nur eine weitere Hürde – eine Wegmarke auf einem Plan, dessen Labyrinthgänge nicht zu überblicken waren. Ich bückte mich, um mein Fahrrad aufzuschließen.

»Scheiße«, entfuhr es mir. »Schau mal, auch platt!«

David beugte sich zu mir herunter und ich sah, wie er auf der Unterlippe kaute. »Meinst du, das war der, der auch deine Reifen aufgeschlitzt hat?« Er zuckte ratlos die Schultern.

»Keine Ahnung. Ich hoffe nicht.«

»Kann doch Zufall sein. Vielleicht sind die Reifen in der Hitze geplatzt. Stand ja den ganzen Tag voll in der Sonne.« Er schüttelte den Kopf, fuhr sich über die Locken.

»Komischer Zufall.«

»Ich lass mich davon jedenfalls nicht einschüchtern. Vielleicht war das auch mal wieder so eine blöde Aktion von Max. Von dem habe ich nämlich schon länger nichts mehr gehört. Vielleicht will er sich so in Erinnerung bringen.«

Ich schob das Fahrrad, nahm Davids Hand und langsam gingen wir in Richtung Park.

»Hast du dir das Bild mal genauer angeschaut?«, fragte ich.

»Sie haben es mir nur ganz kurz gezeigt.«

»Irgendwas stimmt mit dem Foto nicht«, sagte ich. »Aber ich weiß nicht, was. So ein Mist.«

»Ich bin nur froh, dass Berivans Mutter mir nicht auf der Stelle die Augen ausgekratzt hat«, sagte er.

Ich blieb stehen. Mir kam eine Idee. »Wollen wir sie nicht besuchen? Vielleicht sieht sie dann selbst, dass Berivan ganz normal auf dich reagiert.«

»Ob die uns reinlässt?«

»Wenn wir's nicht versuchen, werden wir es nicht erfahren. Ich schau morgen nach, wo die wohnen, und dann gehen wir einfach hin. Bitte!«

»Okay, na, sagen wir mal, ich schlafe heute Nacht darüber und wir reden morgen noch mal.«

»Mann, David!« Ich verstand ihn einfach nicht. »Warum kämpfst du nicht? Irgendwer treibt hier ein verdammt blödes Spiel mit dir und du willst nicht wissen, wer dahintersteckt?«

»Hauptsache, er wird aus deinem Leben rausgehalten. Ich komme schon klar mit ihm. Ich habe etwas, das er unbedingt möchte, und solange er das nicht kriegt, kann er mir auch nichts tun.« Das klang alles andere als beruhigend. Das klang sogar ziemlich beängstigend.

»Und wenn er es dir mit Gewalt wegnimmt? Mann, der kommt doch immer näher, findest du nicht?«

»Das sind alles Einschüchterungsversuche. Ich weiß, wie der tickt. Und ich weiß, das Wichtigste ist, ruhig zu bleiben.«

»Aber... aber... jetzt diese Anschuldigung zum Beispiel... das kannst du doch nicht einfach gelassen hinnehmen. Der Typ will dich fertigmachen, zerstören. Du musst ihm schon ganz schön was angetan haben, wenn er…«

David blieb abrupt stehen und ließ meine Hand los. Wütend sah er mich an.

»Ich habe nichts getan. Und ihm schon gar nicht. Ich hätte… ich hätte… ihn umbringen sollen, das wäre das Beste gewesen!« Und dann drehte er sich um und ließ mich einfach stehen.

»David«, rief ich ihm hinterher. »Warte! Ich hab's nicht so gemeint.« Doch er lief immer schneller und ich wusste, ich würde ihn nicht einholen. Missmutig schob ich mein kaputtes Fahrrad weiter Richtung Trudering. Von wegen »ich verspreche es dir, ich hau nicht mehr ab«. Auf sein Wort konnte man nichts geben, gar nichts!

Er ist zufrieden. Überaus zufrieden. Alles läuft wie am Schnürchen. Bald wird der Tag der Vergeltung kommen. Dann wird er zuschlagen und nichts wird mehr sein, wie es war. Alles wird besser sein, schöner, richtiger. Und dann kann er sich wieder auf den eigentlichen Kampf konzentrieren. Seine Leute um sich scharen, die ihm blind vertrauen und unter denen es keinen Verräter gibt. Und er wird ihnen erzählen, wie er die Dämonen bekämpft hat, damit sie sehen, dass er immer der Sieger ist, dass man sich vor ihm in Acht nehmen muss, nicht zu spaßen ist mit ihm. Und sie werden wieder treu zu ihm stehen und keiner wird mehr an Meuterei denken. Der Verräter wird winselnd im Dreck vor ihm liegen, gemeinsam mit seiner Hure, und sie werden um Gnade flehen. Und keine bekommen. Sein Plan wird immer besser. Immer unbezwingbarer. Er wird nicht nur den Verräter und seine Hure auslöschen, sondern das schlechte Gewächs gleich mit. Wieder einer weniger, damit das Gute und Schöne umso besser gedeihen kann. Wie er sich darauf freut. Und morgen die ganze Welt – nur für ihn, den Herrn über Leben und Tod.

8. Kapitel

Als ich die Haustür aufschloss, drangen mir wilde Schreie entgegen. Ein spitzer, kurzer Schmerz pochte an meinen Hinterkopf, dann rannte ich los. Juli, dröhnte mein Herz, Juli. Ihre Schreie klangen martialisch. Sie kamen eindeutig aus Richtung Terrasse.

»Juli«, rief ich vom Wohnzimmer aus und endlich sah ich ihren blonden Schopf, die Zöpfe flogen, die Fäuste geballt, die Brille war nicht mehr da und sie hatte die Zähne gefletscht.

Doch als ich endlich auf der Terrasse stand, sahen mir lauter grinsende Gesichter entgegen. Ganz langsam ausatmen. Puh!

Max nahm Juli in den Schwitzkasten und strubbelte über ihre Haare. Sie quiekte noch einmal, trat ihm spielerisch gegen das Schienbein und er ließ sie los. Juli sah mich strahlend an.

»Schau, der Max ist zum Spielen gekommen«, jubelte sie und knuffte ihn gleich wieder in die Seite.

»Jetzt bin ich müd, Juli«, sagte Max, nahm sie bei der Hand und die beiden setzten sich in die Hollywoodschaukel, die wir von meinen Großeltern geerbt hatten. Eigentlich war das Ding in seinem braun-orangen 70er-Jahre-Look potthässlich, aber Juli liebte es, darin zu schaukeln, und so hatten wir uns daran gewöhnt.

»Wollte mal vorbeischauen«, sagte Max lässig und kraulte kurz Socke, die zu seinen Füßen saß, als wäre nie irgendwas gewesen. Nur ein Pflaster auf seiner Wade zeugte noch von den nächtlichen Geschehnissen. »Ich hatte Sehnsucht… nach Juli.« Er warf ihr ein Grinsen zu, sie fasste nach seiner Hand. Ich nickte beklommen. Nicht nur, weil mein Exfreund sich auf unserer Veranda breitmachte, mit einem erwartungsvollen Blick noch dazu. Annika hockte am Gartentisch und schnibbelte Erdbeeren. Und Torsten saß daneben.

Am liebsten wäre ich sofort wieder gegangen.

»Ich wollte dich vom Kindergarten abholen«, sagte Max. »Aber als du um zehn nach fünf noch nicht draußen warst, bin ich wieder gefahren.«

»Und hast dir die Zeit damit vertrieben, meine Fahrradreifen aufzuschlitzen, oder was?«

Max sah mich mit gerunzelter Stirn an.

»Quatsch, wie kommst du denn da drauf?«

»Hab nur gedacht…«

»Bitte, Tabea!« Max klang völlig entrüstet. Als habe er in den letzten Wochen keiner Fliege etwas zuleide getan.

Da kam mein Vater, in der Hand eine große Karaffe mit selbst gemacher Zitronenlimonade. »Na, Schatz«, er legte einen Arm über meine Schulter und zog mich an sich, »hatte Dan... äh David wieder keine Lust auf unsere Großfamilie?« Er schnappte sich eine Erdbeere, kaute genüsslich und ließ sich am Tisch nieder.

Torsten durchbohrte mich mit seinen blauen Augen.

»Ach, deinen Freund hätte ich gerne mal kennengelernt«, sagte er freundlich. »Wäre interessant zu sehen, wer sich auf so eine Kratzbürste wie dich einlässt.« Er gackerte und fügte dann hinzu: »Nur ein Spaß!«

»So kratzbürstig ist sie gar nicht«, fiel Max ein. »Sie kann auch sehr anschmiegsam sein.«

»Das will hier keiner wissen, Max«, sagte ich und ärgerte mich, weil ich natürlich genauso kratzbürstig klang, wie mir gerade unterstellt worden war.

»Jedenfalls finde ich es nett, dass Max mal vorbeigeschaut hat«, sagte mein Vater. »Schließlich ist er jetzt so lange bei uns ein- und ausgegangen. Und ich bin ja immer froh, wenn ich ein bisschen männliche Unterstützung in diesem Weiberhaushalt bekomme.«

»Vielleicht sollten wir die Herren besser alleine lassen«, antwortete ich verärgert.

»Will dableiben«, sagte Juli und rutschte noch dichter an Max heran. Plötzlich fand ich es total widerlich, wie er ihr Knie tätschelte.

»Mann, Tabea«, fuhr Annika dazwischen. »Bis jetzt war es hier total gemütlich! Immer musst du kommen und die ganze Stimmung kaputt machen.« Ohne noch etwas zu sagen, machte ich auf dem Absatz kehrt und ging nach drinnen. Blödes Volk! Konnte mir gestohlen bleiben!

Ich fuhr meinen Computer hoch, checkte den Maileingang, der von diversen Newslettern von sozialen und politischen Gruppen geflutet wurde, und ging auf meine Facebook-Seite. Ich schickte Toni eine Nachricht, dass sie sich mal melden solle. Ich wusste, dass sie ihre normalen Mails praktisch nicht mehr durchschaute und so am schnellsten zu erreichen war. Weil es aufs Semesterende zuging, war sie ziemlich im Stress mit Referaten und Hausarbeiten. Aber ich brauchte mal wieder einen Blick von außen auf das ganze Chaos hier.

Wie immer wurde auf Facebook eine Riesenmenge Mist

gepostet. »Juchhu, darf jetzt Eiskaffee trinken gehen«, hatte Anne geschrieben, mit der ich in der zehnten Klasse mal befreundet gewesen war. »Schluchz, schluchz«, verkündete Desirée, noch so eine Schulfreundin, deren Abwesenheit in meinem Alltag mich eher bereicherte. Mit ihrem Post hatte sie genau das geschafft, was sie wollte: 21 Kommentare von angeblich so besorgten Freunden, die wissen wollten, was los war, nur damit sie am Ende damit rausrückte, dass sich ihr Lieblingssonnentop beim Waschen in Fetzen aufgelöst hatte. Das waren Probleme...

»Annika Resch ist jetzt mit Torsten Hammerschmidt befreundet«, las ich wie schon vor ein paar Tagen. Mal sehen, was das Profil von Herrn Hammerschmidt hergab. Natürlich teilte er nicht alle Informationen mit jedem. Unter Info war zu lesen, geboren in Elmshorn am 21. November 1986, bei »Arbeitgeber« hatte er »selbstständig« eingegeben, der Großkotz. Wieso er dann aber bei Ausbildung sein Studium nicht aufgeführt hatte, wunderte mich schon etwas. Als Hobbys hatte er »Lesen, Schießen, die Welt verbessern« angegeben. So ein Schmarrn! Immerhin konnte ich seine Fotos anschauen. Es waren nicht allzu viele. Hauptsächlich Porträts von ihm selbst. Boah, was für ein eitler Fatzke das war! Und ein Macho noch dazu. Auf einem Foto hatte er ein tarnfarbenes Käppi auf dem Kopf und hielt ein Messer quer im Mund. Die Augen riss er weit auf, als wolle er einen mit seinem Blick verschlingen. Dabei saß er gerade harmlos auf unserer Gartenbank und schnitt Erdbeeren klein. Bescheuert. Seine Pinnwand-Einträge waren mager, nur die wenigsten für die Öffentlichkeit einsehbar. Aber immerhin konnte ich mir seine 347 Freunde etwas näher ansehen. Annika kam natürlich ziemlich weit vorne. Eindeutig hatte er mehr männliche Freunde als weibliche und offensichtlich liebten viele seiner Freunde so martialische Posen wie er selbst. Albern! Irgendwann stieß ich auf einen Robin, der mir deshalb aufgefallen war, weil sein Profilbild ganz anders war als die andern. Man sah fast nur die Augen in einem blassen, fast noch kindlichen Gesicht – und diese dunklen Augen wirkten unendlich traurig. Ich klickte darauf. Und staunte. Robin war ein Liebhaber von schwurbeliger Lyrik.

Verwestes gleitend durch die morsche Stube;
Schatten an gelben Tapeten; in dunklen Spiegeln wölbt
Sich unserer Hände elfenbeinerne Traurigkeit.
Braune Perlen rinnen durch die erstorbenen Finger.
In der Stille
Tun sich eines Engels blaue Mohnaugen auf.
Blau ist auch der Abend;
Die Stunde unseres Absterbens, Azraels Schatten,
Der ein braunes Gärtchen verdunkelt.

Auch wenn ich es nicht gleich verstand und mehrmals lesen musste, entwickelten die Worte einen seltsamen Sog. Eine unendliche Traurigkeit sprach aus ihnen. Azrael war der Todesengel, wie ich mit einem schnellen Klick auf Wikipedia herausfand. Wie konnte Torsten so tiefsinnige Freunde haben? Ich scrollte auf Robins Seite weiter nach unten. Es gab nicht allzu viele Einträge. Vielleicht einen pro Monat. Ähnliche Gedichte wie das aktuelle. Alle triefend vor Sehnsucht, vor Unglück, voller Todesmethaphorik und Trauer. Und plötzlich wurde mir klar, warum. Vor etwas mehr als einem Jahr gab es einen Eintrag, den ungefähr 40 Leute kommentiert hatten. »Wir vermissen dich«, stand da und »Wir werden dich nie vergessen«. »OMG – ich kann es einfach nicht glauben!« oder »Robin – komm zurück!«. Robin war vor einem Jahr gestorben. Eine Gänsehaut lief über meinen Rücken. Wie furchtbar! Ob er einen Unfall gehabt hatte oder eine Krankheit? Ich las weiter. Ein Eintrag brannte sich mir in die Netzhaut. Er war von Torsten. »Wir werden deinen Tod nicht ungesühnt lassen! Wir werden deinen Mörder finden und vernichten! Du warst einer unserer Besten…« Robin war ermordet worden? Ich kam mir vor wie im falschen Film. Scheiße! Da unten saß ein Typ, der einen Freund durch einen Mord verloren hatte! Irgendwie schämte ich mich, weil ich immer so unfreundlich zu Torsten war, auch wenn mir klar war, dass ich von seinem Schicksal ja nichts hatte ahnen können. Tabea, schimpfte ich mich, verurteile Menschen nicht immer so schnell, nur weil sie komisch angezogen rumlaufen. Und ich musste zugeben, dass ich vor allem Menschen gegenüber, die konservativ wirkten, so kritisch war. Einem Rastafari wäre ich sicher weitaus offener begegnet als diesem pseudoalpenländischen Möchtegern-Bayern auf unserer Terrasse.

Wer wohl die Einträge auf Robins Seite nach seinem Tod gepostet hatte? Gruselige Vorstellung: Man war tot, aber die eigene Seite im Internet noch lebendig. Ob er eine Freundin gehabt hatte? Oder schrieb etwa Torsten auf der Seite? Gerade als ich mir Robins Freundesliste anschauen wollte, rief meine Mutter von unten zum Abendessen. Irgendwie interessierte mich, was Torsten sonst so auf seiner Facebook-Seite von sich gab, und ich schickte ihm kurzentschlossen eine Freundschaftsanfrage. Vielleicht konnte das meine Vorurteile ja weiter entkräften. Sollte keiner behaupten, ich wäre nicht lernfähig. Als ich den Computer runterfuhr, spürte ich, wie sehr mir der Kopf juckte, so wie schon öfter in den letzten Tagen. Bestimmt die Hitze. Ich gab dem Bedürfnis nach und fuhr mit meinen kurzen Fingernägeln kräftig über die Kopfhaut – ah, das tat gut!

Bald wird er zum endgültigen Schlag ausholen. Langsam ist der Verräter mürbe und müde. Er hat es gesehen, als sie sich neulich das erste Mal Auge in Auge gegenüberstanden, umtost von den verbotenen Akkorden, gebettet in die Worte der Macht. Das war nicht geplant gewesen und er hätte es gerne vermieden. Er hatte auf den Überraschungsschlag gehofft. Aber die Angst in seinen Augen abzulesen – das war gut gewesen. Er hatte dem Verräter noch einmal klargemacht, dass er erst Ruhe finden würde, wenn er den Beweis abliefern würde. Der Verräter hatte sich in die Höhle des Löwen wagen müssen, in seine Höhle, und er hatte gesehen, dass er keine Chance haben würde. Kein Wunder, dass er so schnell abgehauen war, mit hängenden Schultern. Keine gute Voraussetzung für den Kampf. Aber gut für ihn. Bald wird er noch eins draufsetzen. Noch näher kommen. Ganz nah. Er könnte kichern, so freut er sich über seine eigene Genialität. Und so wie es aussieht, kann er seinen Plan ganz alleine in die Tat umsetzen. Es wird keine Mitwisser geben. Wenn der Kampf beendet ist, werden alle Spuren beseitigt und nichts mehr zu beweisen sein. Für die Zukunft hat er einen neuen Plan entwickelt. Er weiß, dass er sich in Acht nehmen muss, mehr als bisher, seine Spuren verwischen. Dass er sich nicht mehr selbst die Hände schmutzig machen darf. Wie leicht kann da was passieren. Einmal nicht aufgepasst – und zack, gibt es Schwierigkeiten. In Zukunft werden die anderen die Dreckarbeit für ihn machen. Dann wird er endlich nach oben schreiten, Schritt für Schritt, unaufhaltsam. Er wird auf große Distanz gehen für einige Zeit, aber er wird zurückkommen, wenn es so weit ist. Auch aus der Ferne wird er Gutes tun können. Sie brauchen doch Leute wie ihn. Die überzeugt sind, die sich nicht vom Weg abbringen lassen. Die andere mitreißen können und dabei auch noch klug sind. Und er wird sich nicht von falschen Versprechungen leiten lassen, sich nicht blenden lassen von den Insignien der Macht. Er wird das alles für sich einsetzen, aber sich nicht verführen lassen. Das machen nur Dumme und Dumme gibt es genug. Wer eine Führungsrolle einnehmen will, der muss klug sein und willensstark. Genau wie er. Die da unten interessieren ihn sowieso nicht. Oben muss man ansetzen, wenn man etwas verändern will. Beinahe hätte es ja schon mal geklappt. Diesmal, mit ihm an der Spitze, wird es mit Sicherheit funktionieren. Denn er ist der Herr über Leben und Tod.

9. Kapitel

Der nächste Arbeitstag war genauso nervig wie der davor. Die Schneider lamentierte und meckerte, Jessica und Regine erwähnten, so oft es ging, Davids angebliches Vergehen. Annegret bemühte sich verbissen um eine harmonische Atmosphäre und ging mir mit ihrem »Dideldü« und »Heitatei« furchtbar auf die Nerven. Was sicher ein wenig ungerecht war. Besser wurde es erst am Mittag, als sich David auf dem Handy bei mir meldete – ich glaube, es war das erste Mal, dass ich mit ihm telefonierte. Nein, sein Anschluss ginge immer noch nicht, er telefonierte vom Büro des Vereins aus. Er entschuldigte sich für seinen überstürzten Abgang am Vortag und versprach, mich heute pünktlich abzuholen, damit wir Berivan und ihre Eltern besuchen konnten. Da die Schneider glücklicherweise Schlafwache bei den Kleinen hatte, konnte ich ungehindert ins Büro schleichen und Berivans Adresse herausfinden. Wahrscheinlich hätte ich das gar nicht so heimlich tun müssen, aber ich kam mir heute gern vor wie ein Spion.

David zog mich fest in die Arme, als ich nach einem scheinbar endlos langen Nachmittag aus dem Kindergarten herauskam. Sein Körper fühlte sich sonnenwarm an und die Nase war ein klein wenig rot verbrannt. Ich küsste ihn behutsam.

»Okay?«, fragte ich. Er nickte. Auf dem Weg zu Berivan, die nur zwei Querstraßen entfernt in der Lehrer-Wirth-

Straße wohnte, tauschten wir uns über die eher belanglosen Ereignisse des Tages aus. David sagte, er vermisse die Arbeit mit den Kindern, dieses reine Handwerker- und Bürodienstdasein turne ihn voll ab.

Schließlich standen wir vor dem weißen, vierstöckigen Haus mit den schmalen Laubengängen vor den Wohnungstüren. Wir mussten etwas suchen, bis wir »Rahimi« auf dem Klingelbrett fanden. Mein Zeigefinger stand einen Augenblick zögernd in der Luft. Ich sah David aufmunternd an und dann klingelte ich.

»Hallo?«, quietschte kurz darauf eine piepsige Kinderstimme.

»Hallo Berivan«, sagte ich. »Hier ist Tabea. Ich möchte dich gerne mal besuchen kommen.«

»Okay«, sagte sie ganz profimäßig und der Türsummer surrte.

Der Lift war außer Betrieb, im ganzen Haus duftete es nach asiatischen Gewürzen und wir stiegen die Stufen Hand in Hand nach oben. Durch eine Glastür ging es vom Treppenhaus hinaus zu den Wohnungen

»David«, schrie Berivan und lief durch den Laubengang auf uns zu. David machte schon Anstalten, sich hinzuknien und seine Arme für das Mädchen zu öffnen, aber dann blieb er steif stehen, wusste nicht, wohin mit seinen Händen, und schob mich schnell vor sich, damit Berivan ihn nicht stürmisch umarmen konnte. Ich ging schnell in die Hocke und fing sie auf.

»Will zu David, will zu David«, rief sie und strampelte. Ich hörte David leise »Hallo« sagen und bemerkte Frau Rahimi im Türrahmen.

»Entschuldigen Sie die Störung«, sagte ich und wir gingen auf sie zu. Berivan tanzte um uns herum, versuchte, Davids Hand aus der Hosentasche zu ziehen, in der er sie verborgen hielt. Auf Frau Rahimis Gesicht erschien ein kleines Lächeln, das ihre dunklen Augen zum Leuchten brachte.

»Kommen Sie rein«, sagte sie freundlich. »Vielleicht ist es gar nicht schlecht, dass Sie kommen.«

Die Wohnung war eng und ziemlich vollgestellt. Berivans Mutter geleitete uns ins Wohnzimmer, wo eine riesige hellbraune Sofalandschaft den kleinen Raum beherrschte. In schwarzen Regalen viele Karaffen und Gläser, alte Stücke, wie es schien, ein großer Flachbildschirm an der Wand, auf dem Boden jede Menge Teppiche.

»Möchten Sie etwas trinken?« Wir bejahten.

Berivan hatte inzwischen Davids Hand erobert und zog ihn auf das Sofa. Frau Rahimi nickte ihm aufmunternd zu. Als sie mit quietschbunten Plastikbechern und einer großen Karaffe Wasser zurückkam, hatte sich David bereits ein wenig entspannt. Berivan hüpfte wie ein Flummi auf dem Sofa herum und sang uns ein Lied vor, dass wir heute Morgen im Morgenkreis gelernt hatten. »Fünf kleine Fische, die schwammen im Meer…«, plärrte sie.

»Sch, Berivan«, sagte Frau Rahimi und dann folgte etwas in einer Sprache – Persisch vielleicht? –, die weich und streng gleichermaßen klang. Berivan jedenfalls hörte mit dem Rumgehüpfe auf und ließ sich neben David fallen.

Ich wusste nicht recht, was ich sagen sollte, aber während Frau Rahimi das Wasser einschenkte und uns einen Teller mit Baklava hinschob, ergriff sie schon das Wort.

»Ehrlich gesagt, konnte ich mir nicht vorstellen, dass an diesen Behauptungen…,« sie zögerte. »Und wenn ich jetzt

Berivan sehe ... Bei uns sagt man: Die Füße gehen dorthin, wo das Herz hingeht.«

»Danke für Ihr Vertrauen«, presste David hervor und trank ein paar Schlucke aus seinem Glas. »Es tut mir sehr leid, dass das alles geschehen ist. Ich glaube, da gibt es jemanden, der mir übel mitspielen will – und leider gehören Sie dadurch zu den Mitbetroffenen. Das ist echt furchtbar für mich ... und, äh, für Sie.« Seine Stimme erstarb und er spielte mit dem Becher in seinen Händen.

»Haben Sie eigentlich den Brief da?«, fiel mir ein. »Irgendetwas kam mir komisch vor, ich weiß nur nicht, was.« Frau Rahimi stand auf, verließ kurz den Raum und kehrte mit dem Blatt Papier zurück. Sie reichte es mir.

Berivan verstand nicht viel, sie malträtierte Davids Locken – zog und zwirbelte, kniff und versuchte, ihn zu kitzeln.

Ich starrte auf die beiden Fotos. Ganz klar, das große war wirklich vor ein paar Wochen entstanden – ich war selbst dazugekommen, als David Berivan hochgehoben hatte, damit sie die Blumen gießen konnte. Mir war an der Situation nichts seltsam vorgekommen. Der kleine Ausschnitt zeigte etwas ganz anderes. Ich sah auf den Bund der pinkfarbenen Badehose, unter dem sich die Finger hindurchquetschten. Widerwärtig. Ich schaute mir erneut das große Foto an. Irgendein Unterschied war da – es war wie so ein Rätsel für Kinder: Finde fünf Fehler. Man musste nur konzentriert genug schauen. Und dann sah ich es. Wenn man es einmal hatte, wunderte man sich, warum einem der Fehler nicht sofort aufgefallen war.

»David«, sagte ich aufgeregt. »Schau mal.« Ich deutete

auf die Badehose auf dem großen Bild. »Siehst du das? Diesen Streifen da rechts? Das ist der Wasserschlauch.«

Er runzelte die Stirn, nickte.

»Und jetzt da – auf der Ausschnittsvergrößerung.«

»Da ist der Schlauch weg«, sagte er.

»Genau«, ich war total aufgeregt. »Schau mal, auf dem Originalbild verläuft der Schlauch wie ein Streifen über die Badehose, er berührt beinahe die Finger. Das heißt, der müsste in der Ausschnittsvergrößerung auch zu sehen sein.« Berivans Mutter war aufgestanden und sah mir über den Rücken.

»Aber auf der Vergrößerung ist die Badehose durchgehend pink, da ist der Schlauch weg«, ergänzte sie.

David schüttelte den Kopf. »Da hat jemand an den Fotos rumgebastelt. Irgendetwas zusammenkopiert, was gar nicht zusammengehört!«, rief ich.

David schien skeptisch. »Aber woher hat derjenige das Grapscher-Bild?«

»Na, die bekommst du in einschlägigen Kreisen doch an jeder Netzecke.«

»Reicht das als Beweis?«

Ich zuckte die Achseln. Keine Ahnung...

Aber Frau Rahimi setzte sich neben David und nahm seine Hand. »Ich glaube Ihnen«, sagte sie ruhig. »Ich sehe mein Kind unbesorgt mit Ihnen umgehen und ich sehe, da ist ein Foto, mit dem eindeutig etwas nicht stimmt. Ich jedenfalls werde Sie nicht anzeigen und auch den Kindergarten bitten, Ihnen zu glauben.«

»Danke«, sagte David und sah sie völlig erstaunt an. »Vielen Dank! Das... äh, hätte ich nicht erwartet.«

Ich grinste von einem Ohr zum andern, schnappte mir

Berivan und tanzte mit ihr durchs Zimmer. Sie quiekte vergnügt, riss sich aber los und stürzte sofort wieder auf David zu.

»Ich will, dass du wieder bei uns bist im Kindergarten«, sagte sie mit ernstem Gesicht. »Kommst du wieder?«

»Ich hoffe es«, antwortete David und erstmals seit Tagen strahlten seine türkisblauen Augen hoffnungsfroh.

»Meinst du, wir überzeugen die Schneider und die Eisenstädter?«, fragte David trotzdem unsicher, als wir von Berivans Haus in Richtung Bushaltestelle liefen.

»Die Eisenstädter bestimmt. Bei der Schneider bin ich mir nicht sicher. Aber es ist ja eh voll die finanzielle Krise ausgebrochen. Wer weiß, wie es mit dem ganzen Verein weitergeht. Ich glaube, sie werden gottfroh sein, wenn da nicht noch irgendwelche Skandale dazukommen.«

»Scheiß-Gefühl«, sagte David finster.

»Warum sagst du mir…«, hob ich an. Und stockte. Bohr nicht immer rum, redete ich mir ein. Ich wusste, dass er mir nichts darüber sagen würde, wen er hinter dieser Schmutzkampagne vermutete.

»Was?«, fragte er. Ich schüttelte den Kopf. Nichts weiter.

»Rrrring«, machte mein Handy und zeigte damit den Eingang einer SMS an. Ich hoffte, sie wäre von Toni, die sich endlich dazu bequemte, ein Date mit mir auszumachen.

Der Posteingang vermeldete ein Foto. Ich klickte es an und es dauerte ein paar Sekunden, bis es scharf zu sehen war. Beinahe hätte ich das Handy fallen lassen. War das ein wüster Albtraum? David musterte mich irritiert.

»Was ist los?« Stumm reichte ich ihm das Gerät. Es war nur ein Foto, ein weiteres mieses, kleines Foto. Im Gegensatz zu Berivans Bild war dies hier aber garantiert authentisch. Ich hatte das Gefühl, meine Welt ging immer weiter unter. Wie die Sonne sank sie dem Abgrund entgegen. Und ich konnte nichts dagegen tun. Ich würde unweigerlich mit versinken. Und ob es je wieder einen Sonnenaufgang geben würde, schien mir sehr ungewiss.

»Scheiße«, sagte David und wurde blass. Dann schwoll die Zornesader an seiner Schläfe wieder an. Wie ich es inzwischen kannte. Und was er nun sagen würde, war mir auch klar.

»Dieser Wichser!«

Er drückte mir das Handy in die Hand, kickte ein Steinchen weg und ließ sich auf einen Holzbalken rund um eine der letzten Baugruben in der Messestadt sinken. Ich betrachtete noch einmal das Foto. Es zeigte Davids Zimmer. Von schräg oben, schätzte ich. Man erkannte den Schreibtisch, der Esstisch war schon etwas abgeschnitten. Besonders gut sah man das Bett. Mit zerwühlten Decken. Und zwei Körpern darauf, unsere Körper. In *diesem* Moment hatte jemand auf uns geschossen. Zwar nur mit einer Kamera, aber die Erschütterung war wie die eines Projektils.

»David«, schnaubte ich. »Ich will das nicht mehr. Ich kann das nicht mehr. Bitte sag mir, was da passiert! Bitte, ich geh sonst drauf!«

Ich weiß nicht, ob er mich überhaupt gehört hatte. Er riss das Handy an sich, drückte wild auf den wenigen Tasten herum.

»Wie löscht man das?«, schrie er. »Lösch das! Sofort!«

»David«, mein Ton flehend. »Bitte!«

»Das will er doch nur, dieser Bastard, dieses Schwein! Er will, dass wir uns in die Hose machen vor Angst.« Mit weit aufgerissenen Augen sah er sich um. »Wir lassen uns keine Angst machen von dir«, schrie er laut. »Ich werde dich fertigmachen! So was von fertig! Du wirst nach deiner Mama schreien, du Hurensohn!«

Ein älteres Ehepaar sah sich verängstigt um und beschleunigte seinen Schritt. Ich zerrte David am Ärmel. »Komm, wir fahren zu mir«, sagte ich und zog ihn weiter in Richtung Bushaltestelle. Unsere beiden Fahrräder waren noch nicht repariert. Zum Glück mussten wir nicht allzu lange warten. Wir setzten uns ganz nach hinten. David stierte brütend zum Fenster hinaus. Ich klammerte mich an seinem Arm fest, das Handy in der Hosentasche kniff mich wie ein Messer. Nervös fuhr ich mit den Fingern über meinen Kopf. Das Jucken wurde immer schlimmer. Sicher vor Stress.

Wer war das? Wer hatte die Macht, mich in meinen intimsten Momenten zu beobachten? Niemals mehr würde ich in diese Wohnung gehen, schwor ich mir. Dann fiel mir etwas ein. Ich nestelte das Handy hervor, klickte darauf herum. Vergebens. Das Foto war natürlich von einer unbekannten und unterdrückten Nummer gesendet worden.

Keine zehn Minuten davor hatte der Abend wie eine süße Versprechung vor mir gelegen. Und jetzt wartete nur graue, finstere Benommenheit auf mich.

Wie ferngesteuert ging David neben mir her, als wir von der Bushaltestelle zur Gärtnerei hinüberliefen. Vielleicht war es doch keine gute Idee, ihn mitzunehmen. Und was, wenn wieder Annikas seltsamer Freund da wäre? Doch wir hatten Glück. Annika war mit ihm irgendwo in der Stadt unterwegs. Meine Mutter sah mich forschend an, als wir den Verkaufsraum durchschritten und uns nach hinten in den Garten verabschieden wollten.

»Du kannst gerne mit dem Abendessenkochen anfangen«, rief sie mir nach und ich war froh, dass sie nicht nachfragte, was los sei.

Eigentlich kam mir der Auftrag ganz gelegen, denn so hatten David und ich wenigstens etwas zu tun. Wir schnitten Salat und Zucchini im Garten ab und einen kurzen Moment freute ich mich, weil wir sogar leuchtend orange Zucchini-Blüten ernten konnten. Mit Schafskäse gefüllt und knusprig angebraten schmeckten sie besonders gut. Mechanisch zupfte David Salbei und Thymian ab. Es war, als würde er nur noch inwendig existieren. Sein Körper nicht mehr als eine starre Hülle. Ich berührte seine Schulter. Keine Reaktion. Ich zog ihn hoch von der Kräuterspirale, schubste ihn sanft in Richtung Küche.

In der Tür lehnte Juli und sah uns lachend entgegen.

»Tabi«, sie winkte. »Tabi, ich hab so Hunger. Jetzt gleich kochen, ja?«

Ich nickte wortlos, sie hakte sich bei mir ein, als ich an ihr vorbeiging. David sank auf einen Stuhl am Küchentisch und stierte auf das Gemüse, das vor ihm lag. Juli stand neben mir am Herd und beobachtete ihn schweigend.

»Ist er traurig?«, fragte sie mich dann und versuchte zu flüstern, was ihr nicht wirklich gelang.

»Jemand ist gemein zu ihm«, erklärte ich, füllte einen Topf mit Wasser und tat eine Prise Salz dazu. Juli ging langsam zu David, setzte sich auf den Stuhl neben ihm und fing an, seinen Unterarm zu streicheln. Er zog reflexhaft den Arm weg und hob irritiert den Kopf. Juli erstarrte. David versuchte so etwas wie ein Lächeln und griff nach Julis Hand, die über dem Tisch wie festbetoniert in der Luft hing.

»Ich war so in Gedanken, ich hab mich erschreckt«, bemühte er sich um eine Erklärung. Aber Juli entwand sich ihm, versteckte ihre Hände unter ihrem T-Shirt und sah missmutig zu Boden.

»Hilfst du uns, die Zucchini klein zu schneiden?«, versuchte ich, sie abzulenken, legte Bretter und Messer vor die beiden und schob ihnen das abgewaschene Gemüse hin. Schweigend schnitten sie es klein. Ich zerkrümelte den Schafskäse und tat die Nudeln ins kochende Wasser.

»Isst du gerne Nudeln?«, fragte David Juli. Sie nickte langsam, sah ihn aber weiterhin nicht an.

»Ich mag Nudeln total gerne«, sagte er. »Ich könnte jeden Tag Nudeln essen.«

»Ich auch«, stimmte sie zu. »Oder Pfannkuchen.«

»Oh ja, die sind auch toll.«

»Welch seltener Gast«, rief mein Vater, der nun die Küche betrat. »Und er macht sich in der Küche nützlich – wunderbar.«

»Papa«, sagte ich mahnend und er grinste mich an.

»Immer wenn sie diesen Tonfall anschlägt, habe ich irgendwas Peinliches gesagt. Findet zumindest Tabea.« Er beugte sich zu Juli und küsste sie. »Aber wenigstens unsere Kleinste hier steht noch voll zu ihrem Papa!«

»Bin nicht klein«, maulte Juli und stieß ihren Ellenbogen in seine Seite. Immerhin lächelte sie schon wieder.

»Und, schon eingewöhnt in München?«, machte er unerbittlich weiter. David nickte.

»Die meisten Hamburger stehen ja nicht so auf den Süden.« Er lachte. »Außer so Typen wie Annikas neuer Schwarm. Der läuft ja immer bayerischer kostümiert rum als so mancher CSUler beim Oktoberfestbesuch.«

»Ach, ich finde es ganz schön hier«, sagte David leise. »Vor allem die Landschaft und die Biergärten.«

»Während einem die Bayern selbst ja ganz schön auf den Zeiger gehen können«, machte mein Vater selbstkritisch weiter. »Dieses ›Mir-san-mir‹-Gehabe ist manchmal doch recht anstrengend. Und wenn ich dann an so Köpf' von der CSU denke, mei…«

»Papa«, unterbrach ich ihn wiederum. »Das interessiert den David doch gar nicht.«

»Wieso? Du bist doch auch politisch interessiert? Ich glaube, das ist eh eine Mär, dass immer alle behaupten, die jungen Menschen interessieren sich nicht für Politik. Oder, David? Grad in unserer globalisierten Welt, wo der Überblick immer schwieriger wird – da muss man sich doch einfach interessieren!«

David nickte bestätigend, schien sich aber auf kein Statement einlassen zu wollen.

»Ich mein, in Hamburg ist die Welt ja auch nicht gerade in Ordnung. Wisst's ihr noch, dieser Schill, dieser ›Richter Gnadenlos‹, der vor ein paar Jahren durch die Presse ging – so liberal sind da oben auch nicht alle. Bei uns in München haben die Grünen bei der letzten Wahl ja mehr Prozente erreicht als bei euch droben in Hamburg. Na, du – ich darf doch Du sagen, oder? – hast sie bestimmt gewählt, oder?«

»Papa«, fuhr ich wieder dazwischen. »Schon mal was von Wahlgeheimnis gehört?«

»Ah, geh«, erwiderte mein Vater lachend und machte sich über die Spaghetti her, die ich ihm nun hinstellte. Ich warf David einen aufmunternden Blick zu und er zwinkerte zurück. Immerhin waren wir so von unseren sonstigen Problemen etwas abgelenkt.

Glücklicherweise kam kurz darauf meine Mutter und bald ging es um allgemeinere Themen wie unhöfliche Kunden im Laden oder was die anhaltende Trockenheit für die Landwirtschaft und die Gärtnereien bedeutete. Nach dem Essen zogen wir uns schnell nach oben zurück, auch wenn Juli enttäuscht war, dass ich nicht mit ihr zum Laufen ging. »Morgen wieder, Juli, versprochen.«

Wir setzten uns auf den kleinen Balkon vor dem Schlafzimmer meiner Eltern und sahen in die duftige Sommernacht. Wir hielten uns an den Händen und schwiegen. Eine winzige Sternschnuppe verglühte. Wir hätten glücklich sein können. Ich hatte nur einen einzigen Wunsch: dass bald alles normal wäre. Ohne aufgeschlitzte Reifen, gefälschte Fotos, versteckte Handys, nächtliche Überfälle. Ohne Misstrauen zwischen uns, ohne Angst und ohne dieses Gefühl der Einsamkeit, das sich in unsere Zweisamkeit drängte.

»Ich weiß, warum du nichts sagst«, sagte David. Seine Stimme klang sachlich inmitten der Dunkelheit. »Ich verstehe es auch. Du möchtest gerne wissen, was los ist, was hier gerade passiert. Und du willst mich nicht bedrängen. Das rechne ich dir hoch an. Total. Aber... verdammt.«

Er schwieg und ich unterbrach ihn nicht.

»Ich habe so Angst, dich zu verlieren.«

»Warum?« Kaum ein Flüstern.

»Du kennst doch sicher auch diese Hollywoodfilme, wo der Held der Heldin am Anfang irgendwas verschweigt. Natürlich findet sie es heraus, genau dann, wenn es am schönsten ist, und ist dann stinkesauer. Dann verlässt sie ihn, aber am Ende erkennt sie, dass er doch einer von den Guten ist, und kehrt zu ihm zurück.«

»Genau, wie bei *E-Mail für dich* oder so.« Mit 13,14 hatte ich den alten Film geliebt!

»Ich habe Angst, dass du nicht glaubst, dass ich einer von den Guten bin, und deshalb auch nicht zurückkommst.«

»Ich glaube immer an das Gute in den Menschen.« Ich versuchte zu lächeln. Er ließ meine Finger los und verschränkte seine Hände vor dem Bauch. Zwischen seinen Augen bemerkte ich eine tiefe Falte.

»Und wenn es das Böse doch gibt?«

»David, du machst mir Angst. Ich habe gerade beschlossen, dir zu vertrauen und abzuwarten und auszuhalten und zu glauben, dass du bald alles in Ordnung bringst und alles gut wird.«

»Danke«, sagte er. »Ich verspreche dir, dass ich das Böse vertreiben werde. Dass es bald keine Bedeutung mehr hat. Dass uns nichts passieren wird.« Dass er dieses Versprechen halten könnte, glaubte ich keine Sekunde.

»Ach, David«, murmelte ich und sein Gesicht verschwamm vor dem dunklen Nachthimmel.

Irgendwie schafften wir es, über andere, allgemeinere Dinge zu reden. Was wir machen würden, wenn mein FSJ und seine Bufdi-Zeit zu Ende wären. Wie wir uns ein perfektes Leben vorstellten. Eine perfekte Welt. In der es nur gute Menschen gab. Kein Leid, keine Armut, keine Ausgrenzung, keine Gewalt. Okay, mein Redeanteil war höher als seiner. Trotzdem fühlte ich mich ihm wieder etwas näher. Bekam das Gefühl, dass er mein Vertrauen nicht missbrauchen würde. Zumindest die Hoffnung.

Ohne darüber reden zu müssen, war klar, dass er hierbleiben würde. Für meine Eltern war das kein Problem.

Glücklicherweise redeten sie nicht nur liberal und weltoffen daher, sie waren es auch.

Eng aneinandergekuschelt schliefen wir ein. Er zumindest. Ich war unruhig, drehte mich von einer Seite auf die andere, schwitzte und mir juckte der Kopf wieder gewaltig. Ich kratzte, bis ich Blut unter den Fingernägeln sah, beleuchtet vom Mondlicht wie in einem Vampirfilm. Seufzend stand ich auf und ging ins Bad. Starrte in mein müdes Gesicht, bespritzte es mit kaltem Wasser, kühlte auch Arme, Hände, den Nacken. Und kratzte mir die Kopfhaut. Ich teilte mit den Fingern die Strähnen und ging ganz dicht an den Spiegel. Ich hatte noch nie unter Schuppen oder so etwas gelitten – aber irgendwoher musste das Jucken doch kommen. Ich konnte nichts erkennen.

Plötzlich wurde es mir klar. Ich sah Julian vor mir und Hannah, die sich in den letzten Tagen ziemlich häufig am Kopf gekratzt hatten. Und mit denen ich beim Basteln den Kopf eng zusammengesteckt hatte. Scheiße! Läuse? Eine Gänsehaut überfuhr mich. Die Vorstellung, dass fiese kleine Tiere über meine Kopfhaut wanderten, überall Blut saugten und ihre Larven ablegten, war einfach ekelhaft. Ich nahm einen Kamm und fuhr vorsichtig durch einzelne Strähnen. Wie erkannte man Läuse bloß? Oh, wie das juckte! Ich ging so dicht an den Spiegel heran wie möglich. Nichts zu erkennen. Dann kam ich auf die Idee, meinen Kopf über das Waschbecken zu halten und die Haare auszukämmen. Meine Mutter hatte einen Kamm mit ziemlich eng stehenden Zinken. Ich kämmte und kämmte. Und dann lagen vor mir im Waschbecken kurze Haare und einige kleine, rote Pünktchen. Angeekelt nahm ich sie auf die Fingerspitze. Ein kleines, mit meinem Blut vollgesogenes Etwas, als Tier kaum zu erkennen. Bah! Das durfte doch nicht wahr sein, ich hatte Läuse! Natürlich hatte ich Socke schon gelegentlich Flöhe ausgekämmt, aber bei mir selber fand ich das deutlich widerlicher. Und jetzt juckte es gleich noch mal so schlimm. Ich hielt das nicht aus! Ich stellte mich unter die Dusche, spülte mir den Kopf mit kaltem Wasser ab, aber als ich ihn mit dem Handtuch trocken rubbelte, begann das Jucken schon wieder. Sicher müsste ich mir so eine fiese Chemiekeule in die Haare schmieren, überlegte ich. Und bis ich die hatte, mit dem Läusekopf durch die Gegend rennen! Oh, Gott, hoffentlich hatte David sie nicht auch schon. Bei den Locken wäre das Gekämme ätzend!

Und dann sah ich den Rasierapparat meines Vaters auf der Waschmaschine liegen. Genau!, dachte ich. Es war Sommer, es war heiß und meine Haare sowieso recht kurz. Dann konnten sie auch gleich ab. Dann hätten die Läuse nichts mehr, woran sie sich festhalten könnten. Die Haare würden schnell nachwachsen. Ich atmete tief durch und schaltete den Rasierapparat ein. Im nächtlichen Haus schien er mir so laut wie Hubschrauberrotoren. Einen Moment zögerte ich, dann setzte ich ihn an. Dunkle Haare fielen in das weiße Waschbecken. Mitten über meinen Schädel verlief eine Spur wie von einem Rasenmäher im Gras. Von den Haaren blieben etwa drei Millimeter stehen, der Rest kam ab. Immer schneller fuhr ich mit dem Gerät über den Kopf, stellte mir vor, wie ich die Läuse massakrierte, ein furchtbares Gemetzel unter ihnen anrichtete – und ich war froh darüber. Erst als die letzten Haare ins Waschbecken gefallen waren, sah ich mich bewusst an. Was für riesige braune Augen ich hatte. Und wie tief sie im Gesicht saßen. Verletzlich sah das irgendwie aus. Schutzlos, nackt. Ich fuhr mit den Fingern über die Stoppeln. Das fühlte sich schön an. Ich sah einige rote Stellen, wo die Läuse gesaugt hatten, vor allem im Nacken, wie ich in den zwei aufgeklappten Seitenspiegeln des Badezimmerschrankes erkennen konnte. Ich machte das Waschbecken sauber, stopfte die Haare in eine Tüte und warf sie mitsamt dem Kamm in den Müll. Erschöpft ließ ich mich auf den Badewannenrand fallen und fuhr mit den Fingern über meinen neuen Kopf. Das Jucken schien schon nachgelassen zu haben.

Am nächsten Morgen – glücklicherweise war Samstag – erwachte ich, weil Finger über meinen Po wanderten. David schmiegte sich an meinen Rücken. Er küsste meine Schultern, dann zog er mir das Kissen vom Kopf, das ich mir gegen die Helligkeit dorthin gelegt hatte. Er küsste meinen Hals, seine Finger fuhren über meine Hüfte – und hielten mitten in der Bewegung inne.

»Scheiße«, stieß er aus. »Was ist mit deinen Haaren?« Verschlafen blinzelnd drehte ich mich zu ihm um und grinste.

»Neuer Look, gut, oder?«

David setzte sich auf, rutschte von mir weg.

»Nee, Kacke, das geht gar nicht«, meckerte er, als hätte ich ihn mit der Frisur persönlich beleidigen wollen.

»Sieht so schlimm aus?«

»Darum geht es doch gar nicht«, sagte er, sprang auf und kletterte in seine Klamotten, die um das Bett herum verstreut lagen.

»Wo willst du denn jetzt hin?«

Er hielt inne, mit nacktem Oberkörper stand er da, sah

auf mich herunter und sein Blick war finster, als habe man das türkise Licht seiner Iris ausgeknipst.

»Beruhig dich, Mann. Ich hatte Läuse. Ich hoffe, du hast keine«, sagte ich noch, aber da war er, das Hemd über der Schulter, die Schuhe in der Hand, schon zur Tür raus. Nur ein weißes T-Shirt war neben dem Bett liegen geblieben.

»David«, schrie ich ihm hinterher. Doch seine Schritte auf den Stufen zögerten keinen Moment.

»Kacke«, schrie ich auf die Bettdecke einschlagend und fiel zurück in die Kissen. Was war denn jetzt schon wieder los?

Er wacht auf. Schweißgebadet. Wieder dieser miese Traum. Er hat ihn lange nicht gehabt. Warum jetzt? Er spürt die Klauen, die allein aus Bildern in seinem Kopf entstehen, wie Messer in seinem Nacken. Der völlig verspannt ist. Er knetet die Muskulatur mit den Fingern durch, gibt sich dem Schmerz hin. Er starrt an die kahlen Wände des kleinen Zimmers, das man ihm zur Verfügung gestellt hat. Als ob die braunen Augen in den Mauern lauern. Er reibt sich mit den Fäusten die Augäpfel, fest und immer fester. Wie als Kind. Um die Tränen zurückzudrängen. Wenn der Vater fertig war, den Gürtel durch die Schlaufen zog und die Striemen auf der Haut zu brennen begannen. Nein, er richtet sich auf, schüttelt den Schlaf fort, den Traum, die Erinnerung. Er ist nicht mehr zehn Jahre alt und muss auf einem Stuhl sitzend die Nacht auf dem Balkon verbringen. Doch diese Mischung aus Verzweiflung und Stolz, die ihn nach solchen Nächten überfiel, schmeckt er noch immer auf der Zunge. Süß und bitter, weich und hart. Die weichen, süßen Aromen blassen aus. Es bleibt das zurück, wie er sich selbst sieht. Wie ihn die andern sehen sollen. Er steht auf, greift nach der Hantel, die neben dem Bett liegt. Den Hunger ignoriert er. Er spürt nur noch die Muskeln unter seinen Oberarmen. Sieht, wie sich das Tattoo entfaltet, zusammenzieht, entfaltet, zusammenzieht. Das Tattoo, das der Dunkelheit gehört. Denkt an den Helden seiner Kinderzeit, seiner Jugendzeit, den Helden, der sein Leben überstrahlt und dem er gleichen will. Und die Kraft kehrt zurück in ihn, den Herrn über Leben und Tod.

10. Kapitel

Das war's jetzt. Ich war mir total sicher. Wie konnte ich so blind sein! Die Empörung, die Wut, die Enttäuschung saßen wie ein bröckelnder Klumpen Mehl in meinem Hals fest. Dieser Idiot! Ich machte alles brav mit, schwieg still, hielt zu ihm, nur damit der Herr abhauen konnte und wieder auftauchen und wieder abhauen, gerade wie es ihm beliebte, und dabei schwieg, schwieg und nochmals schwieg. Nicht mit mir, Freundchen, dachte ich. Dir mache ich die Tür nicht mehr auf. Diesmal ist sie zugefallen! Endgültig!

Missmutig half ich zuerst meiner Mutter im Laden. Mein Vater versuchte, einen armseligen Witz über meine Haare zu machen, gab aber schnell auf. Selbst er bemerkte, dass ich nicht allerbester Laune war. Nach David traute sich niemand zu fragen.

Juli streichelte mir über den Kopf. »Wie Socke fühlst du dich an«, sagte sie lachend.

Nach dem Mittagessen überredete mich Juli, endlich mit ihr laufen zu gehen. Eigentlich war es viel zu heiß dafür, aber zu einer kurzen Runde mit vielen Trinkpausen ließ ich mich dann doch überreden.

Wenn wir stehen blieben, erzählte Juli ständig von Torsten. Wie nett er war, wie lieb und dass er versprochen hätte, bald mit ihr und Annika und mir einen Ausflug zu machen. An einen See und in die Berge.

»Ich will nicht mit«, sagte ich und sie sah mich unglücklich an.

»Doch, du musst auch mit«, sagte sie und strahlte schon wieder zuversichtlich. Dann fuhr sie wieder über meinen verschwitzen Kopf.

»Siehst aus wie ein Vögelchen, das ausm Nest raus ist«, sagte sie.

Ihr zuliebe lächelte ich.

»Wir müssen deine Haare nachher leider auch untersuchen«, fiel mir ein. Sie nickte, aber ich war nicht sicher, ob sie verstand, was ich meinte.

Das Laufen hatte mich ein wenig abgelenkt. Und das kalte Wasser, das mir nun über die Haut lief, tat sein Übriges. Ich kühlte allmählich ab. Eine leise Melancholie legte sich über die Wut wie der Wassernebel der Dusche auf meine Haut. Eine Erkenntnis flirrte an den Rändern meiner Wahrnehmung. Es konnte nicht gut gehen mit David. Wie sollte es? Ich war viel zu lange nachsichtig mit ihm gewesen. Hatte mich um den Finger wickeln lassen, hatte mich von seinen verliebten blauen Augen ködern lassen. Damit war jetzt Schluss!

Als ich unter der Dusche hervorkam, piepste mein Handy. Eine SMS von David? Sicher nicht! Wie auch? Und wenn – ich würde sie einfach löschen. Ganz bestimmt.

Doch die SMS kam von Toni. »Scheiße, Tabi, schau dir Max' Pinnwand an«, schrieb sie ein wenig kryptisch, aber dennoch begannen meine Finger zu zittern. Schnell fuhr ich den Computer hoch und loggte mich bei Facebook ein.

»Max hat dich auf einem Foto markiert« hieß es da. Kacke. Mir schwante Übles.

Ich klickte auf den Link – und da war es. Das gleiche Foto, dass mir der Unbekannte auf mein Handy geschickt hatte. Doch auf dem großen Bildschirm war alles noch viel genauer zu erkennen.

»Dieser Schlampe hab ich mal mein Herz geschenkt – *fuck you,* Tabea Resch!«, hatte Max unter das Foto geschrieben. Scheiße, wo hatte der Kerl das Bild her? Das war doch nicht möglich! Noch dazu war das Foto für jeden sichtbar, der seine Seite besuchte.

Ich kickte den silberfarbenen Mülleimer wütend durchs Zimmer. Ein Haufen zerknülltes Papier, gebrauchte Taschentücher und anderer Dreck ergoss sich über den Flickenteppich. Ich stolperte beinahe darüber, als ich das Handy von meinem Nachttisch angelte. Ehe ich weiter überlegte, rief ich Max an. Nach dem zweiten Tuten war er dran.

»Tabea, hast du Sehnsucht nach mir?«, fragte er scheinheilig.

»Wenn du vor mir stehen würdest, würde ich dir ins Gesicht spucken«, schrie ich ihn an. Meine Zunge schmeckte nach Wut. Wut auf all diese Scheiß-Mistkerle!

»Mhh, lecker«, höhnte Max.

»Wo hast du das Foto her?«, meine Stimme weiter auf Anschlag.

»Von einem Freund«, sagte er, widerwärtig ruhig.

»Schöner Freund.« Aber mit einem Mal wurde mir klar, dass ich anders mit ihm reden musste. Ganz anders.

»Max«, sagte ich und tat, als beginne das Gespräch jetzt erst. »Max, es ist wichtig, bitte, wenn du es weißt, dann sag es mir.«

»Warum sollte ich das tun?«

»Weil ich... weil Da...«, ich brach ab. Wurde ganz leise. »Können wir uns sehen?« Ich hörte nur seinen Atem.

»Okay, in einer Stunde. An der Eisinsel.«

Ich dachte, er würde mich warten lassen, aber als ich mit dem Fahrrad die S-Bahn-Brücke hinuntersauste, sah ich sein lavendelfarbenes Polohemd schon von Weitem leuchten. Er fächerte sich mit der Eiskarte Luft zu, hatte die Beine weit ausgestreckt und wirkte wie ein Bär, den nichts auf der Welt erschüttern konnte. Ich parkte das Fahrrad hinter der Bushaltestelle und ging auf ihn zu. Mit diesem Typen war ich mal zusammen gewesen? Das musste in einem anderen Leben gewesen sein. Seine Augen erkannte ich hinter der Sonnenbrille nicht. Sein Mund verzog sich zu leichtem Spott, als er mich entdeckte. Er rührte sich nicht, machte keine Anstalten, mich zu umarmen oder überhaupt zu berühren. Ich ließ mich auf den heißen Plastikstuhl fallen, der sofort unangenehm meine kurzbehosten Oberschenkel malträtierte. Ich rutschte dichter an Max in den Schatten. Eine Kellnerin brachte ihm einen riesigen Eisbecher mit Unmengen von Früchten, Sahne und Schokosoße. Mir wurde fast schlecht bei dem Anblick und ich bestellte nur ein Bitterlemon.

»Hast du dir die Haare geschnitten, damit dich niemand erkennt?«, fragte er. Ich bleckte die Zähne. Haha!

»Woher hast du das Foto?«, fragte ich noch einmal ohne Umschweife. Ich würde keine Sekunde länger als nötig mit ihm hier sitzen. Genüsslich schleckte er Sahne von seinem langstieligen Löffel.

»Hab ich doch schon gesagt: von einem Freund.«

»Von welchem?«

»Geht dich nichts an.«

»Hey! Ich glaub, es tillt! Da stellst du ein Foto von mir in einer der intimsten Situationen, die es gibt, ins Netz und behauptest, es geht mich nichts an?«

Er hob die Schultern, löffelte ungerührt weiter.

»Max«, ich versuchte es ein wenig flehentlicher. »Ich weiß nicht genau, was gerade passiert – aber irgendwer unternimmt in letzter Zeit Dinge, um mir zu schaden. Und ich weiß, weder wer noch warum.«

»Aber du würdest es gerne wissen.«

»Cleverle!«

Er ließ den Löffel ein paar Mal auf der Unterlippe auf-dotzen.

»Macht dir das Angst?«

Wie er sich suhlte in der Vorstellung! Dann deutete er kurz mit zusammengelegten Fingerspitzen auf seinen Brustkorb.

»Ich bin's nicht!«

Ich nahm einen großen Schluck eiskaltes Bitterlemon, kühlte mit dem beschlagenen Glas mein Dekolleté.

»Warst du das nicht, neulich Abend an der Tür? Und ein paar Tage davor auf dem Feldweg?«

Jetzt grinste er völlig ungehemmt.

»Okay, das geb ich zu. Das war in meinem ersten Schmerz. Sozusagen. Ich wollte wissen, ob du dich mit diesem Scheiß-Typen aus deinem Kindergarten triffst, und bin dir hinterhergefahren. Als ich gesehen habe, dass du dich nur mit Toni triffst, habe ich gedacht, ich warte bei eurem Haus, und wenn du kommst...«

»... reißt du mich vom Fahrrad. Super Plan. Und zur Tarnung hast du auch noch ein anderes Auto benutzt.«

»Ja, sorry. Das Auto war von Schmolzi«, jetzt wand er sich ein bisschen in seinem Stuhl, pickte an einer Erdbeere herum. »Bis mir klar wurde, dass du wahrscheinlich einen Riesenschreck bekommen könntest, war es schon zu spät.«

»Und deswegen hast du mich lieber gleich vom Fahrrad geschubst, damit sich der Schreck auch lohnt, oder was?«

Seine auch sonst schon roten Wangen ließen das Gesicht glühen.

»Das war blöd, ich weiß. Ich wollte dich gar nicht schubsen. Aber... irgendwie... ich war so sauer, weil du mit dem Typen... und dann dachte ich, weil du da mit Toni gesessen bist, dass da vielleicht gar nichts läuft, aber als ich dich dann gesehen habe... mei, ziemliches Gefühlschaos halt.«

Ich atmete tief ein. Senkte den Kopf. Spürte, wie er zappelte. Spürte, dass er mit mir noch immer nicht abgeschlossen hatte. Am liebsten hätte er meine Hand genommen, ganz bestimmt. Ich schob die Finger unter meine Oberschenkel.

»Von wem ist das Foto?«

Er warf den Kopf nach hinten.

»Keine Ahnung. Das hat mir irgendjemand auf Facebook als Nachricht geschickt, ich kenn den nicht. Der nennt sich ›Landfreund‹, hat kein Foto von sich und auf seiner Seite ist nichts öffentlich. Ich hab ihm eine Freundschaftsanfrage geschickt, aber er hat nicht drauf reagiert.«

»Und hat er zu dem Foto was dazu geschrieben?«

»Nur ›interessiert dich vielleicht‹.«

Ich drehte mein leeres Glas in den Händen.

»Komisch. Ich meine, das Foto ist gemacht worden, nachdem wir uns getrennt haben. Dann macht das doch keinen Sinn mehr, oder? Andererseits – du hattest nichts Blöderes zu tun, als es zu posten.«

Wieder zuckte er die Schultern, schürzte die Lippen. Ob das »Entschuldigung« heißen sollte, blieb dahingestellt.

»Bist du sicher, dass dein neuer Freund da nicht eine Kamera in seinem Zimmer installiert hat und das jetzt scharf findet?«

Verdammt! Auf diese Idee war ich überhaupt noch nicht gekommen. Meine Augen wurden zwei Schlitze. Ich setzte mich kerzengerade auf.

»Könnte doch sein, oder?«, heizte Max weiter an. Ja, könnte sein. Nein, könnte ganz und gar nicht sein.

»Aber... aber...« Ja, was aber, Frau Resch? Weil er mir erzählt, jemand ist hinter ihm her? Und ich glaube das, wie ich ihm alles geglaubt habe bisher. Dabei verschweigt er doch das allermeiste! Wie die Spitze eines Eisbergs schaut er aus seinem Leben heraus, die unteren sieben Achtel völlig unsichtbar. Vielleicht ist das sein Trick – die Frauen anschmachten, verführen, verunsichern und eines Tages... Oh nein!

»Tabea?«, riss mich Max aus meinen Gedanken und erst jetzt bemerkte ich, dass er aufgestanden war. Dass neben ihm ein Mädchen wie aus dem Erdboden erschienen war. Fast so groß wie er, fast so blond und mit ebenso frischen roten Wangen wie er. Und dass er den Arm um ihre Hüfte gelegt hatte.

»Ich muss jetzt gehen«, sagte er, beugte sich zu ihr und küsste ihre Schläfe. Sie grinste und fuhr ihm über das Bäuchlein, das sich über seiner Hose spannte. »Ich lösch das Foto wieder, okay?!«

Ehe ich so weit war, wieder sprechen zu können, waren

die beiden schon verschwunden. Es ließ mich völlig kalt, dass Max ganz offensichtlich eine Neue hatte. Mich wunderte nur eins: Dafür, dass er bis vor Kurzem noch so den verzweifelten, verschmähten Helden gegeben hatte, war das ja ganz schön flott gegangen. Mir sollte es recht sein. Und Hauptsache, er nahm das Foto aus dem Netz. *Landfreund* – wer sollte das denn sein?

Mein Zimmer sah aus wie das sprichwörtliche Schlachtfeld. Der Inhalt des Papierkorbs lag immer noch auf dem Boden verstreut und war inzwischen im ganzen Raum verteilt. Socke hatte wohl ihren ganz persönlichen Beitrag zu dieser Sauerei geleistet. Auf dem Schreibtisch herrschte Tohuwabohu und meine Klamotten hatte ich auch seit Tagen nicht weggeräumt. Ich riss das Fenster auf und begann, Ordnung zu machen. Vielleicht half mir das, klarer zu denken. Aber das Chaos in meinem Kopf wurde nicht übersichtlicher. Konnte es sein, dass mich David derart verarschte? Gab es gar keinen großen Unbekannten? Aber wozu sollte so ein Versteckspiel gut sein? Und warum sollte er eine perverse Freude daran haben, uns zu fotografieren und dafür zu sorgen, dass die ganze Welt sich das ansehen konnte? Okay, es gab Menschen, die fanden so was geil. Aber seine Reaktion auf das Foto war total glaubhaft gewesen. Ob er ein so guter Schauspieler war?

Was er wohl gerade tat? Warum konnte ich ihn nicht einfach anrufen? Mist, elendiger! Hinfahren – nein, das verbot sich. Ich würde ihm meine Hand nicht reichen. Wenn, dann müsste er… Warum fühlte ich schon wieder eine weiche, nachgiebige Kuhle in meiner Magengegend? Meine Aufgabe war es, mit ihm Schluss zu machen. Er war nicht gut für mich. Ich musste ihn verjagen, aus meinen Gedanken, aus meinem Leben, aus meinem Herzen.

Aber wenn ihm etwas geschehen würde – wenn ihm tatsächlich jemand nach dem Leben trachtete –, ich würde mir bis ans Ende meiner Tage Vorwürfe machen. Mann, Tabea, schimpfte ich mich mal wieder. Wie viel einfacher war es, ein Frauenprojekt in Burma mit einem Mikrokredit zu unterstützen und von einer besseren Welt zu reden – als einen Menschen, der mir doch so viel bedeutete, nicht vor die Hunde gehen zu lassen. Nur weil ich ein Feigling war! So ging das nicht! So funktionierte die Welt nicht.

Jene düsteren Zeilen aus dem Gedicht auf der Seite von Torstens verstorbenem Freund kamen mir in den Sinn. Vielleicht fiel Azraels Schatten, der des Todesengels, bereits auf David. Ich zog mir meine dunkelblaue Trainingsanzugjacke über und schloss den Reißverschluss bis unters Kinn. Trotzdem fröstelte ich noch. Dann schaltete ich den Computer wieder an. Max hatte das Foto tatsächlich gelöscht. Keine Spur mehr davon zu sehen. Als sei nie etwas gewesen. Hoffentlich hatte es nicht irgendein Volldepp geteilt.

Ich wollte mich durch Torstens Freunde klicken, um jenen Robin mit seinem Gedicht zu finden. Aber dann blieb ich an ein paar Posts auf Torstens Seite hängen. Er hatte eine Veranstaltung eingestellt: ein mehrtägiges Jugendcamp im August für Schüler in der Sächsischen Schweiz mit Bootstouren, Lagerfeuerromantik und Zeltübernachtungen. Ein Link führte auf eine Art Gästebuch, wo sich Jugendliche über eine wohl ähnliche Freizeit sehr positiv äußerten. Sie lobten den kameradschaftlichen Umgang miteinander, den Naturgenuss und die mitreißende Art von Torsten. Sie versprachen, einander die Treue zu halten und für die Volksgesundheit einzutreten, was immer das heißen sollte. Auf einem Foto sah man eine Horde vielleicht 15-Jähriger mit nackten Oberkörpern, rasierten Haaren und in kurzen Bundeswehrhosen, die auf einem Baumstamm standen und die Arme nach oben hielten – quer über ihnen lag ein grinsender Torsten. Ich staunte. Dass dieser geschniegelte Typ sich für urwüchsige Ferienfreizeiten hergab, hätte ich nicht gedacht.

Schließlich las ich noch einmal auf Robins Seite das Gedicht. Schauerlich schön. Obwohl er tot war, gab es schon wieder neue Einträge neben Robins Foto. »Ich vermisse euch so fürchterlich«, stand da. Wen meinte der jemand mit »euch«? »Mein Leben fühlt sich an wie nach einem verdammten Bombenangriff. Und ich weiß, es wird keinen Friedenspakt geben. Nur Tod und Vernichtung.« Und darunter ein Foto. Schwarz-weiß. Ich rutschte dichter an den Bildschirm. Klickte das Foto groß. Keine Frage. Ich kannte es. Das Bild eines brennenden Hauses, von Schuttbergen und richtungslos umherirrenden Menschen umgeben. Wie absurd wirkte der schwarze Anzug, der dunkle Hut, den einer der Männer auf dem Bild trug. Als gäbe es inmitten dieser Zerstörung Alltag und Normalität. Es war das Bild auf der Postkarte von Luisa.

Erst jetzt merkte ich, dass es um mich herum finster geworden war. Nur der blaue Schein des Computerbildschirms erhellte die Dunkelheit. Er beschien die bunte Bettwäsche, das Greenpeace-Poster mit der beinah bedrohlich wirkenden Schildkröte, die Finger der Palmenblätter neben meinem Schreibtisch. Er beschien eine Idylle, deren Existenz mit einem Mal nicht mehr gerechtfertigt wirkte. Ich klickte Robins Freundesliste an. Ich brauchte nicht lange suchen.

Luisa Harmstorf hieß sie. L. H. – wie der Absender auf der Postkarte. Ihr Profilbild entsprach dem Bild auf der Karte. Auf ihrer Seite gab es nicht viel zu lesen. Ein paar Statusmeldungen, mit wem sie befreundet war, irgendwann ein Beziehungwechsel: von »in einer Beziehung« zu »Single«. Daran hatte sich offensichtlich nichts mehr geändert. Als ich sah, von wann dieser Eintrag stammte, schluckte ich: Er war zwei Tage, nachdem Robin gestorben war, vorgenommen worden. War sie seine Freundin gewesen? Oder Davids?

Ich verschränkte die Finger, legte meinen Kopf auf ihnen ab. Das Blut pochte in meinem Schädel. Ich schloss die Augen. Wieso hatten Torsten und David beide etwas mit Luisa zu tun? Zufall? Auch Torsten kam aus Norddeutschland, hatte vielleicht sogar mal in Hamburg gelebt. Aber hatte nicht David davon erzählt, dass er seine Ausbildung in der Nähe von Hamburg absolviert hatte? Okay, Schulfreunde vielleicht. Torsten war zwar etwas älter als David, aber so groß war der Unterschied nicht. Vier Jahre. Kannte ich Leute an meiner Schule, die vier Klassen unter mir gewesen waren? Selbst drei Klassen drunter sah es schon mau aus. Aber weder bei Torsten noch bei Luisa oder Robin tauchte ein David in der Freundesliste auf. Na ja, so wie ich David kannte, war er vermutlich auch kein Facebook-Nutzer.

Mein Finger schwebte einige Sekunden über der Maustaste. Sollte ich? Ja. Unbedingt. Ich musste sogar. Klick. Meine Freundschaftsanfrage an Luisa war versendet. Jetzt gab es kein Zurück mehr. Hoffentlich würde sie die Anfrage akzeptieren.

Die Kühle des Waldes tut ihm gut. Zwei Stunden ist er hier herumgelaufen, bevor er sie entdeckt hat. Aber sobald er sie sah, wurde er ganz ruhig. Alles würde gut werden. Der Platz ist perfekt. Auch wenn er ihn vielleicht gar nicht benötigt. Denn später wird er sich direkt in die Höhle, nein ins Erdloch dieser Ratte begeben. Und er wird ihm eine Lektion erteilen, die klarmacht, wer der Herr und wer der Knecht ist. Und vielleicht kann er das Problem damit endgültig lösen. Dennoch hofft er beinah, dass Plan zwei zum Einsatz kommt. Damit er der Menschheit einen weiteren Dienst tun kann. Wie schade, dass er dem Vater und dem Großvater davon nicht wird berichten können. Sie wären so stolz auf ihn, den guten Jungen. Über den Bäumen erscheint die Sichel des Mondes. Zeit, sich noch ein wenig auszuruhen, damit er gestärkt in den Kampf ziehen kann. Und der Welt zeigen, wer der Herr ist über Leben und Tod.

11. Kapitel

Bevor ich am nächsten Tag endlich Feierabend machen konnte, rief mich die Schneider, versteinert lächelnd, in ihr Büro. Ich folgte ein wenig beklommen, war aber umso froher, als mich der offene Blick von Marie Eisenstädter empfing. Die beiden Frauen berichteten mir, dass sie noch einmal ausgiebig über David gesprochen hätten. Da sie ja nun wussten, dass wir auch »privat miteinander Umgang pflegten«, wie sie sich vorsichtig ausdrückten, wollten sie meine Einschätzung noch einmal hören. Ich bat sie, die Kopie des Briefes zu holen, und erklärte ihnen, dass wir zu der Ansicht gekommen waren, dass das Bild gefälscht sein müsse, dass auch Berivans Mutter uns glaubte und dass ich mir in keinster Weise vorstellen konnte, dass David in irgendeiner Weise pädophil veranlagt war. Die Schneider starrte lange auf das Bild, die Eisenstädter hatte bei meinen Erläuterungen zustimmend genickt.

»Er hat natürlich keine ganz unproblematische Vergangenheit«, sagte Marie Eisenstädter nachdenklich und fixierte das krakelige Kinderbild eines Feuerwehrautos, das hinter der Schneider an der Wand hing.

»Inwiefern?«, fragte ich nach, sehr bemüht, meine Stimme ruhig klingen zu lassen. Langsam wendete die Eisenstädter mir den Blick zu. Eine feine rote Strähne klebte an ihren in Beerenfarben geschminkten Lippen. Sie wischte sie weg. Ein Bruchteil Zeit, in dem sie nachdachte. Ich sah es genau.

»Na ja, schlechtes Abschlusszeugnis, Ausbildung abgebrochen«, sie räusperte sich. »Die Vorstrafen. Gut, die sind aus unserer Sicht als Arbeitgeber quasi schon verjährt.«

Vorstrafen? Ich nahm die Eisenstädter nur noch wie durch einen Tunnel wahr – ganz weit weg und von schwarzem Nichts umgeben.

»Ach so, das«, stammelte ich.

»Wie dem auch sei«, fasste die Vereinsvorsitzende zusammen. »David hat sich in seiner Zeit bei uns immer tadellos verhalten, hat seine Arbeiten gewissenhaft erledigt – und dass die Kinder ihn lieben, na, das brauche ich Ihnen ja nicht zu sagen. Ich bin an sich wirklich froh, dass wir dem jungen Mann eine Chance gegeben haben. Wir haben ja lange überlegt und diskutiert. Aber letztlich haben wir uns darauf verständigt, dass es mit ihm gehen wird. Viele Mitbewerber hatte er ja auch nicht. Und wir brauchten einfach jemand. Dass er sehr introvertiert ist – mei, das sind viele, das ist kein Verbrechen. Also: Wenn Berivans Mutter auf eine Anzeige verzichtet, dann ist die Sache für mich erledigt. Auch meine Vorstandskollegen sind dieser Ansicht.«

Ich sollte erleichtert sein. Aber ein Freund, der Vorstrafen hatte? Okay, vielleicht war er mal mit Gras erwischt worden. Oder in eine Prügelei geraten. Genau, er hatte mir doch erzählt, dass er früher gelegentlich in so was verwickelt gewesen war. Und dass er solche Situationen jetzt mied. Er hatte doch sogar ein Antiaggressions-Training gemacht. Die Jungs in ihren leuchtenden Trainingsanzügen gerieten in den Blickpunkt meines inneren Monitors, das limettengrüne Fahrrad, das sich über die Brücke entfernte. Kein Wunder, dass er abgehauen war. Vielleicht hatte er Auflagen, durfte auf keinen Fall mit irgendwelchen Auseinandersetzungen in Verbindung gebracht werden. Genau, so wird es gewesen sein. Meine Schultern strafften sich leicht, ich spürte, dass ich ein Lächeln zustandebrachte.

»Jetzt aber ab in den wohlverdienten Feierabend.« Marie Eisenstädter lächelte. Das ließ ich mir nicht zweimal sagen.

Vor der Gärtnerei parkte mal wieder Torstens dunkelblaues Golf-Cabrio. Zum ersten Mal fiel mir der kleine Aufkleber neben dem Nummernschild auf. In kantigen Buchstaben stand dort: »Todesstrafe für Kinderschänder.« Ob Annika den schon gesehen hatte?

»Hm, die große Frau Schwester«, hörte ich seine spöttische Stimme hinter mir. «Und wieder allein. Mag dich dein Freund nicht mehr? Deine Schwester meint, es ist aus zwischen euch. Weil er böse Bilder von dir ins Netz gestellt hat.« Im Arm hielt er eine Steige mit blühendem Lavendel und Trollblumen.

»Geht dich gar nichts an. Todesstrafe für Kinderschänder – was ist das denn für ein Scheiß?«, fuhr ich ihn an. Er grinste und schob seine Sonnenbrille ins gelackte Haar. Seine blauen Augen blitzten herausfordernd.

»Wieso? Hast du ein Herz für Kinderschänder? Ach, stimmt ja, da war doch noch was…« Er zwinkerte. Ich hätte Annika umbringen können.

»Nein, natürlich nicht.« Mein Puls ging schneller. »Aber Todesstrafe? Die ist bei uns schon lange abgeschafft, und zwar zu Recht.«

»Ach!« Er zögerte keine Sekunde. »Du schätzt also das Recht eines Täters höher ein als das eines Opfers? Interessant.« Er öffnete die Heckklappe seines Wagens und stellte die Blumensteige ab.

»Nein, natürlich nicht. Aber wenn du den Täter umbringst, wird das Opfer auch nicht wieder gesund oder lebendig.«

Er setzte sich auf den Rahmen des Kofferraums und verschränkte die Arme vor seinem tannengrünen Polohemd. Statt der beinahe schon üblichen beigen Stoffhose trug er eine dunkelblaue Cargohose. Vielleicht befürchtete er, sich mit der Blumenerde schmutzig zu machen.

»Oh, das ist doch ein Weichei-Argument. Und komm mir nicht damit, dass man ein Todesurteil nicht rückgängig machen kann. Warum sollte man das denn wollen? Stell dir mal vor, irgend so ein Perverser würde sich an deiner Juli vergehen – da geht dir doch das Messer in der Tasche auf, oder? Da willst du Vergeltung!«

Ich schüttelte den Kopf und schloss mein Fahrrad an.

»Aber wenn der Staat tötet, sorgt er selbst dafür, dass ein Klima der Gewalt in unserer Gesellschaft entsteht. Und das produziert noch mehr Straftaten.« Wie dankbar war ich meinem Politiklehrer Herrn Herzensberger. Wir hatten uns über sein Fisselbärtchen und die hohe Stimme immer lustig gemacht – aber gelernt hatten wir auf alle Fälle etwas. Und zwar nachhaltig.

Torsten lachte jovial auf. Am liebsten hätte ich den goldenen Hämmerchen-Anhänger von seinem Hals gerissen und ihn damit erschlagen. Der Typ machte mich aggressiv.

»Ach, ihr Sozial-Romantiker! Niedlich! Hey, die Welt ist nicht so lieblich und nett. Wenn wir nicht aufpassen, dann geht's uns bald allen an den Kragen. Ich glaube nicht, dass es dieser Staat schafft, Wohlstand für uns alle zu gewährleisten. Die füttern viel zu viele Parasiten durch.«

Ich zeigte ihm meinen rechten Mittelfinger und ließ ihn

einfach stehen. Auf ein solches Niveau wollte ich mich nicht herunterbegeben. Was für ein ätzender Depp!

»Pass nur auf, dass du mit der Frisur nicht von der falschen Seite vermöbelt wirst«, rief er mir hinterher. Ich hob noch mal meinen Finger.

Als ich hereinkam, stand Annika gleich neben der Tür, die Hände tief in den Taschen ihrer grünen Kittelschürze vergraben. Ich sog den Duft von Erde und Blüten in mich ein und spürte, wie die Hitze aus meinen Wangen wich.

»Warum musst du immer mit ihm streiten?«, fauchte sie mich an, mit einem Seitenblick die drei, vier Kunden abscannend. Ihre Augen hatten einen grünen Schimmer, der von der Schürze noch verstärkt wurde.

»Was willst du mit diesem Typen? Das ist ein Pisskopf! Und wenn du mit dem noch einmal über David und mich sprichst, kratz ich dir die Augen aus!«

»Na, danke, gleichfalls«, schrie sie mich an. »Er ist wenigstens höflich und freundlich und interessiert sich für mich und will nicht nur rumvögeln. Aber so was scheint dir ja nicht wichtig zu sein. Je kaputter der Typ, umso doller.« Irgendwo neben uns knallte ein Einkaufswagen gegen ein Regal.

»Hey, Mädels«, zischte meine Mutter und schob uns auseinander. »Nicht in meinem Laden! Nicht vor den Kunden! Ab nach draußen und zupft mal schön Beikraut, bis ihr euch wieder abgekühlt habt.« Wie zur Drohung fuchtelte sie mit der Gartenschere zwischen uns hin und her.

Ich ließ beide stehen und flüchtete mich in mein Zimmer. Der Druck auf den On-Knopf des Computers ging automatisch, noch bevor ich meine Tasche aufs Bett warf. Ich schnappte mir meinen Laptop und kuschelte mich auf das Sofa unter dem Fenster. »Komm schon«, spornte ich das Gerät an, bis es sich endlich ins WLAN-Netz eingewählt hatte.

Meine Augen flatterten suchend über den E-Mail-Eingang. *»Facebook notification…* Betreff: Luisa Harmstorf hat dich als FreundIn auf Facebook bestätigt.« Puh. Ich klickte auf den Link und ihre Seite erschien. Als Profilbild war noch immer das Bild der bombardierten Stadt gewählt. Doch unter »Fotos« fand ich auch ein Bild von ihr. Sie war so ein Typ, der gut in einem Film über das 19. Jahrhundert hätte mitspielen können. Vielleicht ein wenig älter als ich, lange blonde Haare mit vielen dicken Locken und türkisfarbene Augen. Eine schmale Nase mit einem kleinen Piercingring im rechten Nasenloch, sanft geschwungene Lippen, ein eher flächiges Gesicht. Ihr Blick wirkte traurig und – vertraut. Sie sah wahnsinnig vertraut aus. Ihr Geburtsdatum hatte sie nicht angegeben. Ich sah mir die übrigen Fotos an. Luisa mit einem Jungen, der wohl Robin war. Die Wangen eng aneinanderschmiegt, Kussmündchen in die Kamera streckend. Luisa, wie sie ihre Locken über Robins kurz geschorenen Kopf ausbreitete. Der große, breitschultrige Robin, wie er Luisa um die schmale Taille griff und sie an sich zog. Bilder aus besseren Tagen. Luisa mit einem anderen Jungen, ebenso kahlköpfig wie Robin, wie er in schwarzen Klamotten. Sie lachten. Doch ihre fröhlichen Mienen wirkten bedroht. Ich zoomte das Bild größer. Ich konnte es nicht glauben. Ich musste mich täuschen. Aber es gab keinen Zweifel. Überhaupt keinen. Der Junge neben ihr, das war David. Nur die Bildunterschrift behauptete das Gegenteil: »Luisa, Malte. *Once upon a time…«*

»Bist du seine Freundin?« ploppte die Frage mit einem

herzlichen »Pling« in dem kleinen Chatfeld am rechten unteren Bildrand auf. Luisa war online.

Meine Finger schwebten einen Moment unschlüssig über der Tastatur.

»Ja. Und du?«, schrieb ich zurück. Mein Nacken war angespannt, meine Schultern ebenso, meine Kehle trocken.

»Nein, sorry: Oh, ich dachte, du wüsstest, dass ich seine Schwester bin. Seine Zwillingsschwester.«

Beinahe hätte ich sofort geschrieben: *David hat eine Zwillingsschwester????* Ich wählte eine nüchternere Variante. »Ah so«, schrieb ich zurück. »David hat nichts von dir erzählt, sry.«

»Und alles andere sicher auch nicht, oder? Nicht mal, dass er Malte heißt.« Die Antwort dauerte keine fünfzehn Sekunden.

»Nein.« Mein Herz fing ganz furchtbar zu pochen an, mir war schlecht. Ich starrte auf den Bildschirm. Los, schreib was, Luisa. Rette mich. David war Malte und Malte war David. Wieso? Es dauerte drei Minuten, eine Zeitspanne so lang wie das Mittelalter.

»Lass uns mal länger reden. Ich muss jetzt weg, sry. Gib mir deine Nummer. Ich ruf dich morgen so um die Zeit an, okay? CU!«

Ich bedankte mich, tippte meine Handynummer ein, drückte die Enter-Taste und wartete noch eine Weile. Kein Pling. Kein aufploppendes Fenster. Sie war weg. Und ich allein. Mit meinen vielen Fragen. Mit meiner Unwissenheit. Mit meiner Angst. Wie sollte ich die nächsten 24 Stunden nur überstehen?

»Komm, Tabi, laufen«, rief Juli vom Fuß der Treppe. Okay, das war schon mal ein Anfang.

Beinahe wäre ich zu seiner Wohnung gefahren. Nicht, weil ich sehnsüchtig war. Ich wollte diese Fragen beantwortet bekommen, die wie Granatsplitter in meinem Hirn festsaßen und mich bei jeder Bewegung, jedem Satz, den ich sprach, bei jedem Gedanken quälten. Ich konnte es mir gerade noch verkneifen. Auch weil ich nicht wusste, wie ich ihn zum Reden hätte bringen sollen. Sein Wille zu schweigen, war eisern.

»Tabea«, riss mich meine Mutter aus meinen Gedanken. Auf Haushaltshilfenjobs hatte ich jetzt gar keinen Bock. Doch ihre Stimme klang irgendwie drängend.

»Komm mal«, rief sie von unten und ich stieg langsam die Treppe hinunter. Vor ihr stand der prall gefüllte Waschkorb mit frischer Wäsche, die sie gerade aus dem Keller hochgeholt hatte. Okay, dann würde ich die eben verteilen. Ihre Lippen waren eine dünne Linie, die Augenbrauen leicht zusammengezogen. Schweigend dirigierte sie mich am Oberarm in die Küche, in der Hand ein T-Shirt. Immer noch stumm, breitete sie es vor mir auf dem Küchentisch aus. Ich betrachtete es und brauchte ein bisschen, bis ich kapierte, was ich da sah.

»Wo kommt das her?«, wollte meine Mutter wissen. Ratlos hob ich die Schultern. Der Größe nach konnte das T-Shirt nur von einem Mann sein, die Frauen unserer Familie sind alle eher zierlich.

Auf dem weißen Shirt prangte ein riesiges rotes Hakenkreuz, das in die stilisierte Silhouette eines Landser- oder Soldatenprofils überging. Darunter stand in martialischen Runenbuchstaben »Nicht länger verstecken. Endlich 18!«.

Ein Nazi-T-Shirt! Nervös fuhr ich mit den Fingern über die Embleme. An manchen Stellen war die schwarze Schrift noch nicht ganz zum Vorschein getreten, sondern von weißen Partikeln verschleiert.

»Ich hab keine Ahnung«, sagte ich gedehnt. »Von mir kommt das nicht. Frag doch mal Annika. Dieser Torsten ist eh ein total komischer Vogel.«

»Immerhin ist er offen und freundlich. Im Gegensatz zu deinem David.«

»Mhm und er hat einen ›Todesstrafe-für-Kinderschänder‹-Aufkleber auf seinem Auto. Dem passt das T-Shirt sicher!«

»Aber er hat keinen Grund, in unserem Haus ein T-Shirt auszuziehen. Soviel ich weiß, ist er mit Annika nur befreundet. Während David hier ja schon übernachtet hat.«

Das war ein Argument. Mir fiel das Bild ein, wie David neulich Morgen überstürzt geflüchtet war, nachdem er meine Glatze gesehen hatte. Und dass neben dem Bett sein T-Shirt liegen geblieben war. Das erzählte ich auch meiner Mutter.

»Aber ich bin total sicher, dass das T-Shirt unbedruckt war, das war blütenweiß, noch ganz neu.«

»Tabea, bitte«, meine Mutter fuhr durch ihre langen dunkelblonden Haare und warf sie mit einer zackigen Bewegung auf ihren Rücken. Wie immer, wenn sie sauer oder nervös war. »Dein David ist ein komischer Vogel, da kannst du sagen, was du willst.«

»Aber er ist doch kein Nazi!«, schrie ich und musste Tränen der Empörung schlucken. »Hey, der arbeitet in einem Kindergarten, schon vergessen?«

»Nein«, meine Mutter sah zur Decke. »Das heißt allerdings gar nichts. Ich hab gelesen, dass so rechtsextreme Typen immer häufiger in sozialen Einrichtungen als vorgeblich verständnisvolle Erzieher auftauchen – da können sie bei den Kleinsten schon anfangen, sie zu indoktrinieren!«

»Schmarrn«, entfuhr es mir. Ich wusste, dass sie recht hatte. Natürlich wusste ich es. »Aber David doch nicht! Bitte!«

»Aber wo soll das T-Shirt sonst herkommen?«

»Von diesem Scheiß-Torsten«, rief ich.

»Was ist von Torsten?« Annika war unbemerkt hereingekommen. Wir zeigten ihr das T-Shirt, sie starrte angeekelt darauf.

»Was heißt denn ›Endlich 18‹?«, fragte sie. »Never, das ist niemals von Torsten. Klar, der ist schon ein bisschen spleenig, aber so was – echt nicht!«

»Die ›18‹ steht vermutlich für den ersten und achten Buchstaben im Alphabet«, erklärte meine Mutter. »Also A und H – Adolf Hitler.«

»Und was soll das mit dem Verstecken?«

»Na, diese Nazi-Ärsche wollen sich nicht mehr verstecken müssen«, mutmaßte meine Mutter.

Ich zuckte ratlos die Schultern. Sie nahm das T-Shirt und schnupperte daran, befühlte den Aufdruck.

»Keine Ahnung – vielleicht war das T-Shirt ja wirklich weiß und erst durch das Waschen ist die Schrift zum Vorschein gekommen«, überlegte sie.

»Boah, wie perfide ist das denn!« Annika sah mich abschätzend an. »Da gehen die Kiddies harmlos auf ein Konzert oder so was, bekommen ein hübsches, unauffälliges T-Shirt geschenkt, und nachdem sie es gewaschen haben – bingo!«

»Das trau ich denen zu«, sagte meine Mutter nachdenklich. Und dann ruhte ihr Blick wieder auf mir. Ihre Finger kneteten das T-Shirt durch.

»Und deine Frisur hat wirklich nichts damit zu tun?« Wie Pfeile trafen ihre Worte meine Brust, drangen in mein Herz.

»Hast du sie noch alle?«, konnte ich nur schreien. Das durfte doch nicht wahr sein – meine eigene Mutter verdächtigte mich rechtsextremer Umtriebe! Ich riss ihr das T-Shirt aus der Hand und rannte aus der Küche.

»Tabea, warte doch«, rief sie mir hinterher. »Wir können doch reden, über alles.« Aber da war ich schon draußen, stürmte die Treppe nach oben, vorbei an der verdatterten Juli, direkt in mein Zimmer, und schloss die Tür hinter mir ab.

Völlig erschöpft ließ ich mich auf das Sofa unterm Fenster fallen und klammerte mich an ein lila Kissen.

Was hatte David mit Nazitypen zu tun? Konnte das sein? Ich spürte, wie ich immer schneller atmete. Ich stürzte ins Bad und trank lange kaltes Wasser aus dem Hahn. Ich schüttete mir Wasser ins Gesicht, über den Kopf. Langsam richtete ich mich auf. Sah mein Gesicht im Spiegel. Wie fremd es noch immer aussah. Es erinnerte mich an das Gesicht von Robin. Der kahle Kopf, die großen dunklen Augen. Wenn David irgendwas mit irgendwelchen Nazis zu tun hatte, dann war es vielleicht kein Wunder, dass er angesichts meines kahlen Kopfes abgehauen war. Wer weiß, welche inneren Filme der Anblick in ihm abgespult hatte. Warum konnte das Gesicht im Spiegel nicht einfach den Mund aufmachen und das Geheimnis lüften? Die Wasserperlen liefen meine Wange hinunter und sahen aus wie Tränen. Als Kind hatte ich immer erwachsen sein wollen. Lieber heute als morgen. Mit jedem Jahr, das ich älter wurde, hatte sich dieser Wunsch verstärkt. Und jetzt sehnte ich mich nach nichts mehr, als wieder sechs Jahre alt zu sein und meiner Mutter auf den Schoß zu krabbeln, damit sie mich tröstete und mir sagte, alles würde gut werden. Ich stöhnte laut auf und ging zurück in mein Zimmer. Die letzten Tropfen streichelten meinen Nacken, krabbelten den Rücken hinunter. Ich fröstelte.

Durch das Fenster, das nach Westen ging, schienen die letzten Sonnenstrahlen des Tages in mein Zimmer. Eine Wolke auf ihrem Weg über den Himmel knipste sie aus. Es wurde dunkler, dunkelgrau, bleischwer. Heute würde es noch regnen.

Während dicke Tropfen auf meinem Dachfenster lärmten und der Wind die Äste schaurig aneinanderrieb, lag ich in meinem Bett und wälzte mich, als sei es ein Schiff auf hoher See. Wieso hatte David so ein T-Shirt? Vielleicht wusste er gar nicht, was es für eine versteckte Botschaft barg? Bestimmt alles nur ein Zufall. Vielleicht... ich setzte mich kerzengerade auf, das Kopfkissen zwischen die Knie gepresst. Genau! Vielleicht hatte David in Hamburg Ärger mit irgendwelchen Rechtsextremen gehabt! Hatte sie gegen sich aufgebracht, weil er irgendetwas getan hatte, um ihnen zu schaden. Hatte deshalb abhauen, untertauchen müssen, einen neuen Namen annehmen – weil sie hinter seinem Leben her waren. Meine Finger wurden feucht, krallten sich ins Kissen. Deshalb vielleicht diese Sorge um mich – vor diesen Typen musste man schließlich echt Angst haben, denen war alles zuzutrauen. Mir fiel die Zwickauer Terrorzelle ein, die über zehn Jahre lang Angst und Schrecken verbreitet und zehn Menschen ermordet hatte, ohne dass irgendwer einen Zusammenhang mit rechtsextremen Taten vermutet hatte. Vielleicht war er an Typen dran, die

Ähnliches geplant hatten? Bestimmt war er in irgendeiner Antifa-Gruppe aktiv, hatte Aktionen gegen rechts organisiert – und war so selbst zur Zielscheibe geworden. Damit wäre auch klar, wer all die fiesen Aktionen der letzten Wochen gegen ihn eingefädelt hatte. Aber warum hat er nicht mit mir darüber gesprochen? Okay, je weniger ich wusste, umso weniger geriet ich in Gefahr, wenn… Ich musste aufstehen, umhergehen. Schließlich hatten sie ja auch Luisa bedroht. Ein greller Blitz erhellte das Zimmer einen Sekundenbruchteil. Mein Heile-Welt-Zimmer. Was, wenn diese Typen hier auftauchen würden? Meine Handynummer hatten sie schon – sonst wäre mir das Foto nicht geschickt worden. Vor allem hatten sie David gefunden, sie wussten, wo er wohnte, wo er arbeitete, sie kannten mich – oh Gott, sie hatten sein Leben völlig ausspioniert – bis in die intimsten Ecken. Wie widerwärtig!

Und dann fiel mir Robin ein – der ermordet worden war! Vermutlich war er das erste Opfer gewesen und deshalb hatte David abhauen müssen – um nicht ebenfalls gekillt zu werden. Ich musste vor Entsetzen laut auflachen, legte meine Hand gegen das Dachfenster, spürte seine Kälte und zog sie unwillkürlich zurück. Verdammt. Verdammt. Verdammt.

Aber wieso hatte David dieses T-Shirt? Gut, er wusste wahrscheinlich genau, wer ihm da auf den Fersen war – vielleicht hatte er jemand treffen müssen. Mich schüttelte es. Wahrscheinlich hatte er die Typen gesucht – und wo fand man die besser als bei szeneüblichen Veranstaltungen. Da hatte man ihm das T-Shirt in die Hand gedrückt, und das war's. In dem Moment hatte er bestimmt keinen Kopf, darüber nachzudenken, was es wohl mit diesem T-Shirt auf sich hatte.

Ich musste zu ihm! Musste ihm sagen, dass ich zu ihm stand, dass ich ihm helfen würde. Wir würden zur Polizei gehen, diese Leute anzeigen. Warum hatte er das nicht schon längst getan? Sicher wusste David Namen, kannte Personen, die ihm nach dem Leben trachteten. Scheiße! Ob die wirklich vor Mord nicht haltmachen würden? Nein, würden sie nicht. Am liebsten wäre ich sofort losgefahren zu ihm. Aber es war drei Uhr nachts, es gewitterte und ich hätte das Fahrrad nehmen müssen. Und dann machte es gleich noch mal Klick in meinem Hirn. Torsten – was war mit Torsten? Auch er kannte Robin. Er hatte auf der Facebook-Seite geschworen, den Mord an Robin zu rächen. Andererseits hatte er diesen »Kinderschänder«-Aufkleber auf seinem Auto. Eher ein rechtes Symbol, noch dazu in der Runenschrift. Ich überlegte nicht lange und sprang die Treppenstufen ins Stockwerk tiefer, wo Annika schlief. Damit ich sonst niemand weckte, schlich ich vorsichtig in ihr Zimmer. Das war viel nüchterner als meins. Weiße Wände, weiß lackierte Holzmöbel, alles ordentlich aufgeräumt, ein paar apfelgrüne Kissen, ein olivgrüner runder Teppich vor ihrem Bett, Fotografien von Blüten an den Wänden, zum Teil in Schwarz-Weiß. Ihre langen dunklen Haare wogten über die Bettkante nach unten. Der Träger ihres veilchenblauen Nachthemdes über die Schulter gerutscht. Hingestreckt lag sie da und eine Sekunde suchte ich bestürzt, ob sie ein Messer in der Brust stecken hatte, huschte zu ihr, stöhnte erleichtert auf, als ich ihr Atmen wahrnahm. Vorsichtig, dennoch mit unterdrückter Anspannung, flüsterte ich ihren Namen, berührte sie sanft an der Schulter.

»Annika, wach auf.« Sie begann, sich zu bewegen, gab

unwillige Laute von sich, als wolle sie mich verscheuchen wie einen bösen Traum. »Bitte«, flehte ich weiter. »Es ist wichtig.« Mit einem Ruck fuhr sie hoch, knallte fast an mein Kinn und sah mich blinzelnd an.

»Was ist?«, fragte sie schlaftrunken. Ich streichelte ihre warme Schulter, zog ihre Bettdecke zurecht.

»Entschuldige«, sagte ich. »Aber du musst mir helfen!«

»Jetzt? Mitten in der Nacht? Wie spät ist es?« Ich zuckte ratlos die Schultern. Das war doch jetzt egal.

»Ich glaube, ich weiß, was Davids Geheimnis ist und dass dein Torsten da auch mit drinhängt.«

Sie fuhr mit den Händen vom Nacken aufwärts durch ihre Haare, rieb sich die Augen.

»Torsten?«

»Bitte, Anni«, meine Stimme war drängend. »Sag mir alles, was du über ihn weißt! Ich habe Angst, dass er David was antut.«

Jetzt war Annika endgültig wach. Sie blinzelte ein paar Mal sehr bewusst und sah mich dann verärgert an.

»Die kennen sich doch gar nicht!«

»Doch, ich vermute schon!« Und dann erzählte ich ihr, was ich herausgefunden hatte – was ich glaubte, herausgefunden zu haben.

»Never!«, sagte Annika am Ende meiner Ausführungen empört. »Der ist doch kein Nazi. Der hat weder 'ne Glatze noch Springerstiefel oder Lonsdale-Klamotten.« Ich schüttelte genervt den Kopf.

»Mann, so rennen die ja heute auch nicht mehr alle rum. Manchmal siehst du nicht mal, ob einer zu den Linken oder zu den Rechten gehört. Schwarzes Outfit und kurze Haare haben die einen genau wie die anderen. Die Nazis machen zum Teil sogar auf nette Onkels und versuchen, so unauffällig wie möglich zu sein.«

»Na, mit der Masche gewinnen sie aber auch keine Fans.«

»Ach, das ist doch viel subtiler. Die verteilen CDs mit rechter Musik auf dem Schulhof, die machen toll auf Lagerfeuerromantik und die Teenies kapieren gar nicht, worauf sie sich da einlassen. Und dann macht es ›schnapp‹ und sie sind gebrainwasht.«

»Mh. Also, ich habe nicht gemerkt, dass mich Torsten brainwashen würde.«

»Das ist ja der Trick!«

»Hey! Ich glaube, du siehst Gespenster! Wer bringt denn hier die Fascho-Shirts an? Dein David! Nicht Torsten!«

»Bitte, Annika. Glaub mir. Einmal! Ist dir nicht irgendwas komisch an ihm vorgekommen? Ich meine, der fiese Aufkleber, dieser bayerische Look, dann denk mal an die altmodische Badehose ...«

»Mei, er lebt halt traditionelle Werte aus, aber damit ist er doch nicht gleich einer von den Bösen.«

»Nein, natürlich nicht.« Ich fröstelte langsam und rutschte näher an sie heran, streckte meine kalten Füße unter ihre Decke. Wie oft hatten wir als kleine Mädchen zusammen in einem Bett geschlafen, manchmal sogar zu dritt. Es war uns nie zu eng gewesen. Mir fiel auf, wie groß der Abstand zwischen mir und meiner Schwester inzwischen geworden war. Ich kannte sie kaum noch, wir gingen unserer Wege. Und meinten beide, der jeweils eigene sei der bessere.

»Bitte, Tabea«, nölte sie jetzt. »Können wir nicht morgen reden? Es ist mitten in der Nacht, ich schreib morgen eine Klausur in Buchführung – lass mich schlafen. Heute Nacht wird sicher keiner abgemurkst. Das ist völlig absurd!« Sie schubste mich aus ihrem Bett.

Als ich schon fast an der Tür war, rief sie mir zischend nach: »Du musst nicht ständig die Welt retten, echt nicht!«

Aber wer sollte es denn dann tun?

Er hat es nicht anders verdient, dieser Verräter. Das muss er jetzt begreifen. Er muss ihm geben, was ihm gehört. Aber er ist störrisch wie ein Esel. Eigentlich war er nie ein guter Soldat. Hatte immer zu sehr seinen eigenen Kopf. Das hätte ihm damals schon auffallen müssen. Und als er sich dann mit Robin, dem Schaf, einließ, war alles zu spät. Wieso hatte er nicht… egal. Das ist vorbei. Robin ist fort und er muss sich nur noch des Problems Malte annehmen. Auch das wird bald gelöst sein. Seine Schlampe ahnt nichts, überhaupt nichts. Ein bisschen einfältig, die Gute. Na, so sind sie eben, diese Gutmenschen. Ihm kommt das Kotzen, wenn er sie sieht. Und ihre bräsigen Schwestern. Glauben wirklich, er habe Blümchen lieb. Zu süß. Aber als Trumpfkarten sind sie nicht zu übertreffen. Der Verräter hat es nie gelernt, sich unabhängig von anderen Menschen zu machen. Im Gegensatz zu ihm. Er ist nur einem treu. Aber den darf man ja nicht nennen in diesem Scheißland. So und jetzt wird er die nächsten Schritte seines Plans durchgehen. Ihm darf kein Fehler unterlaufen. Morgen beginnt Stufe zwei. Wenn die nicht funktioniert, sofort Stufe drei. Das Endspiel, die Sonderlösung unter der Regie des Herrn über Leben und Tod.

12. Kapitel

Am nächsten Morgen fühlte ich mich nicht nur gerädert, sondern geteert und gefedert gleich dazu. Annika ging mir aus dem Weg, nahm einen Bus früher als üblich, weil sie angeblich noch mit Freundinnen lernen musste. Ich hatte überlegt, mich krankzumelden, aber der Kindergarten hatte heute wegen einer Betriebsversammlung geschlossen und wir waren alle angehalten, unbedingt zu dem Treffen zu kommen. Schließlich ging es darum, wie es mit dem Verein weitergehen sollte. Vor ein paar Tagen hatte Sabine uns eröffnet, sie würde kündigen, und Regine hatte berichtet, dass sie schwanger war. Keine rosigen Aussichten. Ich wäre auch bald weg, aber die Schneider hatte mir ans Herz gelegt zu überlegen, als Auszubildende bei ihnen weiterzumachen. Mir war zwar klar, dass ich dies nicht tun würde, aber trotzdem lag mir der Springseil e.V. sehr am Herzen. Ich musste zu dieser Versammlung – und sicher war David ja auch dabei. Glücklicherweise würde das Ganze nur bis gegen 15 Uhr dauern. Und dann – dann hätte ich Zeit, mit David über alles zu reden.

Noch war es frisch draußen, der nächtliche Regen hatte die Hitze der Vortage ein wenig abgekühlt. Die Luft war klar, man konnte die Alpen am Horizont deutlich erkennen. Der See lag spiegelglatt, nur der Kopf eines morgendlichen Schwimmers ragte aus ihm empor und ein paar Blesshühner ließen ihre kleinen, nervösen Schreie ertönen.

Die Versammlung fand im Gemeindesaal des ökumenischen Kirchenzentrums statt. Der schlanke weiße Turm zeigte mir wie ein überdimensionaler Wegweiser die Richtung. Grell stand er gegen den blauen Morgenhimmel.

Ein paar Raucher plauderten noch im Eingangsbereich, zwischen denen ich mich hindurchdrängte. Ich spähte nervös herum. Zwischen den vielen Frauen musste ein Mann doch auffallen. Aber ich konnte David nirgends entdecken.

»Ich hoffe, du nimmst mein Angebot an«, sagte die Schneider neben mir und ich zuckte zusammen. Mehr als ein dämliches Grinsen und ein Augenbrauenhochziehen bekam ich nicht zustande.

»Haben Sie David gesehen?«, entfuhr es mir. Sie schüttelte den Kopf.

»Vielleicht steht er irgendwo im Stau.« Ich nickte und atmete tief durch. Wahrscheinlich hatte sie recht. Der Bus war fast immer unpünktlich.

Durch den Gemeindesaal wehte Kaffeeduft, überall standen tuschelnde Grüppchen, vorne am Podium hatten sich inzwischen Marie Eisenstädter, die übrigen Vorstände und die Leiterinnen der vier Kindergärten niedergelassen. Als endlich alle saßen und die Gespräche abgeflaut waren, konnte es losgehen. Ich bekam kaum ein Wort mit. Ich starrte auf die Tür. Saß meine Finger unter meinen Oberschenkeln platt. Schenkte mir viel zu viel Kaffee ein. Fuhr mir immer wieder über meinen stoppeligen Schädel, auf dem die Haare schon wieder deutlich gewachsen waren. Und starrte auf die Tür. Er musste einfach kommen. Er musste, musste, musste. Er kam nicht.

In der Mittagspause erwischte ich Marie Eisenstädter

in einem günstigen Moment und fragte sie nach ihm. Sie überlegte kurz, sah mich mit ihren ausdrucksstarken Augen durchdringend an.

»Gestern ist er noch am Ackermannbogen eingesprungen, da hatte eine Erzieherin plötzlich Durchfall. Eigentlich sollte er schon da sein. Angesteckt wird er sich ja wohl nicht haben.« Sie lachte.

»Danke«, murmelte ich und wandte mich ab.

»Tabea«, hielt sie mich auf. »Du weißt von seiner problematischen Vergangenheit?« Ich nickte. Ich hätte genauso gut den Kopf schütteln können.

»Ich bin immer für eine zweite Chance«, sagte sie.

Wie einfach mit einem Mal alles ist. Er muss nur in diesem Auto sitzen, weltmännisch den Arm über den Beifahrersitz legen, und wenn sie kommt – zuschnappen. Er weiß, dass sie heute früher dran ist, dienstags immer. An seinem Lächeln muss er nicht mehr arbeiten, das ist schon ein Automatismus. Außerdem ist sie sowieso davon überzeugt, dass er ein toller Kerl ist.

In der flimmernden Hitze des frühen Nachmittags sieht er den Bus schon von Weitem kommen. Der Parkplatz ist komplett leer. Die Gärtnerei wird erst in einer halben Stunde die Mittagspause beenden. Die Mutter, die Angestellten sitzen im Schatten auf der Terrasse und ahnen nichts. Nicht das Geringste. Der Bus hält an, sabbernde Fratzen hinter den Scheiben. Sie steigt aus. Als Einzige. Der Bus fährt, keiner hat ihn gesehen. Sie kommt in ihrem kurzen, weiß-rosa geringelten T-Shirt-Kleid über die Straße auf ihn zu. Er muss ihren Namen gar nicht laut rufen. Sie sieht das Auto, sie sieht ihn und fängt an zu lachen. Grinst über ihr ganzes blödes Gesicht. Hüpft fast zu ihm hinüber. Er gibt sich noch mehr Mühe, sie freundlich anzuschauen.

»Hast du Lust auf einen Ausflug?« Sie nickt. Grinst, schiebt die Brille auf dem Nasenrücken hoch, streicht sich eine Strähne aus dem Gesicht. »Steig ein, ich hab deiner Mutter schon Bescheid gesagt.« Sie legt ihren rosa Schulranzen mit der Barbieabbildung darauf auf den Rücksitz.

»Fein«, sie klatscht in die Hände.

»Wir holen Annika ab und machen uns einen schönen Tag, ja?«

»Fein«, wiederholt sie und gleitet auf den Sitz neben ihm. Es ist das erste Mal, dass sie vorne sitzen darf. Er sieht genau, wie stolz sie ist.

Die letzten Wortbeiträge zogen sich wie eine ganze Großpackung Kaugummi. Die Kirchturmglocke läutete Viertel nach drei, als sich die Versammlung endlich auflöste. Ich rannte beinahe zu meinem Fahrrad und machte mich auf den Weg nach Daglfing. Obwohl ich so schnell fuhr wie selten, schien die Entfernung mit jedem Kilometer zuzunehmen. Endlich kam ich keuchend vor dem hellrosa-gelben Wohnhaus an, fuhr schwungvoll in den Hinterhof und lehnte mein Fahrrad an eine der nackten Wäschespinnen. Ich stolperte beinahe die Treppe zu seiner Hintertür hinunter, pochte heftig. Alles blieb ruhig. Ich presste das Ohr an die Tür – war da nicht so etwas wie ein Wimmern zu hören? Ich klopfte noch einmal, sah mich um. Der platte Hinterreifen seines limettengrünen Fahrrads versperrte fast das Souterrainfenster. Ich lief hinüber und versuchte, durch den Vorhang hindurch etwas zu erkennen. Ich sah nur eine kleine Ecke des Schreibtischs und ein kleines bisschen grauen Fußboden. Das Grau schien gesprenkelt. Von Rot. Ich hielt die Luft an. Rote Spritzer – eindeutig. Das war ... Blut! Ich klopfte an die Fensterscheibe. »David«, rief ich. Das Wimmern, das ich gerade schon zu hören geglaubt hatte, verstärkte sich. Keine Frage – da war jemand im Zimmer. Im Zimmer mit den Blutflecken. Ich griff mit der Hand durch das gekippte Fenster – wie gut, dass ich den Trick schon kannte – und fummelte am Griff herum. Laute Trommelrythmen ließen mich zusammenfahren. Scheiße, gerade jetzt konnte ich einen Anruf nicht gebrauchen. Ich zog die Hand zurück und schielte aufs Display. Eine Nummer, die mit 040 begann. Das konnte nur Davids Schwester sein.

»Luisa?«, fragte ich leise.

»Hi«, sagte sie und ihre Stimme klang mädchenhaft. »Hast du Zeit zum Reden?«

»Nee, ist gerade ganz schlecht«, sagte ich und ergänzte in Gedanken: Dein Bruder liegt in seiner blutbesudelten Wohnung und wimmert ... Stattdessen bot ich ihr nur an, später zurückzurufen. Sie war einverstanden und ich hängte ein.

Das Fenster machte den Eindruck, dass es gleich völlig aus der Angel brechen würde, und so beeilte ich mich mit dem Einsteigen, drückte es zurück in den Rahmen und schloss es. Dann erst wandte ich mich dem Raum zu.

Ich musste einige Sekunden völlig starr verharren, bis ich an sein Bett stürzen konnte. Es war das Bild eines modernen Märtyrers, das sich mir darbot. Auf dem weißen Laken lag David, nur mit einer Unterhose bekleidet. Seine Handgelenke und Füße waren mit Kabelbindern am Bettrahmen befestigt. Sein Mund mit silbrigem Tapeband zugeklebt, die Haare hingen ihm verschwitzt ins hochrote

Gesicht. Seine Brust, sein Bauch waren voller Blut. Das Zimmer war komplett auseinandergenommen. Fast ausnahmslos der gesamte Inhalt der Schränke und Regale war auf dem Fußboden verstreut.

»Verdammt«, zischte ich ohne Unterlass. »Verdammt, verdammt, verdammt!« Ich rannte zur Küchenzeile, fand ein Messer und löste mit viel Mühen die Kabelbinder. Erschöpft krümmte er sich zusammen. Mit einem raschen Ruck riss ich das Tape von seinem Mund, er schrie kurz auf, fuhr sich über die Lippen und stammelte dann kehlig: »Durst!« Ich rannte wieder in die Küchenzeile, füllte ein Bierglas mit kaltem Wasser, machte ein Handtuch feucht und ging zu ihm zurück. Mühsam setzte er sich auf, lehnte sich an das Betthaupt und stürzte gierig das Glas Wasser herunter.

»Mehr«, konnte er nur sagen und seine Augen blickten mich flehend an. Ich füllte das Glas erneut, er trank auch dieses in einem Zug. Dann ließ er das Glas neben sich aufs Bett sinken und starrte ausdruckslos auf die nackte Glühbirne in der Mitte des Zimmers. Vorsichtig versuchte ich, das Blut von seiner Brust und seinem Bauch zu wischen. Glücklicherweise schienen es nur oberflächliche Verletzungen zu sein. Er stieß Luft zwischen den Lippen hervor, ließ mich aber gewähren. Als das Blut einigermaßen entfernt war, wollte ich ihm das Handtuch auf die Brust legen. Da erkannte ich es erst: Die Ritzer auf seiner Brust bildeten ein Hakenkreuz.

»Diese Sau«, entfuhr es mir und ich warf mich auf seinen Oberkörper.

»Ah«, stöhnte er auf, fuhr aber gleichzeitig über meinen Stoppelkopf.

»Entschuldige!« Ich rappelte mich hoch, drapierte das Handtuch auf seiner Brust und nahm seine Hand.

»Was ist passiert?«, fragte ich leise. Er schaute lange stumm in mein Gesicht, sein Blick wanderte über die Wände, blieb wieder an der Glühbirne hängen. Jetzt erst wurde mir klar, dass der Lampenschirm verschwunden war. Er bemerkte meinen Blick und sagte: »In dem Schirm war die Kamera versteckt. Sie hatte einen Bewegungsmelder und hat automatisch aufgezeichnet. Die war kleiner als ein Handy, die macht sogar im Dunkeln Bilder. Ich hab sie gestern Abend erst entdeckt, die Speicherkarte hat allerdings gefehlt.«

»Aber was ist dann geschehen?«

Er schüttelte unwillig den Kopf, zog sich das feuchte Handtuch von der Brust und zog die Decke über sich, die irgendwo vor dem Bett gelegen hatte. Zögerlich tastete seine Hand nach meiner. Wir hielten uns ganz fest.

»Es muss so gegen fünf, halb sechs heute Morgen gewesen sein. Ich hab noch geschlafen. Ich hab überhaupt nicht geschnallt, was passiert ist. Als ich wach wurde, stand er schon an meinem Bett. Ehe ich auch nur reagieren konnte, hatte er meine Hände mit dem Kabelbinder ans Bett gefesselt. Ich hab versucht, ihn mit den Füßen zu erwischen, aber da hat er eine Pistole auf mich gerichtet und gesagt, ich soll mal schön still liegen. Als er fertig war, hat er das Zimmer auseinandergenommen. Nur gefunden hat er nichts.«

»Torsten? Annikas neuer…« Ich konnte nur flüstern.

Er nickte langsam. Sein Griff wurde fester, als klammere er sich an mich wie an eine Holzplanke in eingebrochenem Eis. »Thor, genau«, sagte er.

»Aber was wollte er? Du bist ein Nazijäger, oder?«

David biss sich auf die trockenen Lippen. Er kratzte sich die wenigen blonden Bartstoppeln. »Okay.« Er machte noch eine Pause, als müsse er ein letztes Mal kurz abwägen, ob er mich ins Vertrauen ziehen könne. »Ich besitze etwas, das Thor unbedingt haben möchte.«

»Was?«

Er räusperte sich, seine Finger zupften am Laken, er sah an die Decke. Er wand sich fürchterlich. »Einen Film.« Er verstummte.

Scheiße, ich hätte ihn am liebsten geschüttelt. Rede, Mensch, sprich mit mir!

»Ich habe auf einem Handy einen Film, der ihn einer Straftat überführt. Mehr möchte ich ...«

»Hat es mit Robin zu tun?«

David fuhr im Bett hoch, sein Gesicht näherte sich meinem, ich spürte seinen heißen Atem auf meinen Wangen.

»Woher weißt du von Robin?«

»Ich hab mich mit Torsten auf Facebook befreundet und da ...«

»Was? Warum das denn?«

»Ich wollte wissen, was er für ein Typ ist. Annika hängt so viel rum mit ihm in letzter Zeit, dass ich einfach checken wollte, wie der so tickt. Na und da bin ich auf die Seite von Robin gestoßen. Und mir wurde schnell klar, dass der wohl keines natürlichen Todes gestorben ist. Torsten hat seinen Tod doch sogar kommentiert. Er hat den Mördern Rache geschworen.«

»Ich weiß. Diese heuchlerische Drecksau!«

»Hängt der da mit drin?« Mir war mit einem Mal eiskalt. Meine Finger zitterten. »Ist das auf dem Film drauf? Wie

Torsten Robin...?« Ich wagte nicht, es auszusprechen. David nickte ganz langsam, fixierte die Bettdecke.

»Yep. Genau.« Ich spürte, wie sich meine Gesichtsmuskulatur anspannte.

»Aber warum bist du nicht...«

»Zur Polizei?« Er stöhnte auf. »Das wäre mein Todesurteil gewesen. Selbst wenn die Thor verhaftet hätten – der hat genug Freunde, für die es ein großer Spaß gewesen wäre, mich abzumurksen. Abtauchen war das Einzige, was mir blieb. Bis vor Kurzem wusste er auch nicht, dass ich den Film habe.«

»Und wieso weiß er es jetzt?«

»Luisa«, quetschte er zwischen den Lippen hervor.

»Sie hat dich verraten?«

»Nein!« Er schien entrüstet. »Er hat vermutet, dass ich etwas gegen ihn in der Hand habe. Er wusste nur nicht, was. Er hat angefangen, Luisa zu bedrohen. Er wollte, dass sie ihm verrät, wo ich bin. Er hat gedroht, sie umzubringen, sie totzuprügeln, wenn sie nichts sagt. Sie blieb standhaft. Stattdessen hat sie mir die Karte geschrieben. Sie war die Einzige, die wusste, wo ich bin. Scheiße – sie ist meine Zwillingsschwester! Egal was war, sie hat immer zu mir gehalten. Auch als ich...«

»Was?« Er schloss die Augen, legte den Kopf schief, zog mich an sich.

»Ich musste nach Hamburg. Meine Schwester beschützen. Ich musste mit ihm reden. Das war natürlich ein Fehler, klar. Ich war so... so außer mir – dass ich ihm gedroht habe, ich gäbe den Film der Polizei. Er hat natürlich gesagt, dass ich dann ein toter Mann sei, aber ich hab ihn nur ausgelacht. Ich hab gedacht, dafür muss er mich erst mal finden. Ich habe ihn unterschätzt! Einmal mehr! Und du kannst dir nicht vorstellen, wie ich mich dafür hasse. Weißt du, das hier – das mit uns, mit deiner Familie –, das war wie ein Traum. Aber wie ein Traum, aus dem ich immer wieder geweckt wurde, der keinen Bezug zu meiner Realität hatte. Ich konnte die beiden Welten einfach nicht zusammenbringen. Deswegen musste ich immer wieder abtauchen. Das war einfach zu viel. Und als er dann hier auftauchte, als mir klar wurde, dass er meine Spur aufgenommen hatte, seit ich aus Hamburg zurückgekehrt war – da konnte ich gar nicht mehr richtig denken. Vor allem als ich gemerkt habe, dass er nicht nur mir Angst machen will, sondern dir auch. Ich hätte dich wegschicken müssen – aber das hab ich einfach nicht gepackt.«

Ich konnte nur den Kopf schütteln. Was war das hier? Ich saß mit einem völlig fremden Menschen, den ich für meinen Freund gehalten hatte, auf seinem Bett und wir redeten über Doppelleben und darüber, wer wen abgemurkst hatte, und wir redeten nicht über den Sonntagabend-Krimi. Ich musste heute Morgen in einem Parallel-Universum aufgewacht sein. Ein Universum, das sich einige Hundert Mal schneller drehte als die Erde. Zumindest war die Konfusion in meinem Kopf entsprechend. Immerhin fiel mir ein, das T-Shirt auszupacken, das ich heute Morgen in meinem Rucksack verstaut hatte.

»Und wo kommt das her?«, fragte ich und breitete es vor ihm aus. Er schüttelte langsam den Kopf, murmelte »Gibt's nicht« und fuhr mit den Fingern über die leicht erhabenen Schriftzüge.

»Ich habe versucht, Thor zu finden, als ich gemerkt habe, dass er hinter mir her ist. Ich bin auf so ein Scheiß-Konzert gegangen, weil mir klar war, dass ich ihn da am ehesten treffen könnte. Am Eingang haben sie jedem so ein T-Shirt in die Hand gedrückt, ich hab gar nicht drüber nachgedacht, zumal es ja schneeweiß war.«

»Und hast du ihn getroffen?«

»Ja, kurz nur. Er sagte, er will den Film, sonst hätten wir nichts zu reden. Ich sagte, er wird ihn nicht bekommen, das könne er sich abschminken. Dann bin ich abgehauen.«

»Thor ist ein Nazi, oder?« Die Frage glich mehr einer Feststellung. David hob nur die Augenbrauen.

»Und du hast ihn und seinesgleichen gejagt, oder?« Wieder eine Feststellung.

Die Trommelrhythmen wirbelten durch den Raum. Ich fischte das Handy aus der Hosentasche. Meine Mutter, na gut.

»Mama?«

»Tabea - weißt du, wo Juli ist?« Ich spürte, wie sich mir der Hals zuschnürte.

»Nein. Ist sie nicht zu Hause?«

»Sonst würde ich dich kaum anrufen. Der Schulbusfahrer hat gesagt, er hat sie ganz normal um halb drei bei uns vorm Haus an der Haltestelle aussteigen lassen. Jetzt ist es nach vier - und sie ist immer noch nicht da.«

»Scheiße!«, entfuhr es mir und ich suchte Davids Blick. »Was sagt Annika?«

»Die weiß auch nichts!«

»Ich komm sofort!«

Das Gewimmer geht ihm auf die Nerven. Kann die Schwachsinnige nicht ruhig sein? Er zerrt sie hinter sich her, hastig, nun doch etwas nervös. Immer wieder stolpert sie über Wurzeln, bleibt an den Ranken widerborstiger Beerensträucher hängen, schreit auf, als sich ihrer Wade eine Brennnessel in den Weg stellt. Durch das Unterholz kann er die Schutzhütte endlich erkennen. Sie wirkt noch verfallener als bei seinem ersten Besuch. Er hat lange nach ihr gesucht. Er weiß, dass sie perfekt ist. Kein Spaziergänger, kein Hund, der sich hierher verirrt, mitten ins Nirgendwo des Ebersberger Forstes. Er umklammert ihr Handgelenk und zieht sie einfach weiter. »Schnauze«, entfährt es ihm, aber sie wimmert trotzdem. Er bleibt stehen, dreht sich um und schlägt ihr mit der Rückseite der Hand ins Gesicht. Die Brille fällt herunter. Schockstarr reißt sie die Augen auf, dann ein hoher, durchdringender Schrei. Er weiß, dass sie niemand hören kann. Dennoch tritt er nun hinter sie, hält ihr die Hand vor den Mund, schiebt sie vor sich her. Er versucht, nicht auf den Speichel zu achten, der an seinen Fingern klebt.

»Ruhig«, zischt er ihr ins Ohr. »Ganz ruhig. Spiel mit und es passiert dir nichts.« Es ist ihm egal, ob er überzeugend klingt. Hauptsache, sie hält das Maul. Endlich erreichen sie die Hütte. Mit dem Fuß stößt er die Tür auf. Im Inneren tanzen ein paar Staubflocken in den wenigen Sonnenstrahlen, die durch die Ritzen im Holz hineindringen. Er schubst sie vor sich her, sie fällt zu Boden und jammert erneut. Er gibt ihr einen Tritt, sie verstummt. In Ruhe holt er nun das Tapeband aus dem braunen Feldrucksack seines Großvaters. Das kühle Metall der Pistole streift seinen Handrücken. Er schneidet ein Stück Klebeband ab, zieht sie an den Haaren ein wenig nach oben und drückt ihr dann den Streifen auf den Mund. Das Weiß ihrer weit aufgerissenen Augen tritt in dem Dämmerlicht dämonisch

hervor. In alten Zeiten wäre sie sicher als Hexe verbrannt worden. Er spürt, wie er wieder ganz ruhig wird. Sein Plan ist richtig und gut. Er schubst sie an einen wackeligen, klobigen Holztisch, drückt sie auf einen grob gezimmerten Stuhl hinunter. Ehe sie auch nur begreift, was passiert, hat er ihre Arme hinter die Stuhllehne gedrückt und fixiert sie mit Kabelbindern, die Füße ebenfalls. Ohne sie noch einmal anzuschauen, verlässt er den Raum, schließt die Tür, sodass es beinahe völlig dunkel dort drin ist.

Im Eilschritt hastet er den Waldweg entlang, bis er endlich an den Parkplatz gelangt, wo er das Auto abgestellt hat. Er versucht, ihren Gesichtsausdruck aus seinem Gedächtnis zu vertreiben – jenen Moment, als ihr klar wurde, dass hier in diesem Wald nicht Annika auf sie warten würde. Sondern etwas anderes. Etwas Bedrohliches. Er atmet tief durch und fährt los. Ein paar Kilometer weiter wird er schon wieder Handyempfang haben.

Wir hatten die Gärtnerei beinahe erreicht. Ich hatte das erste Mal in meinem Leben einen Taxifahrer beschworen, so schnell wie möglich zu fahren. David saß in sich zusammengesunken hinter mir und sprach kein Wort. Uns war beiden klar, wer allein hinter Julis Verschwinden stecken konnte. Wir passierten gerade den Riemer Friedhof, als mein Handy erneut klingelte. Ein unbekannter Anrufer.

»Keine Eltern. Keine Polizei. Du und er. Mit dem Handy, auf dem der Film ist. Und keine Tricks. Wenn ihr nicht kommt, ist sie tot. Wenn der Film irgendwo auftaucht, seid ihr tot. In einer Stunde sage ich euch, wo ihr hinkommen sollt. Bis dahin habt ihr das Handy bei euch.«

Es knackte in der Leitung, Torstens scharfe Stimme war fort.

»Halten Sie an, bitte, sofort«, schrie ich den Taxifahrer an, der erschrocken eine Vollbremsung hinlegte. Bremsenquietschen hinter uns, Hupen. Er fuhr an die Seite, ich bezahlte mit meinem letzten Geld und wir stiegen aus. Ich drängte David in Richtung der Bushaltestelle auf der anderen Straßenseite. Dort wiederholte ich, was Torsten gesagt hatte.

»Wir müssen ihm den Film bringen – er hat Juli!« David ballte die Händen in den Jeanshosentaschen zu Fäusten.

»Wo hast du ihn?« Sein Brustkorb hob und senkte sich. Wenigstens war der Bus heute einmal pünktlich! »Wo ist er?«, wiederholte ich, während wir einstiegen. Wir setzten uns ganz nach hinten.

»In einem Schließfach am Ostbahnhof«, sagte er endlich. »Sollen wir ihn nicht einfach dort lassen und uns so mit ihm treffen? Wir schaffen es bestimmt, Juli zu befreien.« Ich lachte entrüstet auf.

»Du hast mir doch von einer Pistole erzählt – schon vergessen?« Ich spürte Panik in mir aufkeimen. Ich spürte, wie die Schutzdecke meines Lebens nach unten rutschte, in den Abgrund, unaufhaltsam. Schwarze Flecken sprangen vor meinen Augen.

»Aber wenn er den Film hat...« David brach ab.

»Dann lässt er dich vielleicht in Ruhe. Dann kannst du zwar den Mord nicht mehr beweisen, aber du kannst ein neues Leben anfangen.« Das Wort »Mord« hatte ich kaum geflüstert.

»Das sagst du so einfach.« Er stierte aus dem Fenster. Dort vorne erschien die Haltestelle, die zur U-Bahn hinunterführte.

»Wenn dir klar war, dass dein Leben in Gefahr war – wieso hast du den Film nicht gleich vernichtet?«

»Ich ... ich ... Scheiße! Ist alles, was du tust, logisch und sinnvoll?«

Nein, bei Weitem nicht. Sonst hätte ich ihm schon vor Wochen den Laufpass gegeben. Und säße dann vielleicht nicht hier. Und Juli ... Mir war kotzübel. Was tat er meiner kleinen Juli an? Sie war sicher total verängstigt, wusste überhaupt nicht, was ihr geschah. Ich spürte, wie vom Magen her eine Welle aufstieg, eine Welle voller Hass und Empörung und Wut, und ich musste an mich halten, um nicht auf David einzuprügeln. So hatte ich mir eine Nazijagd nicht vorgestellt. Stattdessen rannte ich die Stufen zur U-Bahn hinunter, sein Atem in meinem Nacken. Wir huschten gerade noch zwischen den sich bereits schließenden Türen des U-Bahn-Wagens hindurch.

»Ich habe geschworen, Robin zu rächen«, sagte er, nachdem wir uns gesetzt hatten. Der Wagen war fast noch leer.

»Indem du erst mal abtauchst?«

»Ja. Ich brauchte Abstand. Ich wollte mir was ausdenken. Mein Gott, in dem Milieu muss man extrem vorsichtig sein. Und du weißt doch, wie die Polizei tickt – bei den Rechten ermitteln sie immer als Letztes.«

»Aber, aber ...«, mir rauschte es in den Ohren. Aber wenn der Film doch bewies, wie ein Nazi einen Gegner ermordete, dann mussten sie das doch einfach glauben. Ich hatte keine Kraft mehr. Mein Blick verlor sich in der Finsternis des U-Bahn-Tunnels. Mir waren die Worte ausgegangen für den Moment. Juli, Juli, Juli, war alles, was ich denken konnte.

An der Haltestelle Josephsburg klingelte mein Handy erneut. Wie gut, dass der Akku voll war.

»Wo bleibst du?« Meine Mutter schrie fast. Scheiße, was sollte ich nur sagen?

»Ich hör dich nicht, scheiß Verbindung«, stammelte ich und drückte sie weg. Ich wollte ihr nicht noch mehr Angst machen und beichten, dass Juli entführt worden war. Wir würden das schon schaffen.

Gerade noch erkannte ich, dass wir bereits am Innsbrucker Ring waren. Ich zog David am T-Shirt hoch und wir hechteten auf der gegenüberliegenden Seite in die bereits wartende U-Bahn. Noch eine Station und wir waren am Ostbahnhof.

Der Geruch von Döner vermischt mit altem Pommesfett war kaum zu ertragen. Wir schlängelten uns zwischen den Pendlern hindurch, nahmen den falschen Aufgang, suchten nach dem Hauptgebäude und endlich fand ich ein Schild, das zu den Schließfächern wies.

»Hast du überhaupt den Schlüssel?«, fiel mir ein und ich musterte irritiert David, der außer Unterwäsche, Socken, T-Shirt, Jeans und Sneakers nichts bei sich trug. Er hüpfte aber schon auf dem rechten Fuß, zog dabei den linken Schuh aus und lehnte sich an die Schließfächer. Er fummelte die Einlegesohle seines Turnschuhs heraus und zog endlich einen kleinen Schlüssel hervor. Es war das erste Mal an diesem Tag, dass ich ihn für eine gute Idee beinahe bewunderte. Mit zittrigen Fingern öffnete er das Schließfach, fuhr sich über den Lockenkopf und nahm dann erst das Handy an sich. Natürlich war der Akku leer und es gab keinen Pieps von sich. Mittlerweile waren etwa 35 Minuten seit Torstens Anruf verstrichen.

»Wohin jetzt?« Er sah sich ratlos um.

»Fahren wir zurück«, schlug ich vor. »Lass uns an den

Riem-Arkaden warten – von dort sind wir genauso schnell zur Gärtnerei wie zu dir gefahren. Vielleicht brauchen wir ein Auto, wer weiß, wo er uns hinbestellt.«

Als wir wieder in der U2 saßen, nahm ich ihm das Handy ab, das er krampfhaft festhielt. Ich öffnete die kleine Klappe, hinter der sich die Speicherkarte verbarg, und schob sie in mein Handy.

»Was machst du?«, fragte er verblüfft.

»Wir werden ihm das Handy doch nicht geben, ohne eine Kopie von dem Film gemacht zu haben. Ich werde ihn an meinen und Annikas E-Mail-Account weiterleiten.«

»Nein!«, entfuhr es ihm.

»Doch!«, entgegnete ich.

Unbeweglich sah er in den finsteren Tunnel hinaus.

»Wenn wir alles überstanden haben, können wir immer noch zur Polizei gehen.«

»Tabea! Du kennst den nicht! Selbst wenn wir heute davonkommen – der findet uns überall. Er oder seine Leute«, sagte er und wollte mir das Handy wegnehmen. Ich versteckte es zwischen meinen Beinen.

»Ich will es sehen.«

Er starrte geradeaus.

»Hey, ich bin kein Kind mehr, mich wird der Film schon nicht so furchtbar schocken.«

Er atmete so tief ein, als wolle er der Welt jeglichen Sauerstoff entziehen.

»Bitte! Wie du willst.«

Ich holte das Handy wieder hervor und durchsuchte den Ordner »eigene Dateien«. David regte sich nicht mehr. Wie ein Eisblock saß er neben mir. Nach einigen Klicks hatte ich den Film gefunden. Er war unter »R« abgespeichert.

Hinter dem R war ein Kreuz. Ich fügte ihn an meine Nachricht an und versendete ihn an mich und Annika. Dann öffnete ich ihn erneut, um ihn anzuschauen.

Die Bilder waren ziemlich verwackelt, der Ton rauschte, unterbrochen von abartigem Geschrei und wildem Getrampel. Zunächst sah man nur schwarz vermummte Gestalten. An ihren dunklen Jacken prangten vorwiegend rot-weiße Embleme und Symbole. Ich erkannte Hammer und Sichel, eine Faust, die ein Hakenkreuz zerschmetterte – ganz klar, hier waren Linksextreme zugange. Sie kamen schnell näher, die Kamera schwenkte rasch hin und her, nun sah man, wie sich die ersten Autonomen oder was das waren, auf ihre Gegner warfen – zum allergrößten Teil kahl rasierte Bulldog-Typen mit Springerstiefeln und Nazisymbolen – ganz klassisch. Hiebe, Tritte, Schläge gingen hin und her, das Geschrei war widerwärtig. »Linke Sau« war zu hören, aber auch »Nazis raus«. Die Kamera tat einen heftigen Ruckler, schwenkte nun unkontrolliert, die Perspektive verrutschte, alles war vom Boden aus zu sehen, als sei der Filmende hingefallen. Im Hintergrund erkannte man ein brennendes Auto. Ein Gesicht kam groß ins Bild. Ein Typ mit einer Glatze in einem ärmellosen Tankshirt mit Totenkopf und einem »Combat-18«-Schriftzug darüber, ein Reichsadler auf den Oberarm tätowiert. Seine türkisblauen Augen starrten geradewegs in die Kamera.

»Bist du okay?«, schrie er und wurde aus dem Bild geschubst. Ich hatte vergessen zu atmen. Ich konnte es einfach nicht glauben. Ich spulte zurück. David sah weiter hinaus in die U-Bahn-Röhrenfinsternis. Als kenne er mich gar nicht.

»Bist du okay?«, schrie er wieder in dem Film und verschwand. Keine Frage! Das hier war David! David, der eigentlich Malte hieß und ein Nationalsozialist war. Ich starrte unbeweglich auf den Film, der gnadenlos weiterlief. Der Typ mit der Kamera versuchte wohl aufzustehen, als ein weiterer, noch massiverer Ruck durch das Bild ging. Man hörte Stöhnen, sah plötzlich Springerstiefel, die ausholten und zutraten. Ein Schrei, direkt neben der Kamera. Fäuste, die losschlugen, Totenkopfringe daran. Sie droschen wohl in ein Gesicht, das Bild war zeitweilig schwarz, aber der Ton erzählte eine Geschichte, die ich mir nie zu hören gewünscht hatte. Endlich hörten die Tritte, die Schläge auf, das Stöhnen wurde leiser, nur rasselndes Atmen war zu hören. Dann wieder ein Gesicht. Ein hämisches Grinsen breit darin thronend. »So ergeht's eben Verrätern, du Abschaum!«, sagte er mit eiskalter Stimme. Der kleine Hammer an der Kette um seinen Hals schlug beinahe gegen die Kamera, die nun seitlich wegrutschte. Das Atmen wurde immer leiser, schwarzer Asphalt, eine Bordsteinkante. Dann erlosch das Bild. Das Handy fiel aus meiner Hand auf den Boden. Ich wagte nicht, David anzuschauen. Er sah bewegungslos geradeaus. Mühsam hob ich das Handy auf.

»Bitte aussteigen, Endstation. Bitte alle aussteigen«, schreckte uns der U-Bahn-Fahrer hoch. Ich schaffte es bis zum Papierkorb neben der Bank auf dem Bahnsteig. Dann erbrach ich mich, bis nur noch Galle kam. David stand versteinert neben mir. Ich richtete mich auf und trommelte mit Fäusten auf seinen Brustkorb.

»Du Nazi, du Scheiß-Nazi«, schrie ich ihn an.

Eine alte Türkin mit ihrem Einkaufswägelchen riss erschrocken die Augen auf und ging mit viel Abstand an uns vorbei bis zum anderen Ende des Bahnsteigs. Meine

Schreie gingen in Schluchzer über, meine Fäuste erlahmten, ich spürte kaum, wie er mich am Handgelenk packte und in Richtung Rolltreppe schob.

Wir waren noch nicht ganz oben angekommen, das harte Sonnenlicht blendete uns bereits, da klingelte mein Handy. Ich zog die Nase hoch und ging dran.

»Wo seid ihr jetzt?« Seine Stimme ließ mich frösteln.

»Endstation Messestadt-Ost«, sagte ich mit einer Automatenstimme.

»Sehr gut. Ihr nehmt den Bus 228 nach Aschheim, dort steigt ihr den 285er Richtung Haar um. Ich rufe euch unterwegs an, an welcher Haltestelle ihr aussteigen sollt. Wenn irgendwo Polizei auftauchen sollte, stirbt deine Schwester. Falls wir nicht rechtzeitig bei ihr sind, geht eine Bombe hoch. Verstanden?«

Das Handy lag in meiner schweißnassen Hand und ich betrachtete es, als sei es das Trümmerstück eines Ufo. Mühsam berichtete ich David, was zu tun sei. Der 228er-Bus fuhr gerade an der Haltestelle ein und wir bestiegen ihn schweigend. Laut Fahrplanauskunft brauchte er nur sieben Minuten bis nach Feldkirchen. Kaum saßen wir, klingelte wiederum mein Handy. Diesmal mein Vater.

»Tabea«, er schrie selten. »Wo bist du? Deine Schwester ist immer noch nicht da! Wir haben jetzt die Polizei verständigt.«

»Papa«, oh Gott, was sollte ich nur sagen? »Ist Annika bei dir? Gib sie mir, bitte!«

»Wo bist du?«, schrie er wieder.

»Bald daheim«, log ich und meine Hand zitterte so, dass ich fürchtete, das Handy würde mir entgleiten.

»Tabea«, jetzt war Annika am Apparat. »Was ist...?«

»Ruf deine E-Mails ab!«, beschwor ich sie. »Aber kein Wort zu Ma und Papa! Bitte, versprich es! Sonst ist Juli ...«

»Was?« Annika schrie hysterisch auf.

»Alles wird gut«, schaffte ich es hervorzuquetschen, dann unterbrach ich die Verbindung. David neben mir hatte sich ganz klein gemacht. Ein Knie angezogen, die Hände und Arme darüber verschränkt, den Kopf niedergesunken.

»David«, sagte ich ausdruckslos. »Sag was. Bitte!«

Sein Körper schwankte leicht von links nach rechts und zurück.

»Es tut mir so leid«, hörte ich ihn flüstern. »So leid ...«

13. Kapitel

Kurz vor der Haltestelle Ottendichl piepte mein Handy. Die SMS war kurz: »Aussteigen«, forderte sie uns auf.

»Komm«, sagte ich zu David. Ich wollte ihn nicht mehr berühren.

Hitzeflimmernde Felder voller Maispflanzen lagen gegenüber der Haltestelle, auf unserer Seite versteckten sich weiße Einfamilienhäuser hinter undurchdringlichen Hecken. Aus einem Feldweg, keine 20 Meter von der Haltestelle entfernt, ragte die dunkelblaue Schnauze seines Golfs. Wir gingen langsam darauf zu. Ich versuchte, so tief wie möglich einzuatmen, langsam wieder auszuatmen. Die Sonne stach mir auf die linke Schulter, ich kratzte mich unter dem Sonnentopträger. David besah den Weg, die Hände tief in der Hosentasche, die rechte umkrallte das Handy darin.

Er lehnte lässig am Cabrio. Eine dunkelblaue Schirmmütze in den Nacken geschoben, eine riesige Sonnenbrille auf der Nase. Weißes Trachtenhemd, eine olivgrüne Lederweste darüber, beige Chinos. Als hätte es längst keine 28 oder 30 Grad. Er grinste sogar. Mit einer angedeuteten Verbeugung öffnete er die Beifahrertür und wies mich an, mich dorthin zu setzen. David kletterte auf den Rücksitz. Als wir uns angeschnallt hatten, zerrte er erst Davids, dann meine Hände zu sich und umschlang sie mit Kabelbindern. Er zog so fest zu, dass mir ein Quietschen entfuhr. Er grinste breit.

»Entschuldigung, Prinzessin«, lachte er.

»Aufsetzen«, befahl er dann und seine Stimme klang so freundlich, als fragte er uns, welche Sorte Tee wir gerne zu unseren Keksen hätten. Die Sonnenbrillen, die er uns in die Finger drückte, waren von innen abgeklebt, sodass wir nicht hindurchsehen konnten.

»Nicht spickeln«, sagte er in neckendem Ton. Er wirkte, als freue er sich, als genieße er es. Als hätte er eine tolle Überraschung für uns inszeniert. Wie beim Kindergeburtstag. Eine lustige Schnitzeljagd. Mit Juli als Hauptpreis.

Ich hörte, wie er den Wagen startete und nach rechts abbog, zurück Richtung Feldkirchen. Gleich darauf ging es wieder nach rechts und schon jetzt hatte ich die Orientierung verloren.

»Nervös?«, plapperte er munter drauflos. »Müsst ihr nicht sein. Ihr gebt mir das Handy, ihr bekommt deine schwachsinnige Schwester wieder und dann sind wir getrennte Leute. Ich werde euch nie wieder behelligen. Zumindest solange keine Kopie des Films irgendwo auftaucht.«

Niemand von uns reagierte. Ich hätte ihm am liebsten ins Steuer gegriffen, den Wagen gegen einen Baum gelenkt, aber das war viel zu gefährlich. Ich spürte plötzlich seine Hand auf meinem Knie und erstarrte.

»Keine Angst«, seine Stimme kroch aalig glitschig in mein Ohr. »Ich wollte nur dein Handy aus der Tasche holen. Jetzt brauchst du es doch nicht mehr.« Ich hörte den Abmeldeton, als er es ausschaltete.

»So, fort damit«, rief er fröhlich und ich konnte am unteren Rand der Sonnenbrille seine Armbewegung wahrnehmen, als er das Handy weit fortwarf.

»Hey«, schrie ich, aber er klatschte mir mit dem Handrücken ins Gesicht.

»Nicht schauen, hab ich gesagt«, brüllte er mich an.

Ich presste die Hand auf meine brennende Wange und versuchte, die Tränen zu schlucken. Vor ihm wollte ich nicht weinen. Ich kauerte mich zusammen und konzentrierte mich, so gut es ging, auf den kühlenden Fahrtwind.

»Lass sie in Ruhe, sie hat doch gar nichts damit zu tun«, vernahm ich nun von hinten Davids Stimme. Er hatte auf ganz sanft gestellt. Torsten lachte höhnisch auf.

»Ach, unser Softie«, sagte er. »Hat er dir erzählt, wie gerne er früher Ausländergesocks und anderen Abschaum verprügelt hat?«

»Hör auf«, schrie David von hinten.

»Ach komm, du warst einer unserer Besten, das muss doch mal gesagt werden. Kanntest kein Pardon. Brauchste dich nicht für genieren.«

»Wichser«, zischte David und ein Trampeln verriet mir, dass er wütend mit den Füßen aufzustampfen versuchte.

»Sch!«, machte Torsten. »David oder ich sag besser Malte, denn so heißt er ja nun mal und dieser jüdische Scheiß kommt mir eh nur schwer über die Lippen... also, Malte war nicht nur gut im Verdreschen, das kannste mir glauben. Auch wenn es darum ging, neue Kameraden zu rekrutieren, war er unschlagbar. Wie der den Jungs den Mund wässrig gemacht hat – die haben sich drum geprügelt, bei uns dabei zu sein. Mit Begeisterung hat er Konzerte organisiert, Infostände betreut, CDs verteilt. Ich meine, mit seinen blonden Haaren, den blauen Augen – der Führer hätte seine Freude an ihm gehabt.«

»Du lügst«, schrie David und donnerte seine gefesselten Hände gegen die Rückenlehne des Fahrersitzes.

»Na, na«, tat Torsten streng. »Ich dachte immer, der Führer ist dein großes Idol. Hast dir doch sogar seinen Namen riesengroß auf den Rücken tätowieren lassen. Hast doch sogar eine Anzeige deswegen in Kauf genommen.« Ich zuckte zusammen, als habe er mich noch einmal geschlagen. Die Narben auf Davids Körper stammten von nichts anderem als entfernten Tattoos!

»Und der hübsche SS-Totenkopf auf der Wade und der Reichsadler auf dem Oberarm – daran willst du dich nicht mehr erinnern, du Verräter!« Er sprach nun lauter, aggressiver, spuckte die Worte hervor.

Ein Schauer strich über meine Haut, die Luft wurde kühler. Die Sonne war fort, es schien schattig um uns herum zu werden. Als hätten wir ein Waldgebiet erreicht. Torsten bremste und bog ein weiteres Mal ab. Der Wagen begann zu holpern, als fahre er nun nicht mehr über eine asphaltierte Straße. Bestimmt war das hier ein Waldweg.

Nach etwa zehn Minuten Geholper hielt Torsten an. Er schnallte sich und mich ab, stieg aus und forderte auch uns dazu auf. Endlich konnten wir die Sonnenbrillen abnehmen.

Um uns herum war es vollkommen friedlich. Hohe, schlanke Nadelbäume, deren Kronen das Tageslicht aussperrten. Moosbewachsene Baumstümpfe, ein schmaler Pfad, von Gebüsch und Beikraut gesäumt. Irgendwo zwitscherten Vögel, ein Specht hämmerte, träge Hummeln summten im Busch. Schräg fielen wenige Sonnenstrahlen durch die Äste. Weit und breit nichts und niemand.

»Los geht's«, sagte Torsten. Er griff kurz in einen Lederrucksack und zog eine Pistole hervor. »Damit ihr mir nicht auf dumme Gedanken kommt.«

Wir liefen los. Schweigend. Brütend. Mir war kalt, trotz

der sommerlichen Temperaturen. Ich fühlte mich, als habe ich seit Wochen keinen Schlaf bekommen. Mein Herzschlag trieb mich voran, ich sah auf meine Füße, passte auf, dass ich nicht an Wurzeln strauchelte. Dicht hinter meinem Kopf das Schnaufen von David. Malte. David war verschwunden, irgendwo zwischen U-Bahn-Schacht und Waldparkplatz. Einen Moment konnte ich mich nicht erinnern, warum ausgerechnet ich hier mit zwei fremden Männern durch einen finsteren Wald lief. Was hatte ich mit diesen Übeltätern zu schaffen? Juli, Juli, Juli, raschelten die Grashalme. Juli, Juli, Juli, pochte der Specht.

Als ich aufblickte, sah ich das Ende des schmalen Weges. Eine kleine Lichtung tat sich auf, darauf eine Art Hütte, die einen maroden Eindruck machte.

»Willkommen«, sagte Torsten mit diesem perfiden Lächeln im Gesicht. »Im Heim für unwertes Leben.« Am liebsten hätte ich ihm ins Gesicht gespuckt.

»Darf ich die Herrschaften bitten, sich hier an den Baum zu stellen«, forderte er uns auf.

»Erst will ich Juli sehen«, sagte ich mit fester Stimme. Torsten legte den Kopf schief, hob die Augenbrauen und schloss gleichzeitig kurz die Augen.

»Wie Gnädigste befehlen.« Er packte mich am Oberarm, ich spürte den Lauf der Pistole in meinem Rücken, ihre Kälte übertrug sich durch den Stoff direkt auf meine Haut. Er zerrte mich zum Hütteneingang, stieß die Tür auf und ich brauchte einen Moment, bis ich mich an das finstere Innere gewöhnt hatte. Torsten blieb im Türrahmen stehen, hielt Malte mit der Pistole in Schach.

»Juli«, schrie ich auf. Ich ruckelte und zog, wollte mich losmachen, aber sein Griff wurde zur Klaue. »Au«, stöhnte ich auf. Juli hatte mit der Stirn auf dem Tisch gelegen, nun richtete sie sich auf. Das Haar hing wirr und verschwitzt herab, der Mund mit Tape verklebt, die Arme und Füße gefesselt. Ihre Augen zeigten Panik, Angst, Unverständnis – und Zorn.

»Lass sie gehen«, schrie ich Torsten an. »Du hast doch jetzt uns.«

Torsten stieß mich so heftig vorwärts, dass ich auf den Boden fiel. Juli entfuhr unter dem Klebeband ein Quieken. Ich rappelte mich hoch und sah, wie Torsten sich blitzschnell umdrehte, mit ausgestrecktem Arm die Waffe wieder auf Malte richtete.

»Los, da rüber«, dirigierte er ihn. Ich stürzte zu Juli, strich ihr beruhigend mit meinen gefesselten Händen übers Haar, riss mit einem Ruck das Klebeband von ihrem Mund, bedeckte ihr Gesicht mit Küssen. »Losmachen«, schrie sie, zappelte und strampelte. Mist, nirgends war etwas Scharfes, mit dem ich ihre Fesseln hätte aufschneiden können. Sie wiederholte immer und immer wieder dieses »Losmachen«, quälend und anklagend klang es. Ich scannte den Raum ab, ob ich irgendetwas entdeckte, das wie eine Bombe aussah. Nirgends, auch unter dem Tisch und den Stühlen nicht. Ich hoffte inständig, dass er nur geblufft hatte. Ich richtete mich kurz auf und versuchte, durch die paar Bretter zu spähen, mit denen man die Fenster halbherzig zugenagelt hatte. Malte stand an einem Baum, die Arme nach hinten um den Stamm gelegt, wofür ihm Torsten sicher die Kabelbinder hatte entfernen müssen. Gerade umwickelte Torsten Maltes Beine mit einem Seil. Ich wollte mich zu Juli umdrehen, da fesselte etwas auf dem Fensterbrett meine Aufmerksamkeit. Steine. Dort lagen faustgroße Steine. Mit einem Satz war ich dort, prüfte sie blitzschnell und atmete erleichtert auf. Einer hatte eine scharfe Kante. Ich brauchte einen Moment, bis ich ihn passend zu fassen bekam, ging im Sprung schon beinahe in die Knie und kam hinter Juli zum Hocken. Wie eine Verrückte säbelte ich mit der scharfkantigen Seite des Steins an den Kabelbindern herum.

»Halt still«, zischte ich ihr zu, weil sie sich wand, wie ein Fisch, der der Reuse entkommen will. Ihre Handgelenke hatten schon rote Striemen und Abschürfungen, an einer Stelle begann es zu bluten – aber da taten die Kabelbinder einen kleinen Knacks und endlich waren ihre Hände frei.

»Los und jetzt befrei mich«, forderte ich sie auf.

Die Tür flog auf. Ich sprang hoch. Juli auch – zumindest halb, ihre Füße waren noch immer an die Stuhlbeine gefesselt. Immerhin lag der Stein vor ihr auf dem Tisch.

»Raus hier«, brüllte Torsten, seine Zangenhand packte meinen Oberarm und schleifte mich hinaus. Ich versuchte, mich zu befreien, mich loszureißen, aber nun presste er die Pistole an meine Schläfe. Mein Herz sprang beinah heraus.

»Ruhig, ganz ruhig«, er flüsterte nun wieder. »Wann hier jemand freigelassen wird, bestimme immer noch ich.« Er drängte mich gegen einen zweiten Baum, gleich neben dem, an den Malte gefesselt war. Er presste mich mit dem Gesicht zum Stamm, ließ die Kabelbinder um meine Hände und wand ein Seil in Hüfthöhe um mich. Die Baumrinde bohrte sich in meine Arme, piesackte meine Beine. Auch meine Füße hatte er blitzschnell mit einem Seil verknotet. Zufrieden trat er ein paar Schritte zurück und betrachtete sein Werk.

»So hat das doch schon viel Schönes«, sagte er. »Wo ist das Handy?«

Malte schwieg. Torsten trat dicht vor ihn. Schlug ihm ins Gesicht. Malte zuckte nicht einmal.

»Wo?«, bellte der Entführer.

»Hosentasche«, Malte flüsterte kaum, sein Blick wanderte nach rechts unten. Torsten fingerte kurz in der Tasche, zog das Handy hervor, in das ich während der Busfahrt die Speicherkarte zurückgeschoben hatte.

»Hattest du schon die Gelegenheit, dieses hübsche Filmchen anzuschauen?«, fragte er mich. »Dann weißt du ja, was für einen Helden du dir angelacht hast. Schade, dass wir dich für unsere Idee nicht gewinnen können. An der Ostsee haben wir wunderbare Projekte, wo viele Familien leben und ihre Kinder ganz in Glauben und Treue zum Vaterland aufziehen können. Ihr hättet eine arische Vorzeige-Lebensgemeinschaft werden können.«

Er fingerte an dem Handy herum, pulte die SD-Speicherkarte hervor und steckte sie in sein eigenes Telefon.

»Dann wollen wir doch mal sehen.« Kurz darauf drangen die Schreie und das Gepolter wieder in meine Ohren. Torsten sah hämisch grinsend zu. Er stellte sich so, dass ich ihm am Baumstamm vorbei über die Schulter gucken konnte. Ich schloss die Augen.

»Robin, Robin«, murmelte Torsten. »Was bist du nur für ein Idiot. Dachtest, wir würden dir einfach tatenlos zuschauen. Dachtest, du könntest einfach so aussteigen, dich vom Acker machen.« Er drehte sich zu Malte, ging dicht an ihn heran, blitzende Augen, Zornesröte im Gesicht. Die Speicherkarte zog er aus seinem Handy heraus. Mit einem lauten Knacken brach er sie in zwei Teile.

»Aber er war ein Verräter – und Verrätern gebührt die Todesstrafe. Er war selbst schuld!« Malte hob den Kopf, schloss die Augen. Aber ich sah, wie es in ihm arbeitete. Eine Bewegung lenkte mich von der Szenerie ab. Ich sah zur Hütte hinüber, keine 15 Meter entfernt. Juli stand im Eingang – sie hatte es offenbar geschafft, ihre Fußfesseln abzustreifen.

»Lauf«, schrie ich ihr zu und bereute es sofort. Torsten drehte sich blitzschnell um, erkannte meine Schwester.

»Lauf«, schrie ich wieder, aber Juli sah mich nur mit schreckgeweiteten Augen an.

»Lauf, lauf, lauf«, machte ich weiter. Sie fuhr sich nervös mit der Zunge über die Oberlippe. Torsten machte ein paar Sätze auf sie zu.

»Lass sie laufen«, sagte Malte ruhig. »Du hast, was du wolltest – den Film, mich. Juli hat nichts mit alldem zu tun.« Torsten verharrte in der Bewegung. Schien nachzudenken.

»Aber sie ist unwertes Leben.« Seine Stimme klang trotzig.

»Wie hast du dich immer genannt?« Malte überlegte. »Herr über Leben und Tod! Dann entscheide dich jetzt, sie leben zu lassen. Sie ist nur ein Kind. Sie kann dir nicht schaden. Schließlich ist sie dumm.« Torstens Blick wanderte zwischen ihm und ihr hin und her. Er versuchte wohl abzuschätzen, ob es notwendig war, sich weiter mit Juli zu beschäftigen.

»Lauf«, ich brüllte, so laut wie ich konnte. Torsten machte kleine, rasche Schritte in ihre Richtung. Juli sprang mit einem Satz zurück – und dann streckte sie ihren Körper und rannte los. Sie lief nicht in die Richtung, aus der wir gekommen waren, sondern direkt in den Wald. Oh Gott, hoffentlich verirrte sie sich nicht komplett in diesem Dickicht.

Laufen, laufen, laufen, atmen, laufen, laufen, laufen, atmen, laufen, laufen, laufen, Weg, laufen, laufen, laufen, atmen, laufen, laufen, laufen …

»Okay«, Torsten grinste jovial. »Sie wird sowieso nicht weit kommen. In diesem schönen deutschen Wald gibt es sogar noch Wildschweinrotten.« Er griff in seinen Rucksack, der zu Füßen der Bäume lag. »Bringen wir es schnell hinter uns.«

Er zog zwei Jutesäcke aus dem Rucksack hervor. Einen davon zog er Malte, den anderen mir über den Kopf. Die Fasern kratzten über mein Gesicht, der Geruch erinnerte an alte, nasse Gegenstände auf verlassenen Dachböden und ich musste würgen.

»Ihr glaubt doch nicht etwa, dass ich euch laufen lasse«, höhnte er. »Ich habe nicht den langen Weg, diese genaue Vorbereitung unternommen, um euch dann einfach davonkommen zu lassen. Malte ist ein Verräter. Er muss bestraft werden. Ich wollte schon immer mal so ein echtes Erschießungskommando nachstellen.« Er seufzte vor Wonne. »Und du – du bist Mitwisserin, ein Kollateralschaden. Aber für die schöne, neue Welt, die ich im Sinn habe, muss man eben Opfer bringen.«

»Nein, nein«, stammelte ich. Mein ganzer Körper fühlte sich wund an, bestand nur aus Panik, Angst. Es konnte, es durfte doch nicht sein, dass jetzt und hier schon mein Leben enden würde!

»Sie werden dich finden«, sagte Malte und seine Stimme war fest und klar. »Und du weißt das. Es wird dir nicht gelingen, ein neues Reich aufzubauen. Dafür bist du viel zu untalentiert. Viel zu eitel.«

Schritte raschelten über den Waldboden, ein Klatschen. Keine Reaktion von Malte.

»Halt 's Maul.«

»Ich habe viel zu lange mein Maul gehalten. Robin und ich – wir hätten schon viel früher aussteigen sollen. Deine Sprüche sind doch alle hohl und inhaltsleer. Wenn man das einmal durchschaut hat, dann fragt man sich, warum einem das nicht gleich aufgefallen ist. Man ekelt sich vor sich selbst. Und wie man sich ekelt – fast zu Tode ekelt man sich.«

»Du hast doch keine Ahnung, du Schwächling. Ich erschieße dich jetzt.« Man hörte, wie er den Hahn spannte. Ein Schrei entfuhr meiner Kehle, ungeplant, unvermeidbar. Schritte.

Eine Hand packte mich an der Gurgel, schüttelte meinen Kopf hin und her.

»Ich erschieß erst deine Hure«, schrie Torsten. »Das ist eine noch bessere Strafe für dich.« Etwas Hartes drückte an meine Schläfe. Mein Körper zitterte, ich war kurz davor, ohnmächtig zu werden.

»Warte«, sagte ich, ohne die leiseste Idee, wie ich ihn aufhalten konnte.

Laufen, laufen, laufen, atmen, laufen, laufen, laufen, autsch, laufen, laufen, laufen, hell, laufen, laufen, laufen …

»Erklär mir, wie stellst du dir eine bessere Welt vor?« Der Pistolenlauf tänzelte an meiner Schläfe, der Druck nahm ab, nahm zu, nahm ab.

»Eine bessere Welt? Das ist doch ganz einfach. Alles unwerte Leben verschwindet – Gesocks wie deine Schwester.

Alle Andersdenkenden, Andersartigen. Schwule, Juden, Ausländer – alles Abschaum. Deutschland muss wieder den Deutschen gehören. Wir fordern die Grenzen des Großdeutschen Reiches. Die Abschaffung des jüdisch durchseuchten Kapitalismus.« Er leierte beinah, klang wie ein Automat, der einen einprogrammierten Vers aufsagte.

»Aber warum? Uns geht es doch gut in diesem Land! Menschen aus anderen Teilen der Welt bereichern uns doch.«

»Nein, alles überfremdet, wo sind die guten, alten Werte? Treue zum Vaterland, Pünktlichkeit, Nationalstolz, Ordnung, Kameradschaft, nichts mehr da, gar nichts mehr. Nur Lug und Trug. Diese Sozialschmarotzer – klauen unseren Rentern das Geld, denen, die für unser Land in den Krieg gezogen sind.« Ich konnte nicht anders, ich musste lachen. Das konnte er doch unmöglich ernst meinen?

»In einen Krieg, den unser Land angefangen hat«, hörte ich Malte sagen.

»Ach was, die Besatzer, vor allem die vom Judentum unterwanderten Amis, haben nach 45 alles in ihrem Sinne institutionalisiert, haben die Geschichte gefälscht. Holocaust? Eine miese Erfindung! Ihr habt doch eine Gehirnwäsche hinter euch – und ihr habt es nicht mal gemerkt!«

»Nein, wir haben uns mit unserer Geschichte auseinandergesetzt, wir haben gelernt, dass Nationalsozialismus nie wieder zugelassen werden darf. Nirgendwo! Nationalsozialismus ist keine Weltanschauung, das ist ein Verbrechen«, entgegnete ich ihm. Der Schweiß lief mir über die Augen, die Nase, sogar den Hals hinunter. Ich wusste nicht, wie lange ich unter diesem stickigen Sack noch durchhalten würde. Aber ich musste. Immerhin hielt mein Körper wieder ruhig. Meine Kehle brannte vor Durst.

»Siehst du mal, wie gut die Indoktrination funktioniert hat, du linke Spießerin«, höhnte er. »Genug geschwafelt. Ich will meine Zeit nicht mit euch vergeuden. Ich habe ein neues Weltreich aufzubauen.«

Wieder spürte ich die Pistole an meiner Schläfe. Ich hielt die Luft an.

Laufen, laufen, laufen, atmen, laufen, laufen, laufen, Weg, laufen, laufen, laufen, Haus, laufen, laufen, laufen, aufatmen…

»Aber Thor«, sagte Malte. Wie konnte er so ruhig klingen? »Überleg doch mal. Was haben die Nazis mit Leuten wie uns gemacht?«

»Abgeknallt.«

»Oder sie für sich arbeiten lassen. Waffen bauen, Produktionsgeräte für die arische Bevölkerung, Steine geklopft, Autobahnen asphaltiert. Wenn du uns auch noch ermordest und sie dich kriegen – und ich bin überzeugt, dass sie dich kriegen werden –, dann kannst du deinem Vaterland nicht mehr dienen. Du weißt, wie das im Knast ist. Da fängst du ganz unten an. Da musst du dir erst den Arsch aufreißen lassen, bevor sie dich akzeptieren. Sogar deine Gesinnungsgenossen werden dich hart rannehmen. So dumm bist du doch nicht, oder?«

Die Waffe sank. Torstens Schritte entfernten sich. Seine Stimme kam aus der Richtung, in der Malte stand.

»Ach und da soll ich euch zum Arbeitsdienst einsetzen? Arbeit macht frei! Da hast du allerdings re…« Ein Aufschrei unterbrach seine Worte, es polterte. Scheiße, ich ruckelte an meinen Fesseln, ich versuchte, durch den

Stoff irgendetwas zu erkennen. Kaum Schemen waren zu sehen.

Ich hörte Keuchen, Tritte, Aufstöhnen – ich konnte nicht zuordnen, wer von beiden welche Geräusche von sich gab. Endlich eine Hand, die mir den Sack vom Kopf riss. Maltes erhitztes rotes Gesicht neben mir. Seine blauen Augen ganz dicht vor mir, seine Hände an meinem Körper, ich spürte, wie das Seil fiel.

»Achtung«, konnte ich noch schreien, dann hatte ihn Torsten von mir weggerissen. Ich strampelte, wand mich, das Seil wurde immer lockerer. Über die Schulter sah ich, wie die beiden Männer über den Waldboden rollten, abwechselnd die Fäuste erhoben zum Zuschlagen.

Endlich konnte ich mich bücken, das Seil um meine Füße mit den noch immer von Kabelbinder gefesselten Händen entfernen. Als ich so weit war, saß Torsten auf Maltes Brustkorb. Der versuchte, sich aufzubäumen, sein Gegner streckte den Arm aus, die Waffe zielte genau auf Maltes Stirn. Sie fixierten sich voller Hass, hatten alles um sich herum vergessen. Ohne nachzudenken, stürzte ich mich von hinten auf Torsten, riss seinen Arm in die Höhe, spürte seine Kraft, seinen Widerstand. Ein Schuss hallte durch den stillen Wald, ein Bruchteil absoluter Stille, dann zwitscherten die Vögel lauter, als ich je hatte Vögel zwitschern hören. Torsten rutschte von Malte herunter, versuchte, Kontrolle über seinen Arm zu gewinnen, den ich noch immer umklammerte, ich zog und zog, drückte den Arm nach oben und dann fielen wir nach hinten, er nach rechts, ich nach links. Malte hatte uns beide mit dem Fuß erwischt: Meine Hand, die schmerzte und pochte, aber auch seinen Arm, und der Arm war nach oben geflogen, als wolle er sich vom Körper losreißen, die Hand hatte sich geöffnet und die Waffe war weggerutscht.

Malte sprang auf, ebenso Torsten. Mit geöffneten Armen, in leicht gebückter Haltung begannen sie, einander zu umkreisen. Die Waffe lag zwischen ihnen auf dem Boden. Wie das schwarze Metall glänzte. Gleich würden sie sich danach bücken, ich krümmte mich zusammen, vergaß meine Hand und schnellte hoch zu einem Sprung, einem Satz, der mich genau vor der Waffe aufkommen ließ. Ich sah die Verwunderung in ihren Augen, als hätten sie mich vergessen. Kalt fühlte sich der Griff in meiner Hand an, wie schwer so eine Pistole war. Ich hatte keine Ahnung, ob ich mit dem Ding hätte schießen können – war sie gespannt, geladen, was musste ich tun? Torsten sah mein Zögern ganz genau, einen Moment nur blitzten seine Augen und in der Sekunde, in der ich begriff, dass er mir die Waffe entreißen würde, spürte ich wieder Maltes Fuß an meiner Hand. Ich ging mit seiner Bewegung mit, ich öffnete die Hand erst am höchsten Punkt der Bahn und die Pistole segelte unerreichbar durch die Luft, zwischen den Bäumen hindurch, bis sie mit einem weichen Plumps ins Moosbett zwischen den Wurzeln fiel.

Malte konnte sich als Erstes von diesem unendlich gedehnten Augenblick befreien und stürzte sich erneut auf Torsten. Im Nu hatten sie sich ineinander verkeilt, gingen zu Boden, hieben und droschen mit Fäusten aufeinander ein, mal der eine oben, mal der andere, mal hingen sie, kurze Zeit nach Atem ringend, ansonsten bewegungslos aufeinander, bis einer wieder Kraft schöpfte und die Prügelei weiterging. Ich rannte zur Tür der Hütte und schabte die Kabelbinder über die Kanten der spröden Holzbalken, als seien sie eine Säge. Es dauerte und dauerte. Das Geschrei und Gestöhne der Prügelnden hörte nicht auf. Erst jetzt bemerkte ich, wie finster es inzwischen war. Die Sonne musste schon untergegangen sein. Noch ein letztes Mal, noch ein Mal ratschte ich meine aufgeschürften Gelenke über die Kante – endlich waren meine Hände frei. Ich sah hinüber zu den Kämpfenden. Blutverschmiert waren sie beide – aber Malte lag längs auf dem Boden hingestreckt. Torsten hatte seinen Fuß auf Maltes Kehle gestellt, Malte umfasste Torstens Bein, aber man sah, dass er kaum noch Kraft hatte. Ich raste auf die beiden los, ich sprang regelrecht gegen Torsten und wir fielen beide der Länge nach hin. Der Schmerz des Aufpralls nahm mir kurz die Luft und dann spürte ich nur noch Torstens Fäuste.

Aber plötzlich waren da Lichtkegel, ganz nah, die meine Hände gelblich einfärbten und sein Gesicht. Und Stimmen und das Gebell von Hunden.

»Stehen Sie ganz langsam auf und heben Sie die Hände hoch«, sagte eine Stimme, die keinen Widerspruch duldete.

Juli ließ mich seit einer Stunde nicht los. Noch immer saßen wir in der geöffneten Tür des Krankenwagens, der bis zu der Hütte hinausgeholpert war. Beide hielten wir einen Plastikbecher mit dampfendem Pfefferminztee in Händen, hatten eine Decke über unseren Schultern liegen. Alles war ruhig. In mir war es ganz leise. Gleich würden unsere Eltern kommen und uns abholen. Die Sanitäter hatten unsere Handgelenke verbunden, eine Schramme auf meiner Wange mit Sprühpflaster behandelt, Juli eine Salbe auf die schmerzenden, wunden Füße geschmiert. Ihre ersten Fragen hatte ich den Polizisten beantwortet. Morgen würde es auf dem Präsidium weitergehen.

Die Polizei hatte den Bereich um die Hütte großzügig mit Absperrband gesichert. Überall gingen Beamte herum und untersuchten den Boden nach Spuren. Unsere Aussagen mussten schließlich anhand objektiver Beweise überprüft werden.

Torsten war nicht allzu schwer verletzt gewesen. Ein paar Kratzer, ein paar blaue Flecken. Man hatte ihn direkt zur nächsten Polizeidienststelle mitnehmen können. Malte dagegen war kaum bei Bewusstsein, als die Sanitäter und der Notarzt eintrafen. Auf einer Trage hatten sie ihn weggebracht. Seine linke Hand war heruntergerutscht, wippte leicht, als wolle er mir zum Abschied winken. Ich hatte mich abgewandt. Nur eine Blutspur zeugte davon, dass er hier gewesen war.

Juli richtete sich auf, ließ aber meinen Arm noch immer nicht los. Ihre Augen bewegten sich rasch hin und her, als folge sie aufmerksam einem Film. Sie hatte noch kein Wort gesagt.

»Tabea«, sagte sie nun und sie klang höchst konzentriert. »Ich bin schnell gelaufen.«

»Ja«, erwiderte ich. »Das hast du gut gemacht, Juli!«

»Immer gelaufen. Immer gelaufen. Aufs Helle zu. Einmal hat's autsch gemacht.«

»Bist du umgeknickt?« Sie nickte.

»Is' aber schon wieder gut. Tut nicht mehr weh.«

»Und was war da, wo das Helle war?«

»Da war der Wald zu Ende. Und eine große, große, große Wiese. Und ein Haus. Mit Licht an. Und einem Biergarten so wie bei uns. Da bin ich hin.«

Ein junger Polizist mit exzessivem Backenbart war zu uns getreten. Auch er hielt einen Becher Tee in den Händen.

»Der Anruf kam vom Golfclub Gut Thailing«, erzählte er dann und sah Juli aufmerksam an. »Die Wirtin vom Hofgut hat gesagt, da steht ein behindertes Mädel im Biergarten und schreit ›Hilfe‹. Keiner wusste, wo sie auf einmal herkam. Bis wir da waren, hatte sie sich schon ein wenig beruhigt. Immerhin konnte sie sagen, wie sie heißt und wo sie wohnt. Und dass ein Torsten sie festgebunden hätte in einer Hütte. Von Ihnen hat sie auch geredet. Dass die Tabi sie hätt befreien wollen, aber dann wäre der Torsten mit einer Pistole dagestanden. Und dann sei sie nur noch gelaufen, gelaufen. Das hat sie bestimmt zwanzig Mal wiederholt.«

Ich musste beinahe schmunzeln, zog Juli enger an mich.

»Ja, laufen kann die Juli«, sagte ich stolz. »Aber wie haben Sie uns dann mitten im Wald gefunden?«

»Wir haben die nächste Hütte aus Richtung Golfplatz kommend gesucht – der Förster hat uns geholfen.«

»Hast uns gerettet, gell, Juli«, meine Stimme war zittrig. Die ersten Bilder kehrten zurück. Die Waffe. Der Kampf. Die Fesseln. Die Angst zu ersticken.

»Hab dich gerettet«, sagte Juli und schmiegte ihren Kopf enger an meine Schulter.

»Tabea, Juli«, hörten wir da die aufgeregte Stimme unserer Mutter.

»Mama«, schrie Juli und stürmte auf sie los.

»Danke«, sagte ich im Aufstehen und schüttelte dem Polizisten die warme Hand.

14. Kapitel

Juli war es, die Malte im Krankenhaus besuchen wollte. Wir kamen direkt vom Polizeipräsidium, wo wir noch einmal genau die Abläufe des Tages wiedergegeben hatten. Wir hatten der Polizei den Film weitergeleitet, den ich Annika und mir auf unsere Computer geschickt hatte. Ein wichtiges Beweisstück, um Torsten Hammerschmidt endlich des Mordes an Robin Lüchow zu überführen. Ich berichtete von Torstens Drohung, uns seine Leute auf den Hals zu hetzen, wenn wir den Film der Polizei geben würden. Der Kommissar versuchte, mich zu beruhigen. Für ihn war das vor allem eine Drohgebärde. In München hatte Torsten zur hiesigen Naziszene wohl nur oberflächliche Kontakte. Ihren Erkenntnissen nach war er zwar bei ihnen untergeschlüpft, aber er war niemand, dem sie sich irgendwie verpflichtet fühlten. Und ob sich nun eine Hamburger Gruppierung fände, die das übernehmen würde, sei ebenfalls fraglich.

»In den Kreisen ist es mit der Kameradschaft ganz schnell vorbei«, erläuterte der Kommissar. »Der Typ verschwindet voraussichtlich erst mal für eine lange Zeit im Knast. Da interessiert sich keiner mehr für den. Warum sollte sich jemand für ihn die Finger schmutzig machen? Er hat doch nichts zu bieten.« Die Argumentation leuchtete mir ein – und dennoch, es blieb ein klammes Gefühl.

»Und Malte?«, fragte ich. Der Beamte bewegte vorsichtig den Kopf hin und her.

»Mal sehen, kann ich so aus dem Stehgreif nicht sagen. Vielleicht wird er wegen Unterschlagung eines Beweismittels angeklagt oder wegen Falschaussage. Soweit ich weiß, stand Hammerschmidt ja bisher nicht unter Verdacht. Ich kenne den Fall nicht näher. Jedenfalls ist laut Gesetz niemand verpflichtet, eine Straftat anzuzeigen.«

Mein Vater, der uns begleitet hatte, warf mir auf der Heimfahrt im Wagen prüfende Blicke zu. Als wir uns am Friedensengel vorbei das Isarufer hochschlängelten, sagte er: »Du weißt, dass er im ›Rechts der Isar‹ liegt. Wir könnten einen kleinen Schlenker machen.« Ich nickte. Was heißen sollte: Könnten wir.

»Soll ich?«, fragte er. Ich hob die Schultern, ließ sie fallen. Wollte ich ihn sehen? Er war ein verdammter Nazi. Gewesen.

»Bitte!«, rief Juli von hinten. »David sehen. Ich will David sehen. Bitte.«

»Echt?« Ich war überrascht. Juli strahlte und ruckelte am Gestell ihrer Brille.

»Bitte«, wiederholte sie. »David sehen.« Und mein Vater setzte den Blinker.

Auch als ich jetzt im Gang des Krankenhaus stehe, verschwindet der Ring aus Eis um mein Herz nicht. Ich konnte ihm nicht in die Augen schauen. Dachte, ich ersticke. Musste raus. Ich lehne mich an die kalte weiße Wand mit dem mintgrünen Querstreifen.

»Alles okay?«, fragt mich eine ältliche Schwester im Vorbeigehen. Ich nicke.

Nichts ist okay. Gar nichts. Wie konnte er mich so täuschen! Wie konnte ich mich so täuschen? David ist Malte ist Nazi – diese Gleichung kreist unaufhörlich durch mein Hirn wie der Hamster durch sein Rad.

Ich habe die Enttäuschung und den Schmerz in seinen Augen gesehen, als ihm klar wurde, ich würde mich jetzt umdrehen und gehen. Juli hat angefangen, ein Lied für ihn zu singen. Ich höre ihre laute, kraftvolle Stimme durch die geschlossene Tür. »Bruder Jakob, Bruder Jakob …«, singt sie. Es ist schon immer ihr Lieblingslied.

Ich beschließe, in die Cafeteria zu gehen und mir einen Kaffee zu holen. Und ein Brötchen. Ich habe heute Morgen nicht gefrühstückt, ich habe keinen Bissen hinunterbekommen. Jetzt merke ich erst, wie ausgehungert ich bin.

Als ich die Glastür der Station öffne, steht mir eine junge Frau gegenüber. Sie mustert mich nervös, ihr Blick wandert rasch über mich, als wolle sie herausfinden, ob ich jemand bin, den man nach einer Information fragen kann.

»Wo ist denn Zimmer 1253?«, fragt sie und man spürt, dass sie keine Zeit für höfliche Floskeln hat. Ihre blonden Locken sind recht kurz geschnitten, ihre türkisblauen Augen mit orangenen Sprenkeln durchzogen. Sie ist schlank, wirkt burschikos und ihr Mund ist genauso schmal wie der ihres Bruders.

»Luisa?«, frage ich und ich bin mir sicher, dass sie Ja sagt.

»Tabea?«, fragt sie zurück und ich kann nicht anders und muss lächeln.

Die schattigen Tische auf der Terrasse der Cafeteria sind alle besetzt. Ich habe nur noch einen Platz auf einem halbhohen Mäuerchen gefunden, immerhin nicht in der prallen Sonne. Unruhig beobachte ich den Eingang. Sie hat gesagt, sie würde kurz bei ihm vorbeischauen und mich dann hier treffen. Wir müssten reden. Ja, denke ich, das wäre gut.

Sie kommt mit einem Tablett, auf dem ein Kaffeebecher und eine kleine Wasserflasche stehen, auf mich zu. Sie lächelt schüchtern, stellt das Tablett auf die Rasenfläche, die an das Mäuerchen anschließt. Ich klemme die ausgestreckten Hände zwischen meine Knie, ziehe die Schultern hoch, spüre das Ziehen in meinem Rücken. Ich bin ziemlich verspannt.

Keine von uns weiß so recht, was sie sagen soll.

»Wann bist du denn losgefahren in Hamburg?«, fällt mir schließlich ein. Es ist noch nicht ganz ein Uhr, ganz schön früh, für die lange Strecke.

Sie rekelt und streckt sich. »Um kurz vor sechs«, sagt sie dann. Ihre Stimme hat eine ähnliche Sprachmelodie wie die Maltes. »Er hat mich angerufen, gestern Abend, ziemlich spät. Er konnte nicht viel sagen, aber mir war klar, dass ich sofort kommen muss.«

»Er sieht schrecklich aus.«

»Ja, schauderhaft«, sie nippt am Kaffee, rührt in der Tasse. »Aber der Arzt meinte gerade, er wird wieder. Es sieht zwar schlimm aus, aber die Verletzungen sind nicht weiter tragisch, nicht lebensbedrohlich.«

Ich nicke, unschlüssig, was ich dazu sagen soll. Gott sei Dank, denke ich ganz spontan, aber gleichzeitig rede ich mir ein, dass es mir gleichgültig sein sollte.

»Du bist auch ganz schön verletzt, oder?«, fragt sie. »Du bist sicher total sauer auf ihn.«

Ich nicke, starre auf meine Knie. Nicht weinen jetzt, ermahne ich mich.

»Das verstehe ich gut.« Sie lässt den Blick über die Wiese

schweifen, auf der ein paar hohe, alte Pappeln stehen. Kleine weiße Samenwölkchen fliegen zwischen ihnen herum. »Das war ich auch erst mal. Total geschockt.« Sie seufzt.

»Ich hab nichts geahnt – nicht das leiseste bisschen«, sage ich. »Und dann hab ich so ein Nazi-T-Shirt von ihm gefunden und mir auch noch zusammengereimt, dass er gegen Rechte aktiv ist. Wie blöd und blind kann man eigentlich sein?«

»Er ist kein Nazi mehr«, sagt sie dann und nimmt einen großen Schluck Wasser. »Er ist ausgestiegen. Vor über einem Jahr schon. Nach der Sache mit Robin.« Etwas sehr Kaltes, Festes kämpft gegen etwas sehr Weiches in meiner Körpermitte. Das Weiche möchte das Harte nur zu gerne auflösen, neutralisieren.

»Ich kann das nicht glauben«, sage ich ehrlich. Sie nickt.

»Okay. Hast du ein bisschen Zeit?« Sie blinzelt in die Sonne, setzt sich im Schneidersitz ins Gras. Und fängt an zu erzählen.

»Solange wir noch Kinder waren, waren wir eine Einheit. Wir machten alles zusammen. Wir gingen überall zusammen hin. Zum Turnen, zum Flötenunterricht. Unsere Eltern hatten wenig Zeit für uns, sie waren mit dem Betrieb beschäftigt und sie waren froh, dass sie Kinder hatten, die stundenlang in ihren Fantasiewelten abtauchen konnten und nichts anderes brauchten.

In der Schule war es nicht ganz so einfach. Wir waren in verschiedenen Klassen, und während ich super Noten mitbrachte, für die ich wenig tun musste, kämpfte er mit einer Lese-Rechtschreib-Schwäche. Ich verhielt mich zwischen meinen Freundinnen unauffällig, ich war nie irgendwie im Mittelpunkt, aber ich wurde auch nicht gerade als Letzte im Sportunterricht ausgesucht. Malte war ziemlich lang ziemlich schwächlich. Er war groß und dünn, hatte keinen Bock auf Sport. Er ließ sich leicht hänseln, er konnte nicht irgendwie witzig oder cool auf den Spott der anderen reagieren. Er war ziemlich schnell ein Außenseiter in seiner Klasse. Noch schlimmer wurde es, als wir aufs Gymnasium kamen. Wir spürten, dass auch unser Verhältnis zueinander eine Veränderung durchlief. Unsere Kinderspiele interessierten uns nicht mehr, aber wir fanden nichts Neues, durch das wir sie ersetzen konnten. Unser Zusammenhalt begann zu bröckeln. Malte hatte es gerade so aufs Gymnasium geschafft, ich dagegen spielend. Schon in der fünften Klasse wurde klar – Malte würde es nicht schaffen. Er ist nicht doof, echt nicht – aber er war einfach diesem Druck nicht gewachsen. Ihm fehlte die Zeit, die Dinge auf seine Weise zu verstehen. Nach der Fünften wechselte er auf eine Realschule. Dort ging es zwar besser, aber wir sahen uns immer weniger. Malte begann früh, sich von daheim unabhängig zu machen. Er brachte kaum noch Freunde mit nach Haus, sondern hing mit denen irgendwo ab. In einer Spielothek, an einer Bushaltestelle oder sonstwo. Ich kümmerte mich nicht weiter drum, ehrlich gesagt. Mann, wir kamen in die Pubertät, da haben sich auch andere Geschwister nicht unbedingt viel zu sagen. Ich hab dann auch gar nicht so genau mitgekriegt, wie dann alles tatsächlich losgegangen ist. Malte ist in der achten Klasse sitzen geblieben, und auch nachdem er sie wiederholt hatte, blieb es kritisch. Er hat daheim eigentlich nur noch geschlafen und sich frische Wäsche besorgt.«

»Und deine Eltern?«

»Tja, meine Eltern. Die steckten total in der Krise. Der

Laden lief scheiße, ihre Ehe war auch furchtbar, nichts als Gezeter und Gemeckere den ganzen Tag. Ich weiß nicht, wieso, ich hab mich da eher nach innen geflüchtet. Hab total viel gelesen, habe viel an der Schule gemacht, Theater-AG, Sport, jüngeren Schülern beim Lernen geholfen – so 'n Zeug halt. Das hat mir Kraft gegeben, vielleicht auch Selbstbewusstsein. Aber Malte – der war wie weggebeamt. Dann hat ihn seine erste Freundin schnell fallen gelassen. Das hat ihn total geknickt. Er fing dann an, ins Fußballstadion zu gehen. Keine Ahnung, den hat Fußball früher keinen Deut interessiert. Na ja, und da hat er dann die ersten Kontakte bekommen.«

»Zur Naziszene?«

»Genau. Man erkennt die ja gar nicht immer sofort. Die machen inzwischen gerne mal auf netten Onkel. Eines Tages hat sich irgendein Typ, ein Türke oder so, nach einem Fußballspiel mit Malte angelegt. Oder er sich mit ihm. Hatten beide schon Bier getrunken, was weiß ich. Jedenfalls hat der Typ Malte angegriffen und wollte sich mit ihm prügeln. Da kamen dann zwei dazu und haben den Türken verkloppt und vertrieben. Malte hatte echt Schiss gehabt und war denen total dankbar. Die Typen haben ihn in ihre Stammkneipe mitgenommen. Ihn zum Bier eingeladen. Sich für ihn interessiert. Malte war hin und weg. So nette Kerle hatte er noch nie kennengelernt. Sie haben gefragt, ob er nicht in zwei Wochen mit ihnen ins Stadion gehen wollte, und er hat natürlich zugesagt. Na ja, und dann sind die immer wieder aufgetaucht, haben ihn in Konzerte mitgenommen, ein Bier spendiert. Dass sie ständig über Ausländer und angebliche Sozialschmarotzer geschimpft haben, hat Malte nur ganz am Anfang irritiert.

Dann fand er das ganz cool. Auch weil die Treffen konspirativ waren, sogar die Konzerte. Da hat er immer erst im letzten Moment erfahren, wo er hinmusste. Plötzlich war er es, der Insiderwissen hatte. Er hat sich viel stärker gefühlt. Seine neuen Freunde sind manchmal an seiner Schule aufgetaucht, um ihn spontan mitzunehmen. Die sahen ganz schön Furcht einflößend aus, große, kräftige Kerle mit dicken Oberarmen, schwarzen Klamotten und so. Und plötzlich hat Malte gemerkt, dass ihn seine Klassenkameraden respektieren. Keiner hat ihn mehr verarscht, im Gegenteil, die hatten fast Angst vor ihm. Malte ist total aufgeblüht. Er ist irgendwann nur noch mit denen abgehangen. Die ›Kameradschaft‹ sei so toll, hat er geschwärmt. Keiner lässt den anderen hängen, alle sind wie Brüder, die hören ihm zu. Sie stehen füreinander ein, hat er gesagt. Wenn da mal einer Scheiße baut, wird er von den anderen nicht gleich hingehängt und den Bullen verraten. Nach der zehnten Klasse, er hat den Realschulabschluss gerade noch so hinbekommen, hat ihm dann einer seiner Kameraden eine Ausbildungsstelle zum Schreiner angeboten. Da war er 18. Sein Onkel habe irgendwo in Meck-Pomm eine Schreinerei und bilde gerne treue und aufrechte Kameraden aus, die der Neffe ihm vorbeibrächte. Malte hat nicht lange überlegt. Endlich würde er von daheim wegkommen. Kein Genöle von den Eltern mehr, keiner mehr, der sich über seine Glatze, die Springerstiefel und die Bomberjacke aufregt und doofe Fragen stellt. Als er dann tatsächlich weg ist – mit so einem Seesack über der Schulter, darin nur Klamotten, seine unsäglichen Landser-CDs und ein paar schreckliche Hefte, war ich fast erleichtert. An dem Tag ist er für mich gestorben. Hab ich gedacht.«

»Und deine Eltern?« Ich spüre, wie mir vor Anspannung der Nacken schmerzt, und lege mich neben sie ins Gras, den Kopf auf dem Arm abgestützt.

»Die haben nur gesehen, dass der Junge eine Lehrstelle hat – alles andere war ihnen egal. Und sie waren froh, dass er ihnen nicht mehr auf der Tasche liegt.

Ich glaube, in diesem Kaff in Meck-Pomm, wo er dann hingekommen ist, ging voll der Punk ab. Da haben extrem viele Rechte gewohnt, die haben ganz offen ihre Gesinnung zur Schau gestellt. Die haben so germanische Rituale und Feste wieder aufleben lassen, Sonnwendfeuer und so Sachen. Und der Lehrmeister von Malte, das muss so ein Obernazi gewesen sein. Der saß sogar für die NPD im Landtag. Und der hat seinen Laden geführt wie ein SS-Obersturmbannführer. Der hat die Azubis getriezt, gequält, niedergemacht. Nach einem halben Jahr hat's Malte nicht mehr ausgehalten und ist abgehauen.«

»Und hat er da nicht die ersten Zweifel bekommen?«

»Kann ich nicht sagen. Jedenfalls hat er sie noch nicht zugelassen. Er ist dann zurück nach Hamburg, aber unsere Eltern haben ihn nicht mehr einziehen lassen. Das war echt krass. Der stand nachts um zwei vor der Tür, im strömenden Regen, und mein Vater hat gesagt, er kenne ihn nicht und er solle hier nie wieder klingeln. Meine Mutter hat geheult, aber kein Wort gesagt. Ich hab meinen Vater angebrüllt, dass könne er nicht machen, aber er hat mich komplett ignoriert, hat die Haustür zugemacht, abgeschlossen und ist wieder ins Bett. Danach haben wir erst mal, na ja, zwei Jahre nichts von ihm gehört. Alles, was dann passiert ist, habe ich erst erfahren, als er schon ausgestiegen war. Und natürlich auch ein bisschen was von Robin.«

»Warst du echt mit Robin zusammen?« Sie nickt, streichelt mechanisch mit dem Daumen der einen Hand über die Kuhle zwischen Daumen und Zeigefinger der anderen.

»Jedenfalls«, sie strafft sich ein wenig, fährt sich durchs Haar. »Jedenfalls ist Malte dann in der WG untergekommen. Die war in Bramfeld, das liegt im Nordosten von Hamburg, da ist nicht viel los, außer dass da die Zentrale vom Otto-Versand liegt. In so einem braunen Klinker-Bunker hatte da einer eine Vier-Zimmer-Wohnung angemietet und da konnten immer irgendwelche Kameraden unterkriechen. Na ja, und da hat Malte dann Thor kennengelernt.«

»Torsten?«

»Genau, so heißt er eigentlich. Aber er hat sich nur mit Thor anreden lassen. Ich meine, du hast ihn ja erlebt. Der ist schon so ein charismatischer Typ. Er war da der Chef, er hat gesagt, wo's langgeht, und die Jungs, es waren immer so vier, fünf, die haben alles für ihn gemacht. Er ist ein paar Jahre älter als die und die haben ihn alle als großen Bruder akzeptiert. Die haben Plakate geklebt, haben Rechtsrock-Konzerte organisiert, Demos und Stände beantragt – und bei den NPD- oder DVU-Kadern hat Thor sich dann dafür immer das Lob abgeholt.«

»Und wie hat er die Wohnung finanziert?«

»Was weiß ich – er hat ziemlich reiche Eltern. Die übrigens auch – dreimal darfst du raten – voll Nationalstolz sind. Bei dem in der Familie wird das rechte Denken seit Generationen weitergeben. Die unterstützen ihren Sohn total. Und schustern ihm halt auch Geld zu. Ich glaube, Malte war froh, dass er wo war, wo ihm gesagt wurde, was er tun sollte. Der hat fleißig mitgemacht – und hat sich ausnutzen lassen. Thor ist besonders begabt darin, die Drecksarbeit andere machen zu lassen. Für Malte hat's irgendwann dazugehört, bei Schlägereien dabei zu sein. Manchmal sind sie freitagabends gezielt in die Veddel gefahren zum Ausländerklatschen. Da leben besonders viele Migranten, weißt du.«

»Und Malte hat da mitgemacht?«

»Tja, sieht so aus. Ich weiß auch nicht – ich glaub, der ist total in diese Welt eingetaucht und hat gar nicht mehr realisiert, was er da eigentlich macht. In seinem Kosmos waren es Ausländer nicht wert, in diesem Land zu leben, überhaupt zu leben. Der hat das absolut nicht mehr gepeilt.

Anders ist es erst geworden, als Robin in die WG gezogen ist. Robin war bestimmt ein ebenso überzeugter Rechter wie Malte. Die beiden waren sicher nie so schlimm wie Thor, aber sie haben halt voll mitgemacht. Trotzdem – Robin war ein bisschen anders. Der hatte auch ein Scheiß-Elternhaus, war ein total Sensibler und ...« Ihre Unterlippe beginnt zu zittern. Sie schließt kurz die Augen, sieht dann gen Himmel und schluckt.

»Jedenfalls, Robin hat sich das Leben in der WG eine Zeit angeschaut, er hat mitgemacht bei ihren Aktionen. Der hat auch zugeschlagen, ganz klar. Aber er hat angefangen, Thor in Diskussionen zu verstricken. Er wollte alles genau wissen. Wieso ist der Holocaust ein Lüge? Hat nicht Hitler 1939 verkündet, dass er in einem nächsten Weltkrieg die Feinde Deutschlands vernichten würde? Hat er sich etwa nicht an sein Wort gehalten? Robin ist nicht einfach mitgelaufen, er wollte, dass seine Weltanschauung Bestand hat. Er hat sich mit den Quellen auseinandergesetzt, er hat *Mein Kampf* gelesen und Alfred Rosenberg, den ideologischen Kopf der NSDAP. Der hatte so ein Buch geschrieben,

Der Mythus des 20. Jahrhunderts. Robin hat mir mal ein paar Stellen daraus vorgelesen – unfassbar, dass die Leute sich echt ernsthaft damit auseinandergesetzt haben. Wenn du das liest… von wegen, Atlantis sei die Urheimat der arischen Rasse und die sei göttlich im Gegensatz zu den teuflischen Juden. Grauenhaft! Und ich glaube, spätestens als er sich damit auseinandergesetzt hat, hat's bei ihm klick gemacht. Malte hat Robin immer bewundert, weil der so beherrscht war. Und weil er Thor meist Paroli bieten konnte. Die beiden müssen manchmal nächtelang diskutiert haben.«

»Aber warum ist Robin dann nicht einfach abgehauen?«

»Das ist nicht so einfach. Erst mal hätte er gar nicht gewusst, wohin. Zum anderen ist ein Aussteiger ein Verräter. Und Verräter werden mit dem Tod bestraft. Robin war klar, dass er vorsichtig sein musste, dass ihn Thor eh schon auf dem Kieker hatte. Er hat ein paar Mal versucht, Kontakt mit Exit aufzunehmen. Das ist so ein Organisation, die ausstiegswilligen Rechten hilft. Aber er hat dann jeden Termin doch wieder sausen lassen. Er war einfach noch nicht so weit. Robin und Malte waren so etwas wie Brüder, echt. Die haben sich vertraut – was in der Szene echt selten ist. Die hätten sich nicht hängen lassen. Und Robin hat Malte klargemacht, dass sie gemeinsam aussteigen sollten. Und Malte – ja, der ist ganz langsam aufgewacht. Ich glaube, ohne Robin hätte er das nicht so schnell geschafft. Irgendwann bestimmt, da bin ich mir sicher. Malte ist nicht böse. Er ist sensibel, verletzlich. Und er hatte nie gelernt, damit umzugehen. Na ja, und dann kam der Erste Mai. Letztes Jahr.«

Sie trinkt den letzten Rest des inzwischen sicher kalten Kaffees. In der Tür der Cafeteria sehe ich den Kopf meines

Vaters erscheinen. Ich winke ihm zu, deute an, dass er mit Juli heimfahren kann. Er versteht, winkt zurück und geht. Luisa räuspert sich.

»Am Ersten Mai gibt's ja immer Randale von den Linken und Thor hatte schon Wochen davor verkündet, wie geil es wäre, die mal so richtig aufzumischen. Erst hat er für den Tag unter irgendeinem fadenscheinigen Grund einen Marsch angemeldet, der tatsächlich genehmigt wurde. Mitten durch die Veddel sollte der gehen. Robin ging am Abend vorher zu ihm und sagte, er und Malte würden nicht mitgehen. Thor ist total ausgeflippt, hat ihn angeschrien, er sei ein Verräter, er solle ja nicht glauben, dass er ihn einfach gehen lassen würde. Und er solle Malte in Ruhe lassen. Er sei sich sicher, Malte stehe stramm und treu zu seinen Pflichten als Deutscher. Malte hat sich nicht getraut, was zu sagen. Er hat sich nicht auf Robins Seite gestellt. Thor hatte in den Wochen davor immer wieder schon mal Probleme gehabt, auch mit anderen aus der WG. Er war denen zu autoritär, sie hatten das Gefühl, der ›Spaß‹ käme zu kurz. Zu wenig saufen und schlägern, zu viel marschieren und Pamphlete verteilen. Dieser Abend war sozusagen eine Kraftprobe zwischen Thor und Robin. Thor versprach eine zünftige Prügelei mit linken Autonomen am nächsten Tag und auch, dass sie hinterher so richtig die Sau rauslassen würden. Die Jungs beruhigten sich wieder, alle – außer Robin.

Ich hatte übrigens Robin etwa zwei Monate vorher kennengelernt. Totaler Zufall. Ich wusste, wo Malte abgeblieben war. Ich habe ihn so lange mit SMS bombardiert, bis er irgendwann geantwortet hat. Gelegentlich haben wir uns dann geschrieben. Irgendwie ist die Verbindung nie ganz abgerissen. Ich war immer sicher, Malte ist auf einem Irrweg, aber er wird aus diesem Labyrinth wieder rauskommen. Allerdings wie bei allen Dingen – in seinem Tempo. Dann bekam meine Mutter Krebs. Sie wurde operiert, musste zur Chemo. Sie weinte sich die Augen aus nach Malte. Irgendwann habe ich es nicht mehr ausgehalten und bin nach Bramfeld gefahren. In der Wohnung war niemand – außer Robin. Er war sehr höflich zu mir, lud mich auf einen Kaffee ein. Irgendwie fand ich ihn ungewöhnlich, seine braunen Augen waren so intensiv und geheimnisvoll und ich spürte, dass ich mehr über ihn erfahren wollte. Versteh mich nicht falsch – ich finde Rechte verabscheuenswürdig. Ich bin schon ziemlich lange in einer Antifa-Gruppe aktiv, aber ich habe gemerkt, dass Robin unter seinen Nazi-Klamotten eine ganz andere Person versteckt. Ich war neugierig. Außerdem wollte ich natürlich erfahren, wie es meinem Bruder geht. Wir haben uns also in diese Küche gesetzt – du musst dir das vorstellen: überall so Nazi-Devotionalien. Hitler-Bilder, SS-Abzeichen, Plakate über Plakate von Rechtsrockbands, Bücher über das Dritte Reich – die eine andere Geschichte erzählen, als wir das so kennen. Eine deutsche Flagge aus der NS-Zeit hing über der Spüle. Absoluter Wahnsinn. Da wird dir eiskalt.

Schnell ist mir klar geworden, dass Robin kurz vor dem Absprung ist. Der war so verunsichert, woran er glauben sollte. Und er hatte Angst – vor dem, was kommen würde. Die Typen leben ja wie in Sekten. Die kennen ja nur noch ihresgleichen. Viele, wie auch Malte, haben zu ihren Familien keinen Kontakt mehr. Die leben voll in einer Seifenblase – aber einer sehr trüben mit ganz schön harten Wänden. In den nächsten Tagen und Wochen habe ich Robin immer wieder getroffen. Ich habe ihn ermutigt, habe für ihn Treffen mit Exit vereinbart, aber er hat in letzter Sekunde immer wieder gekniffen. Ich hab ihm gedroht, ich treffe mich nicht mehr mit ihm, aber da hab ich schon von seinen braunen Augen geträumt. Und dass ich es bin, die ihn rettet. Na ja, das ist ja gründlich danebengegangen.«

Ich setze mich auf, lege meine Hand auf ihren Arm. Sie ist mir so vertraut.

»Robin und ich haben uns verzweifelt aneinandergeklammert, es war furchtbar. Wie bei so einem Alkoholiker, der dir immer und immer wieder versichert, er hört auf. Jetzt hört er auf. Und wenn nicht jetzt, dann morgen. So war das auch mit Robin. Übrigens bin ich in all der Zeit Thor nie begegnet. Robin hat das immer verhindert. Auch Malte wusste nichts von uns. Immerhin habe ich es geschafft, Malte dazu zu überreden, meine Mutter zu besuchen. Er ging ins Krankenhaus, wenn mein Vater nicht da war. Auch mich wollte er nicht sehen. Meine Mutter hat gesagt, er hat viel geweint, wenn er bei ihr war. Er hat sie um Verzeihung gebeten und gefleht, dass sie wieder gesund werden soll.«

»Wie geht's ihr jetzt?« Meine Kehle ist trocken, ich fahre mir mit der Zunge über die Lippen.

»Sie ist übern Berg. Jetzt muss man natürlich die nächsten Jahre abwarten. Aber im Moment geht's ihr so weit ganz gut. Jedenfalls hat Malte nie mitbekommen, dass ich inzwischen Robins Freundin geworden war. Robin war sich unsicher, ob er Malte vertrauen konnte. Malte wollte keine Scherereien mit Thor. Er mischte sich in Diskussionen nicht ein. Ich redete auf Robin ein, er solle Malte nicht allein in der WG zurücklassen. Wenn sie gemeinsam aussteigen würden, sei das doch viel einfacher. Okay, irgendwann hatte ich Robin überzeugt. Vorsichtig tastete er sich bei Malte vor. Und Malte packte ihn wie ein Ertrinkender eine Rettungsleine. Ihr Plan stand – sie wussten, dass Thor in der ersten Maiwoche mit seinen Eltern zu irgendeinem Familientreffen fahren wollte, und dann wollten sie weg. Als es am Abend vor dem Ersten Mai zum Riesenstreit zwischen Robin und Thor kam, schlug Thor einen Deal vor. Wenn Robin am Ersten Mai zu der Schlägerei mitkäme, würde er ihn danach gehen lassen. Robin sagte Ja – und unterschrieb damit sein Todesurteil.

In der Zeitung hatte gestanden, der Erste Mai sei ein besonders warmer und schöner Tag gewesen. Eigentlich kein Tag für Krawalle. Und trotzdem brachen an jenem Tag die heftigsten Zusammenstöße aus, die die Veddel je erlebt hatte. Am Wilhelmsburger Platz brannten Autos, Schaufensterscheiben gingen zu Bruch. Malte und Robin mittendrin. Es waren mehrere Tausend Leute gekommen, um gegen den Aufmarsch der Nazis zu protestieren, aber es gab auch um die 1000 Nazis vor Ort. Die waren aus der ganzen Region, aus Meck-Pomm, Brandenburg, NRW, sogar aus Dänemark angereist. Na ja, und natürlich gab es auch die Gewaltbereiten und es dauerte nicht lange, bis sich die Gruppen gefunden hatten. Es war ein unglaubliches Durcheinander. Am Ende gab es zahllose Leichtverletzte und einen Schwerverletzten. Er hat die Nacht nicht überlebt. Das war Robin.«

Ihre Augen werden ganz schmal. Das Türkisblau eine Spur dunkler. Sie atmet tief ein.

»Die Polizei hat sich sofort darauf versteift, dass Robin von einem Linksextremen totgeprügelt worden ist. Klar, dass ein Nazi einen anderen Nazi umbringt, ist natürlich auch sehr unwahrscheinlich. Sie haben dann schon intensiv ermittelt, aber sie konnten nie genügend Beweise erbringen, um irgendwen zu verhaften. Thors Leute haben sowieso zusammengehalten. Die haben alle gesagt, dass sie nichts gesehen haben oder dass sie ganz sicher waren, es wäre ein linker Anarcho gewesen. Irgendwann wurden die Ermittlungen eingestellt. Klar, irgendein Beamter hat den Fall noch immer auf dem Tisch, aber aktiv haben sie keine Nachforschungen mehr angestellt. Im Grunde haben sie sich irgendwann gesagt, wenn sich da zwei Verrückte den Kopf einschlagen – selber schuld.«

»Und was geschah mit Malte?«

»Am Abend des Ersten Mai ist er nach Hause gekommen. Meine Mutter war auf Reha, mein Vater hat sie besucht. Aber ich glaube, das war Malte in dem Moment völlig egal. Auch auf die Gefahr hin, unseren Vater anzutreffen, er wäre gekommen. Er war völlig durcheinander. Hat von einer Brücke geredet, von Wind. War auch leicht verletzt. Dann hat er die ganze Zeit rumgestammelt von wegen Robin, Robin und ich hab total das Grausen bekommen. Du kannst dir gar nicht vorstellen, wie lange es gedauert hat, bis ich endlich verstanden habe, was passiert war. Auch Malte hat nicht gesehen, dass es Thor war, der Robin so verprügelt hat. Aber Malte hat Robin in dem Getümmel schwer verletzt entdeckt. Ihm war klar, dass es schlecht stand um seinen Freund, und er ist bei ihm geblieben, bis der Krankenwagen kam. Kurz bevor Robin abtransportiert wurde, ist er einmal kurz aufgewacht. Er hat Malte so was wie ›Nimm mein Handy‹ zugeflüstert und Malte hat das getan. Dann wurde Robin weggebracht. Und in der Nacht starb er dann. Malte konnte das Handy unbemerkt einstecken und ist ebenso unbemerkt abgehauen. Zu mir. Aber von dem Handy hat er mir nichts erzählt. Das hat er erst getan, als er mich vor ein paar Wochen in Hamburg besucht hat. Er hat damals nur immer gesagt, dass er jetzt wegmüsse, dass er verschwinden würde, dass es am besten ist, wenn ich nichts weiß, und ich soll mir keine Sorgen machen. Ganz prima, echt. In einer Nacht habe ich meinen Bruder und meinen Freund verloren. Es war grauenhaft. Malte war nicht mal bei Robins Beerdigung. Keiner von den angeblichen ›Kameraden‹ war da. Die Zeit danach war die Hölle. Diese scheinheiligen Kommentare auf Facebook hast du ja gelesen. Irgendwie hatte ich immer das Gefühl, Thor hatte etwas mit Robins Tod zu tun – aber ich konnte ja nichts beweisen.«

»Und Malte ist echt untergetaucht?«

»Ja. Ich weiß nicht genau, wo er die ersten Tage verbracht hat. Aber er ist dann wirklich zu Exit gegangen. Ich glaube, da stand sein Plan schon fest. Er hatte ja den Film auf dem Handy gefunden, wo Robin quasi seinen eigenen Tod gefilmt hat.«

»Hast du den Film gesehen?«

Ihre schmalen Lippen werden noch dünner. Sie schüttelt den Kopf.

»Das könnte ich nicht ertragen. Hast du?«

»Ja. Grauenhaft.« Ich drücke fest ihre Hand.

»Malte hatte fürchterliche Angst vor Thor. Er dachte, er ist der Nächste auf der Liste. Thor würde ihn genauso totschlagen wie seinen Freund. Deswegen hat er einen Deal mit sich selbst gemacht: Er würde diesen Film niemandem zeigen, aber dafür sofort aussteigen. Sich eine neue Identität zulegen und ganz weit weg von vorne anfangen. Er wollte alles vergessen, Thor, Robin, sogar mich.«

»Der erste Teil hat ja noch ganz gut geklappt.«

»Ja. Und ich glaube, die Zeit bei Exit war super für ihn. Du musst dir das mal vorstellen: Wenn du aussteigst – dann bleibt ja von deiner Persönlichkeit nichts mehr übrig. Alles, was du bisher für richtig gehalten hast, ist jetzt falsch. Er hat ja über Jahre hinweg nicht mehr wahrgenommen, was sich außerhalb der Szene abgespielt hat. Angefangen von der Musik, die unsereins so hört, über Klamotten bis zu gesellschaftlichen Debatten, die gerade stattfinden – er hatte von nichts eine Ahnung. Er musste sich komplett neu erfinden. Aber die Exit-Leute waren klasse. Sie haben ihn von Anfang an ernst genommen, haben ihn nicht verurteilt. Sie haben ihn bestärkt in seinem Wunsch, mit allem Schluss zu machen, und haben sich total um ihn gekümmert. Sie haben ihm dann auch den Job in eurem Verein besorgt. Und Malte war wohl so was wie ein Musterschüler, deswegen ist er dort auch genommen worden. Er war so froh, dass er dieser ganzen Scheiße entkommen ist, und hat sich intensiv mit der deutschen Geschichte auseinandergesetzt, sich weitergebildet, gelesen, was ihm in die Finger kam, er hat sogar selbst schon andere Aussteiger beraten – und sich jeden Tag geschämt und verdammt und in Selbstvorwürfen zernagt, wie er je in diese Maschinerie hatte hineingeraten können.

Allerdings hatten wir in der ganzen Zeit keinen Kontakt. Ich wusste nicht, wo er abgeblieben war. Mein Vater schwieg dazu und tat, als hätte er nie einen Sohn gehabt. Meine Mutter verging in schweigendem Leiden. Es war das schrecklichste Jahr meines Lebens.«

Eine Bedienung taucht aus dem Nichts auf und bittet uns zu gehen. Die Caféteria schließe jetzt. Wir nicken ihr zu, sie ist ein Wesen aus einer anderen Welt. Ohne uns absprechen zu müssen, laufen Luisa und ich nebeneinander die Straße entlang. Wir gehen in Richtung Isar, dort können wir ungestört weiterreden. Ich fühle mich wie in einer Blase, die durch Raum und Zeit schwebt, losgelöst, absichtslos. Es gibt nur sie und mich.

»Und dann hat Malte einen Fehler gemacht. Kurz bevor er mit dir zusammenkam, hat er mir eine E-Mail geschrieben. Er habe so schreckliches Heimweh, vermisse mich so, unsere Eltern, es tue ihm so leid, dass wir seinetwegen so sehr leiden mussten und er es nicht wiedergutmachen konnte. Ich war so glücklich, von ihm zu hören. Ich habe ihm zurückgeschrieben und ihn gebeten, mich einmal anzurufen. Ich wollte seine Stimme hören, sichergehen, dass tatsächlich er es war. Er rief an. Wir redeten fast eine Stunde. Er erzählte mir, wie es ihm ergangen war, und am Ende gab er mir seine neue Anschrift. Er meinte, es sei besser, wenn ich ihn nicht per Mail kontaktieren würde. Er hätte das Gefühl, sein Computer sei gehackt worden. Mir war alles egal, ich war so froh darüber, ihn zu hören, du kannst es dir nicht vorstellen. Es war, als sei er neu geboren. Ich versprach, unseren Eltern nichts zu sagen, aber meiner Mutter verriet ich, dass es ihm gut ging. Nur eines sagte ich Malte nicht – ich wollte ihm keine Angst machen. Seit ein paar Monaten war immer wieder mal Thor bei mir aufgetaucht. Ich hab das recht rasch geschnallt, ich kannte ihn ja von Fotos. Manchmal stand er nur auf der anderen Straßenseite, rauchte eine Zigarette und beobachtete unser Haus. Manchmal sprach er mich an, lauerte mir auf, wenn ich aus der Schule kam. ›Ich krieg deinen Bruder schon noch‹, zischte er dann im Vorbeigehen. Völlig wahnsinnig. Er war nie aggressiv, aber gerade das machte mir Angst. Er wirkte so ruhig und eiskalt, dass es mich gruselte. Der Typ war Fanatismus pur. Na ja, und eines Abends, ich kam von einer Freundin nach Hause, wollte gerade die Tür aufschließen, da packte er mich von hinten um den Hals, hielt ein Messer an meine Kehle und drohte mir massiv. Wenn Malte sich nicht innerhalb einer Woche bei ihm meldete, würde mir was passieren. Und ihm auch. Malte müsse nicht glauben, dass er ungeschoren davonkäme.«

Die dunkelgrün belaubten Bäume reflektieren die Kühle des Wassers. Wir sitzen auf der Rückenlehne einer Bank und werfen die Reste von Brötchen den Enten im Wasser zu. Wir hatten uns etwas zu essen geholt, merken aber beide, dass wir keinen Bissen herunterbringen.

»Na und da wusste ich nicht mehr ein noch aus und hab Malte die Postkarte geschrieben. Ich hatte ja keine Telefonnummer von ihm. Und er ist sofort nach Hamburg gekommen.«

»Das war, als er das erste Mal für ein paar Tage einfach verschwunden ist – du kannst dir nicht vorstellen, was für Sorgen ich mir gemacht habe. Grauenhaft!« Sie tätschelt meinen Arm.

»Du, Arme! Und ich mache mir so Vorwürfe – ich hätte auf Thors Drohung gar nicht reagieren sollen.«

»Na ja, also bitte, der hätte dir vielleicht wirklich was angetan.«

»Malte hat sich mit Thor getroffen, als er in Hamburg war. Er hat ihm gesagt, dass er nichts mehr mit ihm zu tun haben will, aber Thor hat ihn provoziert. Hat ihm gesagt, er sei ein Verräter und müsse mit dem Leben bezahlen, und wenn nicht er, dann würde Thor eben mich an seiner Stelle bestrafen. Da ist Malte ausgetickt und hat ihn angeschrien, wenn er mir auch nur ein Haar krümmt, dann gibt er den Film der Polizei. Na ja, und da hat Thor ihn gehabt, wo er ihn die ganze Zeit haben wollte. Malte hat die Existenz des Beweisfilms zugegeben. Offenbar hat Thor geahnt, dass Robin den Film gemacht und ihn Malte zur Aufbewahrung gegeben hat. Malte konnte irgendwie abhauen, aber Thor hat ihm nachgerufen, dass er ihn kriegen würde – egal wann, egal, wo. Malte ist sofort aus Hamburg abgefahren – aber Thor hat ihn tatsächlich nicht mehr aus den Augen gelassen. So wie ich es verstanden habe, ist er ihm per Zug nach München gefolgt, hat ausgekundschaftet, wo er wohnt, wie er jetzt heißt, wo er arbeitet – und dass er mit dir zusammen ist. Was dann geschehen ist, muss ich dir nicht sagen. Nur eins vielleicht noch: Was von Anfang an echt war, waren Maltes Gefühle für dich. Er hat mir mit leuchtenden Augen von dir erzählt. So habe ich ihn noch nie erlebt.«

Ich nicke, bringe kein Wort heraus. Wir schweigen lange. Starren auf die glitzernde Oberfläche des Flusses einige Meter unter uns. Alles in mir fühlt sich taub an. Als hätte ich gerade einen weiteren Kampf überstanden. Luisa berührt mich vorsichtig an der Schulter.

»Kann ich heute bei euch übernachten?«, fragt sie.

»Natürlich«, sage ich und füge in Gedanken »Schwester« hinzu. Wir stehen auf und gehen die Promenade in Richtung Norden weiter. In Richtung Krankenhaus.

»Ich muss nur vorher noch etwas erledigen«, sage ich und lächele sie an. Die Taubheit fällt ab von mir, die Starre, das Eis beginnt zu schmelzen. Mein Schritt wird schneller, raumgreifender.

»Was denn?«, fragt sie.

»Ich muss mich von David verabschieden. Und Malte begrüßen«, rufe ich und dann laufe ich los, schneller und immer schneller, bis sich die Schiebetüren des Krankenhausportals geräuschlos vor mir öffnen.

Anmerkung der Autorin:
Das Gedicht auf Seite 154 stammt von Georg Trakl und trägt den Titel »Amen«.

Das Böse hat seine guten Seiten – Die Arena X-Thriller

Susanne Mischke

Röslein stach

Toni ist einfach nur froh, von zu Hause auszuziehen. Endlich in den eigenen vier Wänden! Ralph, ihrem kontrollsüchtigen Stiefvater, ist sie ein für alle Mal entkommen. Doch die alte Villa, die sie mit drei Mitbewohnern teilt, birgt ein abscheuliches Geheimnis: Vor zwanzig Jahren wurde ein Mädchen auf brutale Weise darin ermordet. Und der verurteilte Täter ist seit Kurzem wieder auf freiem Fuß.

Arena

384 Seiten • Klappenbroschur
ISBN 978-3-401-06679-0
www.arena-thriller.de

Das Böse hat seine guten Seiten – Die Arena X-Thriller

Manuela Martini

Wenn es dunkel wird

Melody und ihre Freunde wollen einfach nur entspannte Sommerferien an der französischen Mittelmeerküste verbringen. Doch die zunehmende Hitze und unausgesprochene Gefühle zwischen ihnen heizen zusehends die Stimmung auf. Es kommt zur unausweichlichen Katastrophe – ein Jugendlicher stirbt. Mel weiß: Nur wenn sie alle schweigen, wird niemand die Wahrheit je erfahren.